No puedo olvidar tu rostro

Mary Higgins Clark

No puedo olvidar tu rostro

Traducción de
Daniel Aguirre Oteiza

Círculo de Lectores

AGRADECIMIENTOS

Ningún hombre es una isla y ningún escritor escribe a solas. Mi más afectuoso agradecimiento a mis editores, Michael V. Korda y Chuck Adams, que constituyen siempre la condición indispensable para que mis libros pasen del momento de la concepción al de la publicación. En esta ocasión y con este libro en concreto se han portado maravillosamente.

También quiero expresar mi agradecimiento a Eugene H. Winick, mi agente literario, y a Lisl Cade, mi publicista. Su ayuda ha sido inconmensurable.

Un escritor necesita el asesoramiento de los expertos. Este libro trata de la cirugía plástica. Mi agradecimiento al doctor Bennett C. Rothenberg del hospital de Saint Barnabas, Livingston, Nueva Jersey, por sus sabios consejos sobre medicina. Estoy en deuda de gratitud por su ayuda con Kim White, del Departamento de Rehabilitación de Nueva Jersey. Una vez más Ina Winnick ha examinado los aspectos psicológicos del argumento. Gracias, Ina.

Todos mis hijos han leído el libro conforme lo he ido escribiendo. Me han dado consejos muy acertados (relacionados con los aspectos legales: «No olvides aislar al jurado»; y con los diálogos: «Nadie de nuestra edad diría eso. Ponlo de esta manera») y mucho ánimo. Gracias, chicos.

Finalmente, mi hija de diez años, Liz, que ha sido en

muchos casos la persona en quien me he basado para construir el personaje de Robin. Cada vez que le he preguntado: «Liz, ¿qué dirías si ocurriera esto?», las respuestas que me ha dado han sido «alucinantes».

Os quiero a todos y cada uno de vosotros.

A mis compañeras del colegio Villa Maria en este año tan especial. Y un cariñoso saludo a Joan LaMotte Nye, June Langren Crabtree, Marjorie Lashley Quinlan y Joan Molloy Hoffman.

En feliz memoria de Dorothea Bible Davis

No pongas sobre esta losa
las rosas de su querer;
¿Por qué desconcertarla con rosas
que no puede ni ver ni oler?

EDNA ST. VINCENT MILLAY,
«Epitafio»

Hizo cuanto humanamente le fue posible para olvidarse de Suzanne. A veces lograba tranquilizarse durante unas horas o incluso conseguía dormir toda la noche. Era la única manera que tenía de funcionar, de seguir adelante con la tarea cotidiana de vivir.

¿Seguía queriéndola o simplemente la odiaba? No acertaba a saberlo con seguridad. Era tan hermosa, con aquellos luminosos ojos burlones, aquella mata de pelo oscuro, aquellos labios, que lucían una sonrisa seductora con la misma facilidad con que se torcían, como si fuera una niña a la que se le priva de un caramelo.

La tenía siempre en la memoria, tal como se había mostrado en el último momento de su vida, provocándole primero y dándole la espalda a continuación.

Y ahora, once años después, Kerry no estaba dispuesta a permitir que Suzanne descansara en paz. ¡Preguntas y más preguntas! Aquello era intolerable. Había que detenerla.

«Muerto el perro se acabó la rabia. Un viejo refrán que sigue siendo cierto», pensó.

Tenía que detenerla, pasara lo que pasase.

MIÉRCOLES 11 DE OCTUBRE

1

Kerry se alisó la falda de su traje verde oscuro, se ajustó la estrecha cadena de oro que llevaba al cuello y se mesó el pelo castaño claro, que le llegaba a la altura del cuello. No había parado en toda la tarde: tras salir del palacio de justicia a las dos y media y recoger a Robin del colegio, había salido de Hohokus para luego atravesar el denso tráfico de las calles Diecisiete y Cuatro, pasar el puente de George Washington, meterse en Manhattan, aparcar el coche y llegar a la consulta del médico justo a tiempo para la cita que había concertado a las cuatro en punto para Robin.

Ahora, después de todas las prisas, lo único que podía hacer era esperar sentada a que la llamasen a la sala de reconocimiento. Hubiera preferido que le permitieran estar con Robin mientras le quitaban los puntos. Sin embargo, la enfermera se había mostrado inflexible:

–Cuando está con un paciente, el doctor Smith no permite que entre nadie en la sala excepto la enfermera.

–¡Pero si sólo tiene diez años! –había exclamado Kerry antes de guardar silencio y recordar que debía estar contenta de que hubiera sido el doctor Smith el médico a quien llamaran tras el accidente.

Las enfermeras del hospital Saint Luke's-Roosevelt le aseguraron que se trataba de un magnífico cirujano plástico y el médico de urgencias le había llegado a decir que el doctor Smith tenía manos prodigiosas.

Mientras recordaba lo ocurrido aquel día, Kerry advirtió que, a pesar de haber pasado ya una semana, todavía no se había recuperado del sobresalto que le supuso aquella llamada telefónica. Se había quedado trabajando hasta tarde en su despacho del palacio de justicia de Hackensack para preparar la acusación de un juicio por asesinato que tenía a su cargo, aprovechando que el padre de Robin, su ex marido Bob Kinellen, había invitado inesperadamente a su hija a ir al Circo de la Gran Manzana de Nueva York y luego a cenar.

El teléfono había sonado a las seis y media. Era Bob. Habían sufrido un accidente. Una furgoneta había chocado con su Jaguar cuando salía del garaje. Algunos de los cristales que se rompieron le causaron a Robin varios cortes en la cara. La llevaron urgentemente al hospital Saint Luke's-Roosevelt, desde donde habían llamado a un cirujano plástico. Aunque por lo demás la niña parecía encontrarse bien, la estaban examinando por si tuviera lesiones internas.

Kerry movió la cabeza tratando de ahuyentar el recuerdo de la angustia que la había embargado aquella terrible noche. Había ido a Nueva York a toda prisa, con el cuerpo convulso por los gemidos, una única frase en los labios, «por favor», y la cabeza ofuscada por el resto de la súplica: «Por favor, Dios mío, que no muera. Es todo lo que tengo. Por favor, no es más que una niña. No te la lleves...».

Ya estaban operando a Robin cuando llegó al hospital, de manera que se sentó en la sala de espera al lado de Bob, con él, pero sin él... Su ex marido tenía esposa y dos hijos más. Kerry todavía podía sentir la intensa sensación de alivio que había experimentado cuando el doctor Smith apareció finalmente y, con aire ceremonioso y extrañamente condescendiente, dijo: «Afortunadamente, los cortes no han penetrado profundamente en la dermis. No le quedarán cicatrices. Quiero verla en mi consulta dentro de una semana».

Aquellos cortes resultaron ser las únicas heridas que había sufrido Robin, por lo que la niña apenas había tardado en recuperarse del accidente y sólo perdió dos días de clase. Incluso daba la impresión de sentirse orgullosa de llevar vendas, y hasta el día de la cita, de camino a Nueva York, no se había mostrado asustada: «¿A que me voy a poner bien, mamá? ¿Verdad que no me quedará la cara hecha un desastre?», había preguntado. Con sus grandes ojos azules, su cara ovalada, la amplia frente y la bella traza de sus facciones, Robin era una hermosa niña y la viva imagen de su padre. Kerry la había tranquilizado con un optimismo del que esperaba no tener que arrepentirse.

Para distraerse, estuvo mirando la sala de espera, amueblada elegantemente con varios sofás y sillas tapizados con pequeños estampados de flores. La luz era suave y la moqueta lujosa. Entre las personas que estaban esperando a que las llamasen, había una mujer con una venda en la nariz y aspecto de tener poco más de cuarenta años. Otra, que parecía sentirse algo inquieta, estaba hablando amigablemente con la atractiva mujer que la acompañaba.

–Ahora que ya estoy aquí, me alegro de que me hayas hecho venir. Tienes un aspecto estupendo.

«Es verdad que lo tiene», pensó Kerry mientras sacaba con gesto de inseguridad su polvera del bolso. La abrió, y tras mirarse en el espejo, llegó a la conclusión de que, por el aspecto que ofrecía ese día, se le notaban todos y cada uno de los minutos de los 36 años que tenía. Era consciente de que muchas personas la consideraban atractiva, pero aun así su físico todavía le hacía sentirse insegura. Después de empolvarse la nariz en un intento por ocultar las odiosas pecas que la punteaban, se miró fijamente a los ojos, que eran de color glauco, y concluyó que siempre que estaba cansada, como lo estaba ese día, adquirían un tono castaño pardusco. Se puso detrás de la oreja un mechón de pelo rebelde y, dejando escapar un suspiro, cerró la polvera y se apartó el flequillo. Tendría que cortárselo un día de éstos.

Nerviosa, clavó la mirada en la puerta que daba a las salas

de reconocimiento. ¿Por qué tardaban tanto en quitar los puntos a Robin? ¿Había habido alguna complicación?

Al cabo de unos segundos la puerta se abrió. Kerry levantó la mirada con gesto de expectación. Sin embargo, en lugar de Robin, apareció una joven de algo más de veinte años, pelo oscuro, bellas facciones y cara de pocos amigos.

«Me pregunto si tendrá siempre esa cara», pensó Kerry mientras estudiaba los angulosos pómulos, la línea recta de la nariz, el exquisito trazado de los abultados labios, los luminosos ojos y el arco de las cejas.

Como si se hubiera dado cuenta de que la estaba observando, la joven le lanzó una mirada burlona cuando pasó delante de ella.

Kerry sintió un nudo en la garganta. «Te conozco de algo –pensó–. Pero ¿de qué? –Tragó saliva y notó que de pronto se le había quedado la boca seca–. Estoy segura de que he visto esa cara en alguna parte.»

En cuanto se fue la mujer, Kerry se acercó a la recepcionista y, tras decirle que creía conocer a la señora que acababa de salir de la consulta del médico, le preguntó quién era.

El nombre, Barbara Tompkins, no le trajo nada a la memoria. Debía de haberse equivocado. Sin embargo, cuando volvió a sentarse, una intensa sensación de *déjà vu* se apoderó de ella. El efecto fue tan escalofriante que se echó a temblar.

2

Kate Carpenter miró con cierta condescendencia a los pacientes que aguardaban en la sala de espera del doctor. Llevaba cuatro años trabajando de enfermera de quirófano para el doctor Charles Smith, ayudándole en las operaciones que llevaba a cabo en su consulta, y le consideraba un genio.

No obstante, ella nunca había sentido la tentación de

decirle que la operara. Rondaba los cincuenta años de edad, tenía una constitución robusta, la cara agradable y el pelo canoso. Ante sus amigos se definía como una contrarrevolucionaria de la cirugía plástica: «Lo que veis es lo que hay».

Si bien comprendía perfectamente que los clientes que tenían verdaderos problemas pidieran ayuda al doctor, sentía un ligero desprecio hacia los hombres y mujeres que, en su porfiada búsqueda de la perfección física, acudían a la consulta para someterse a un sinfín de operaciones. «Aunque también es verdad –decía a su marido– que son ellos quienes están pagando mi sueldo.»

A veces Kate Carpenter se preguntaba por qué seguía trabajando para el doctor Smith. Trataba a todo el mundo, tanto a los pacientes como al personal de su consulta, con gran brusquedad, y en ocasiones llegaba a resultar grosero. Era poco dado a hacer elogios, aunque no perdía ocasión de señalar con tono sarcástico el error más insignificante. Pese a todo, concluía la enfermera, el salario y los beneficios eran excelentes, y ver trabajar al doctor Smith era verdaderamente emocionante.

No obstante, Kate Carpenter había observado últimamente que su malhumor iba en aumento. Los posibles clientes, que se dirigían a él atraídos por su excelente reputación, se sentían ofendidos por sus modales y cancelaban con una frecuencia cada vez mayor las citas concertadas para comenzar los tratamientos. Daba la impresión de que sólo atendía con especial cuidado a las mujeres agraciadas con la nueva «imagen», lo que era un nuevo motivo de queja para la enfermera Carpenter.

Por si su malhumor no fuera suficiente, la enfermera se había fijado en que durante los últimos meses el doctor se mostraba distante, incluso ajeno a todo. En ocasiones, cuando le dirigía la palabra, la miraba inexpresivamente, como si tuviera la cabeza en otra parte.

Miró el reloj. Tal como había supuesto, tras acabar de reconocer a Barbara Tompkins, la última agraciada con la nueva «imagen», el doctor Smith entró en su despacho privado y cerró la puerta.

¿Qué haría ahí dentro?, se preguntó. ¿No se había dado cuenta de que se estaba haciendo tarde? Robin llevaba media hora a solas en la consulta número tres, y había tres pacientes aguardando en la sala de espera. De todos modos, su actitud no la sorprendía. Ya se había fijado en que, siempre que atendía a una de sus pacientes especiales, el doctor necesitaba pasar cierto tiempo a solas.

–Señora Carpenter...

Sobresaltada, la enfermera alzó la vista del escritorio. El doctor Smith la estaba mirando fijamente.

–Creo que ya hemos hecho esperar bastante a Robin Kinellen –dijo con tono acusador.

Tras las gafas, sus ojos tenían un brillo glacial.

3

–No me gusta el doctor Smith –dijo Robin secamente mientras Kerry sacaba el coche del aparcamiento situado en la esquina de la calle Nueve con la Quinta Avenida.

Kerry se volvió hacia ella rápidamente.

–¿Por qué no?

–Me da miedo. El doctor Wilson siempre gasta bromas cuando voy a su consulta. En cambio, el doctor Smith ni siquiera me ha sonreído. Me ha tratado como si estuviera enfadado conmigo y ha dicho que algunas personas son bellas por naturaleza mientras que otras tienen que esforzarse por serlo, pero que en ningún caso debe permitirse que la belleza se eche a perder.

Robin había heredado el asombroso atractivo de su padre y era, en efecto, realmente bella. Sin embargo, aunque fuese cierto que ser hermosa pudiera llegar algún día a ser una carga, ¿por qué el doctor decía semejante cosa a una niña?, se preguntó Kerry.

–Me arrepiento de haberle dicho que no había acabado de abrocharme el cinturón de seguridad cuando la furgoneta chocó con el coche de papá –añadió Robin–. Ha sido entonces cuando me ha sermoneado.

Kerry miró fijamente a su hija. Robin siempre se abrochaba el cinturón de seguridad. Que no lo hubiera hecho en aquella ocasión significaba que Bob había arrancado el coche antes de que ella tuviera tiempo de hacerlo. Cuando volvió a hablar, trató de que su voz no mostrara la irritación que sentía:

–Probablemente papá salió del garaje demasiado deprisa.

–Lo que pasó es que no se fijó en que no había tenido tiempo de abrochármelo –dijo Robin a la defensiva, percibiendo el tono del comentario que había hecho su madre.

Kerry sentía una gran tristeza por su hija en tales ocasiones. Bob Kinellen las había abandonado cuando Robin no era más que una niña pequeña. Ahora estaba casado con la hija del socio principal de su bufete y tenía una hija de cinco años y un hijo de tres. Robin estaba loca por él. Cuando se reunían, Bob no hacía más que mimarla, pero aun así la defraudaba con frecuencia, llamándola en el último momento para decirle que no podía acudir a la cita que tuvieran. Como a su segunda esposa no le gustaba que le recordaran que tenía otra hija, Robin nunca iba a su casa y, por consiguiente, apenas conocía a sus hermanos.

«Por una vez que cumple con su deber como padre y hace algo con ella, mira lo que pasa», pensó Kerry.

La abogada hizo un esfuerzo por ocultar su enfado y, en lugar de insistir en el asunto, dijo:

–¿Por qué no tratas de dormir un poco hasta que lleguemos a casa de tío Jonathan y tía Grace?

–Vale. –Robin cerró los ojos–. Seguro que tienen un regalo para mí.

4

Mientras esperaban a que Kerry y Robin llegaran para cenar, Jonathan y Grace Hoover se tomaron su habitual Martini de la tarde en la sala de estar de su casa. Vivían en Old Tappan, al lado del lago que daba nombre al lugar. El sol del atardecer lanzaba largas sombras sobre las tranquilas aguas. Los árboles, cuidadosamente podados para evitar que taparan la vista del lago, refulgían con sus brillantes hojas, de las que no tardarían en desprenderse.

Jonathan había encendido el primer fuego de la estación y Grace acababa de comentar que habían anunciado la primera helada para esa noche.

La distinguida pareja tenía poco más de sesenta años de edad y, tras casi cuarenta años de matrimonio, estaba unida por vínculos y necesidades más fuertes que los del cariño y la costumbre. Con el paso del tiempo, habían acabado pareciéndose el uno al otro: los dos tenían facciones aristocráticas y exuberantes cabelleras; la de él blanquísima y con ondas naturales, la de ella corta, rizada y veteada de mechones castaños.

Había algo, sin embargo, que los diferenciaba claramente. Mientras que Jonathan estaba sentado en posición erguida en una butaca orejera de respaldo alto, Grace se encontraba reclinada sobre un sofá delante de él, con un perro afgano sobre sus inútiles piernas y los curvados e inertes dedos sobre el regazo. A su lado había una silla de ruedas. Llevaba años sufriendo de artritis reumática, una enfermedad degenerativa.

Jonathan se había mantenido a su lado desde el momento en que había comenzado esa penosa experiencia. Aparte de ser el socio principal de un importante bufete de abogados de Nueva Jersey especializado en procesos civiles de gran envergadura, llevaba veinte años ostentando el cargo de senador, si bien había rechazado en varias ocasiones la oportunidad de presentar su candidatura al puesto de gobernador.

«En el Senado puedo hacer todo el mal o el bien que sea necesario –solía decir cuando le preguntaban al respecto–. Además, no creo que ganara.»

Todas las personas que le conocían bien no le creían cuando esgrimía tales objeciones. Sabían que Grace era la razón por la que había decidido eludir las exigencias que suponía la vida de gobernador y en su fuero interno se preguntaban si lo que le frenaba en realidad no sería un cierto resentimiento fruto de la condición de su esposa. De todos modos, si esto era lo que sentía, se cuidaba mucho de mostrarlo.

Grace bebió un sorbo de su Martini y dejó escapar un suspiro.

–Ésta es definitivamente mi estación favorita –dijo–. Es una maravilla, ¿verdad? Los días como éste me recuerdan la época en que cogía el tren de Bryn Mawr a Princeton para ir a ver los partidos de fútbol americano contigo, y cuando íbamos a Nassau a cenar...

–Y cuando te quedabas en casa de tu tía y ella esperaba despierta hasta que regresaras. No se metía en la cama hasta que te veía volver sana y salva –dijo Jonathan sonriendo–. Yo solía rezar para que la muy bruja se quedara dormida, pero no fallaba nunca.

Grace sonrió.

–En cuanto aparcábamos delante de la casa, la luz del porche empezaba a parpadear. –Entonces ella se volvió con gesto de inquietud hacia el reloj que había sobre la repisa de la chimenea–. ¿No se están retrasando? No quiero ni pensar que se hayan quedado atrapadas en medio del tráfico de las afueras, sobre todo después de lo que ocurrió la semana pasada.

–Kerry es una buena conductora –comentó Jonathan para tranquilizarla–. No te preocupes. Estarán aquí enseguida.

–Ya. Lo que pasa es que...

No hacía falta que acabara la frase; Jonathan sabía perfectamente a qué se refería. Desde que Kerry, que en aquel entonces contaba veintiún años de edad y estaba a punto de comenzar la carrera de derecho, contestó al anuncio que habían puesto para buscar a alguien que cuidara de la casa en su ausencia, la habían considerado como a una hija suya. De aquello hacía ya quince años, y durante ese tiempo Jonathan había ayudado a Kerry en varias ocasiones, guiándola y encauzando su carrera profesional. Últimamente había utilizado su influencia para que el gobernador incluyese su nombre en la lista de candidatos escogidos para un puesto de juez que estaba vacante.

Diez minutos más tarde el timbre de la puerta anunciaba la llegada de Kerry y su hija. Tal como Robin suponía, había un par de regalos aguardándole: un libro y un juego para su ordenador. Después de la cena, se llevó el libro a la biblioteca y se arrellanó en una butaca mientras los adultos tomaban el café.

Consciente de que Robin no podía oírle, Grace preguntó a Kerry:

–Las cicatrices de su cara desaparecerán, ¿verdad?

–Le he hecho la misma pregunta al doctor Smith cuando lo he visto y no sólo me ha garantizado que no le quedará señal alguna, sino que me ha hecho sentir como si le hubiera insultado al expresarle mi preocupación. Tengo la impresión de que ese doctor es un ególatra de mucho cuidado, aunque la semana pasada, cuando fui al hospital, el médico de urgencias me aseguró que se trata de un buen cirujano plástico. Incluso me llegó a decir que tiene unas manos prodigiosas.

Mientras apuraba el café, Kerry pensó en la mujer que había visto en la consulta del doctor Smith. Alzó la vista y miró a Jonathan y Grace.

–Mientras esperaba a que saliera Robin, me ha ocurrido una cosa extraña. He visto a una mujer en la consulta del doctor Smith que me ha resultado sumamente conocida –dijo–. Le he preguntado a la enfermera de recepción cómo se llamaba. Estoy segura de que no la conozco, y sin embargo, sigo con la sensación de que no es la primera vez que la veo. He sentido un escalofrío al verla. ¿No es extraño?

–¿Qué aspecto tenía?

–Poseía un atractivo muy incitante, muy sensual y provocador... –dijo Kerry con aire pensativo–. Supongo que por sus labios. Los tenía gruesos, abultados... Ya sé, tal vez sea una de las antiguas novias de Bob y me niegue a acordarme de ella. –Se encogió de hombros–. Bueno, no voy a dejar de pensar en ella hasta que averigüe de quién se trata.

5

«Usted ha cambiado mi vida, doctor Smith...» Aquello era lo que Barbara Tompkins había dicho al cirujano antes de abandonar su consulta ese mismo día. Él sabía que era cierto. Había cambiado su aspecto y, al hacerlo, también había cambiado su vida. Gracias a él, aquella mujer corriente y de aspecto casi triste que aparentaba más años de los veintiséis que realmente tenía se había convertido en una joven belleza. En más que en una belleza en realidad. Ahora tenía carácter. Había dejado de ser la mujer insegura que acudió a su consulta un año atrás.

En aquel entonces trabajaba en una pequeña compañía de relaciones públicas de Albany. «He visto lo que ha hecho a uno de nuestros clientes –dijo cuando entró en su consulta el primer día–. Acabo de heredar algo de dinero de mi tía. ¿Puede conseguir que sea bonita?»

Había hecho más que eso. La había transformado. La

había convertido en una mujer bella. Ahora Barbara estaba trabajando en Manhattan en una gran empresa de relaciones públicas de prestigio. Aunque siempre había sido una muchacha inteligente, el hecho de combinar la inteligencia con aquella clase especial de belleza había cambiado realmente su vida.

El doctor Smith atendió a su último paciente de ese día a las seis y media. Luego caminó por la Quinta Avenida y, después de tres manzanas, llegó a la cochera reformada de Washington Mews en la que vivía.

Cuando llegaba a casa, solía relajarse bebiendo un whisky con sifón y viendo las noticias de la tarde, luego decidía dónde ir a cenar. Vivía solo y casi nunca comía en casa.

Esa noche le embargó una inquietud poco habitual. De todas las mujeres, Barbara Thompson era la que más se parecía a ella. El mero hecho de verla había sido una experiencia emocionante, casi catártica. La había oído hablar con la señora Carpenter y había acertado a oír que esa noche iba a cenar con un cliente en el Oak Room del hotel Plaza.

Se levantó casi a regañadientes. Lo que iba a suceder a continuación era inevitable. Iría al bar del Oak Room, miraría en el interior del restaurante e intentaría encontrar una mesa desde la que pudiera observar a Barbara mientras cenaba. Con un poco de suerte no se fijaría en él. Pero si lo hacía, si llegaba a verlo, él se limitaría a saludar con la mano. No tenía por qué pensar que la estaba siguiendo.

6

Después de regresar a casa tras la cena con Jonathan y Grace, y cuando Robin ya llevaba un buen rato dormida, Kerry reanudó su trabajo. Su despacho se encontraba en el estudio de la casa a la que se había trasladado después de que Bob las abandonó y ella vendió la que habían adquirido juntos. Había podido comprar su actual vivienda por un buen precio, cuando el mercado inmobiliario estaba barato, y se alegraba de haberlo hecho. Estaba encantada. Era una casa de campo estilo *Cape Cod* con buhardillas dobles, construida hacía cincuenta años y situada en un solar arbolado de algo menos de una hectárea. El único defecto que tenía era que en otoño las hojas caían a mares. No tardarían en hacerlo, pensó dejando escapar un suspiro.

Al día siguiente tenía que interrogar al acusado en el caso de asesinato en que estaba trabajando. Se trataba de un buen actor. Al prestar declaración, su versión de los hechos que habían conducido a la muerte de su supervisora había parecido totalmente verosímil. Según él, su jefa no dejaba de humillarlo, hasta el punto de que un día no había podido más y la había matado. El abogado defensor iba a pedir una sentencia de homicidio sin premeditación.

La labor de Kerry consistía en echar por tierra la historia del acusado y mostrar que se trataba de un asesinato que había preparado y ejecutado cuidadosamente movido por el rencor que sentía hacia su supervisora, quien había tenido buenas razones para negarle un ascenso. Aquello le había costado la vida. Ahora él tenía que pagar por ello, pensó la abogada.

Era la una de la madrugada cuando por fin se sintió satisfecha con todas las preguntas que quería plantear y todas las ideas que deseaba dejar claras. Cansada, subió por las escaleras al primer piso. Se asomó a la habitación de Robin, vio que dormía tranquilamente, la tapó bien y caminó por el pasillo en dirección a su dormitorio.

Cinco minutos más tarde, cuando ya se había lavado la cara, cepillado los dientes y puesto su pijama favorito, se metió en la cama de matrimonio de bronce que compró en una subasta cuando Bob se había ido de casa. Había cambiado todos los muebles del dormitorio. Le había resultado imposible vivir con las viejas cosas, mirar en su cómoda, en su mesita de noche, ver la almohada en su lado de la cama.

La cortina estaba sólo medio corrida, y gracias a la leve luz de la farola que había en el poste de la entrada a la casa, pudo ver que había empezado a llover copiosamente.

Bueno, el buen tiempo no podía durar eternamente, pensó, alegrándose de que al menos no hiciera tanto frío como habían anunciado. La lluvia no se convertiría en aguanieve. Cerró los ojos deseando poder tranquilizarse y preguntándose por qué se sentía tan inquieta.

Se despertó a las cinco, pero logró dormitar hasta las seis. Fue a esa hora cuando tuvo el sueño por primera vez.

Se vio a sí misma en la sala de espera de la consulta de un médico. Había una mujer tumbada en el suelo. Sus grandes ojos desenfocados miraban al vacío y la oscura mata de su pelo caía sobre las bellas facciones de su rostro malhumorado. Una cuerda anudada le retorcía el cuello.

Entonces, mientras Kerry la observaba, la mujer se levantaba, se quitaba la cuerda del cuello y se acercaba a la enfermera de recepción para concertar una cita.

7

Esa noche Robert Kinellen había pensado en llamar a Kerry para preguntarle qué tal le había ido a Robin en el médico; pero aunque la idea no dejaba de rondarle en la cabeza, al final no se decidió a hacerlo. Su suegro y socio principal del bufete de abogados, Anthony Bartlett, había tomado la insólita decisión de aparecer en la casa de los Kinellen después de la cena para estudiar la estrategia que iban a adoptar en el próximo juicio por evasión de impuestos sobre la renta al que se enfrentaba James Forrest Weeks, el cliente más importante y conflictivo del bufete.

Weeks, un empresario y promotor inmobiliario que movía millones de dólares, se había convertido en las tres últimas décadas en algo parecido a una figura pública en Nueva York y Nueva Jersey. Aparte de colaborar activamente en campañas políticas y ser un socio importante de varias organizaciones benéficas, era objeto de incesantes rumores relacionados con casos de uso de información privilegiada y tráfico de influencias. También se murmuraba que tenía contactos con conocidos mafiosos.

El fiscal general llevaba años tratando de acusar a Weeks de algo, por lo que el hecho de representarle durante las últimas investigaciones había resultado ser un trabajo muy provechoso para Bartlett y Kinellen desde el punto de vista económico. Hasta ese momento los federales habían fracasado en la búsqueda de las pruebas necesarias para realizar una acusación sólida.

–Esta vez Jimmy tiene serios problemas –recordó Anthony Bartlett a su hijo político cuando se hubieron sentado frente a frente en el despacho que Kinellen tenía en su casa de Engelwood Cliffs. Tras beber un trago de su brandy, añadió–: Lo cual significa que nosotros también tenemos serios problemas con él.

En los diez años que Bob llevaba trabajando en el bufete, había visto cómo éste iba estrechando su relación con Weeks Enterprises hasta el extremo de convertirse en prácticamente una extensión de la firma. De hecho, sin el enorme imperio empresarial de Jimmy, los abogados se habrían quedado con un puñado de clientes de poca importancia y sus ingresos no habrían sido suficientes para mantener las actividades del bufete. Ambos sabían que si Jimmy era declarado culpable, Bartlett y Kinellen dejaría de existir como firma de abogados.

–Es Barney quien me preocupa –dijo Bob con tranquilidad.

Barney Haskell era el administrador jefe de Jimmy

Weeks y el segundo acusado en el caso. Los dos sabían que el fiscal estaba ejerciendo una intensa presión sobre él para que pasara a ser testigo de cargo. A cambio le había ofrecido una mayor flexibilidad por parte de la acusación.

Anthony Bartlett hizo un gesto de asentimiento con la cabeza.

–A mí también.

–Y por varias razones –prosiguió Bob–. ¿Te he contado lo del accidente de Nueva York? ¿Y que Robin se ha tenido que someter a un tratamiento de cirugía plástica?

–Sí. ¿ Qué tal se encuentra?

–Bien, gracias a Dios. Pero no te he dicho quién es el doctor. Charles Smith.

–Charles Smith. –Anthony Bartlett frunció el entrecejo con aire pensativo. Entonces arqueó las cejas y se irguió en la silla–. ¿No será...?

–En efecto –dijo Bob–. Y mi ex mujer, la ayudante del fiscal, ya ha concertado varias citas con él para que reconozca a nuestra hija. Conociendo a Kerry, no tardará mucho en descubrir la relación.

–Oh, Dios mío –dijo Bartlett consternado.

JUEVES 12 DE OCTUBRE

8

La fiscalía del condado de Bergen se encontraba en la primera planta del ala oeste del palacio de justicia. Aparte de Franklin Green, el fiscal, en ella trabajaban sus treinta y cinco ayudantes, setenta investigadores y veinticinco secretarias.

Pese al constante exceso de trabajo y la seria y en ocasiones macabra naturaleza de la profesión, en la fiscalía se respiraba un ambiente de camaradería. A Kerry le encantaba trabajar allí. De forma regular, los bufetes le hacían tentadoras ofertas de trabajo. Sin embargo, a pesar de las interesantes condiciones económicas, la abogada había decidido permanecer en su sitio, y poco a poco fue ascendiendo en el escalafón hasta llegar al puesto de encargada de procesos. Mientras tanto, se había ganado la reputación de ser una abogada inteligente, dura y escrupulosa.

Dos jueces que habían llegado a la edad de jubilación obligatoria acababan de abandonar su cargo como magistrados, por lo que en ese momento había dos puestos vacantes en la judicatura. En su calidad de senador, Jonathan Hoover había propuesto a Kerry para uno de esos puestos. Ella no quería admitir, ni siquiera ante sí misma, cuánto deseaba conseguirlo. Aunque los grandes bufetes de abogados le ofrecían mucho dinero, un puesto de juez era la clase de logro con que el dinero no podía competir.

Esa mañana Kerry estaba pensando en su posible designación mientras tecleaba el código de entrada de la puerta principal. Cuando oyó el click, abrió la puerta. Saludó al encargado del cuadro de mandos y se dirigió apresuradamente a su despacho.

Comparado con los cuchitriles sin ventanas que tenían asignados los nuevos ayudantes, el despacho de la encargada de procesos era de unas dimensiones bastante dignas. Había tal cantidad de pilas de expedientes sobre su viejo escritorio de madera que su deterioro por el paso del tiempo era algo secundario. Las butacas, a pesar de que no hacían juego, resultaban prácticas. Y para abrir el cajón superior del archivador había que tirar de la manilla con fuerza, aunque Kerry consideraba esto un estorbo sin importancia.

El despacho estaba provisto de ventilación oblicua y de ventanas que proporcionaban luz y aire. Kerry le había dado un poco de vida poniendo sobre el alféizar de cada ventana varias plantas de aspecto lozano y colgando unas fotos enmarcadas que había sacado Robin. El resultado que había conseguido era de comodidad funcional y estaba completamente satisfecha de que fuera su despacho.

Esa mañana había traído la primera helada de la estación y Kerry se había puesto su chubasquero antes de salir de casa. Lo colgó con cuidado: lo había comprado en unas rebajas y quería que le durara.

Se sentó en el escritorio y trató de ahuyentar los últimos vestigios del inquietante sueño que había tenido aquella noche. El asunto que tenía ahora entre manos era el juicio que iba a comenzar dentro de una hora.

La supervisora asesinada tenía dos hijos adolescentes a los que había educado sola. ¿Quién iba a cuidar de ellos ahora? «Supongamos que me pasara algo a mí –pensó Kerry–. ¿Quién se ocuparía de Robin? Su padre no, desde luego. Ella no sería feliz en su nueva casa, ni recibiría una buena acogida.» Kerry tampoco podía imaginar a su madre y su padrastro, que tenían más de setenta años y vivían en Colorado, ocupándose de una niña de diez años. «Dios santo, espero que no me pase nada hasta que se haga mayor», pensó antes de dirigir su atención al expediente que tenía delante.

A las nueve menos diez sonó el teléfono. Era Frank Green, el fiscal.

–Kerry, ya sé que tienes que estar en la sala dentro de nada, pero quiero verte un segundo.

–Cómo no.

«Pero tendrá que ser sólo un segundo –pensó–. Frank sabe que al juez Kafka le saca de quicio que le hagan esperar.»

Encontró al fiscal Frank Green sentado en su escritorio. Era un hombre de facciones marcadas y ojos astutos. A sus cincuenta y dos años de edad, se mantenía tan en forma que parecía un jugador de fútbol americano. Su sonrisa era cálida pero extraña, pensó. ¿Se había arreglado la dentadura? «Si es así, ha hecho bien. Tiene buen aspecto, y saldrá bien en las fotografías cuando le propongan en junio.»

No había lugar a dudas de que Green ya estaba preparando su candidatura para gobernador. La atención que prestaban los medios de comunicación a su fiscalía era cada vez mayor y el cuidado con que elegía últimamente su vestuario era evidente. Un editorial había dicho que dado que el actual gobernador realizó un gran servicio durante los dos últimos mandatos y que Green era el sucesor propuesto por él, había muchas posibilidades de que éste fuera el próximo encargado de dirigir el estado.

Nada más publicarse este editorial, Green empezó a ser conocido entre los miembros de la fiscalía como «nuestro dirigente».

La abogada le admiraba por su habilidad y eficacia como jurista. Estaba al frente de un equipo sólido y cohesionado. El único pero que le ponía era que durante aquellos diez años había condenado al ostracismo a varios ayudantes por haber cometido errores inocentes. En su escala de prioridades Green se colocaba siempre a sí mismo en el primer lugar.

Kerry sabía que su posible designación para el cargo de juez había hecho que su estatura como abogada aumentara a los ojos de Green.

–Parece que los dos estamos destinados a hacer grandes cosas –había comentado en un insólito arranque de euforia y camaradería.

Cuando llegó a su despacho le dijo:

–Entra, Kerry. Sólo quería que me dijeras personalmente cómo se encuentra Robin. Cuando me enteré ayer de que habías pedido al juez que suspendiera el juicio, me quedé preocupado.

Le informó de forma resumida cómo había ido el reconocimiento y le tranquilizó diciéndole que no había por qué preocuparse.

–Robin estaba con su padre cuando ocurrió el accidente, ¿no es cierto? –preguntó él.

–Sí, Bob conducía.

–Es posible que se le esté acabando la buena suerte a tu ex marido. No creo que consiga sacar a Weeks de ésta. Se dice por ahí que le van a coger. Espero que así sea. Es un estafador o tal vez algo peor. –Entonces hizo un gesto de rechazo–. Me alegro de que Robin esté bien; ya sé que estás a cargo de todo. Hoy vas a interrogar al acusado, ¿no es así?

–Sí.

–Conociéndote, casi me da pena. Buena suerte.

LUNES 23 DE OCTUBRE

9

Habían pasado casi dos semanas y Kerry seguía todavía rebosando de satisfacción por el resultado del juicio. Había conseguido la condena de asesinato. Al menos los hijos de la mujer asesinada no crecerían sabiendo que el asesino de su madre iba a estar en la calle en un plazo de cinco o seis años. Aquello era lo que habría ocurrido si el jurado hubiera aceptado la defensa de homicidio sin premeditación. La condena mínima por asesinato era de treinta años sin libertad condicional.

Se encontraba de nuevo sentada en la sala de espera de la consulta del doctor Smith. Abrió su omnipresente cartera y sacó un periódico. Era el segundo reconocimiento que le hacían a Robin y no debería ser más que una cuestión rutinaria, de manera que podía relajarse. Además, estaba impaciente por leer las últimas noticias sobre el caso Weeks.

Tal como había pronosticado Frank Green, la opinión generalizada era que el acusado tenía las de perder. Las investigaciones que se habían realizado con anterioridad por soborno, uso de información privilegiada y blanqueo de dinero habían tenido que ser abandonadas por falta de pruebas. Esta vez, sin embargo, se decía que los argumentos de la acusación eran realmente sólidos. Es decir, si es que lograba presentarlos. La selección del jurado se había prolongado varias semanas y no parecía que fuera a acabar nunca. Seguro que Bartlett y Kinellen estaban encantados de que siguieran aumentando el número de horas que iban a cobrar, pensó la abogada.

Bob le había presentado a Jimmy Weeks en una ocasión en que se lo encontraron en un restaurante. Kerry examinó la fotografía en que Weeks aparecía sentado al lado de su ex marido en la mesa de la defensa. Detrás del traje sastre que llevaba y el postizo aire de sofisticación que tenía no había más que un matón, pensó.

En la foto, Bob tenía el brazo extendido por detrás del respaldo de la silla de Weeks en actitud protectora. Las cabezas de ambos hombres estaban próximas. Kerry recordó que Bob solía adoptar esa postura.

Leyó rápidamente el artículo y volvió a meter el periódico en la cartera. Recordó lo consternada que se había sentido cuando, poco después de nacer Robin, Bob le había dicho que había aceptado un trabajo con Bartlett y Asociados.

–Todos sus clientes tienen un pie en la cárcel –había afirmado ella–. Y deberían tener los dos.

–Y pagan sus facturas puntualmente –había contestado Bob–. Kerry, quédate en la fiscalía si quieres. Yo tengo otros planes.

Un año más tarde le había anunciado que dichos planes incluían casarse con Alice Bartlett.

«La misma historia de siempre», se dijo Kerry mientras miraba alrededor. Las personas que se encontraban en la sala de espera ese día eran un adolescente de aspecto atlético y con una venda sobre la nariz y una mujer de edad avanzada cuya arrugada piel indicaba el motivo de su presencia en la consulta.

Kerry miró su reloj. Robin le había dicho que la semana pasada había estado esperando media hora en una de las salas. «Debí haber llevado un libro», había añadido. Esta vez no se había olvidado de traerse uno.

«¿Por qué el doctor Smith no concertará sus citas a horas más razonables?», se preguntó Kerry con irritación mientras miraba hacia la puerta por la que se entraba a las salas de consulta, que se abría en ese momento.

Kerry se quedó helada y los ojos parecieron salírsele de las órbitas. La joven que estaba saliendo tenía el pelo oscuro, la nariz recta, los labios abultados, los ojos grandes y las cejas arqueadas. La abogada sintió un nudo en la garganta. No era la misma mujer que había visto la otra vez, pero se parecía mucho a ella. ¿Serían parientes? Aunque las dos fueran pacientes del doctor, no tenía sentido que las estuviera sometiendo a un tratamiento para darles la misma imagen, pensó.

¿Y cómo era posible que la cara de esa mujer le resultara familiar hasta el extremo de ser la causa de una pesadilla? Kerry movió la cabeza, incapaz de hallar una respuesta.

Volvió a mirar a las demás personas que estaban sentadas en la pequeña sala de espera. Evidentemente, el muchacho había sufrido un accidente; lo más probable era que se hubiera roto la nariz. En cambio, la mujer de edad avanzada ¿había acudido a la consulta por algo tan rutinario como un *lifting* en la cara o había ido con la esperanza de cambiar de imagen por completo?

¿Qué sensación se tendría al mirarse en el espejo y ver la cara de un extraño?, se preguntó Kerry. ¿Se podía elegir la imagen que se quisiera? ¿Sería así de sencillo?

–Señora McGrath.

Kerry se volvió hacia la señora Carpenter, la enfermera, que le estaba indicando que entrara en una de las salas de consulta.

Se levantó rápidamente para seguirla. La última vez Kerry había preguntado a la enfermera cómo se llamaba la mujer que había visto en la consulta y aquélla le había dicho que su nombre era Barbara Tompkins. También podría preguntarle cómo se llamaba la que acababa de ver.

–¿Cómo se llama la mujer que acaba de salir? Su cara me resulta familiar –preguntó.

–Pamela Worth –contestó la señora Carpenter lacónicamente–. Por aquí.

Encontró a Robin sentada frente al doctor. Tenía las manos recogidas sobre el regazo y estaba en una postura desacostumbradamente erguida. Entonces se fijó en la cara de alivio que ponía su hija cuando se volvió hacia ella y sus miradas se cruzaron.

El doctor le hizo un gesto con la cabeza para indicarle que se sentara en la silla que había al lado de Robin.

–Le he explicado a Robin el tratamiento de recuperación que ha de seguir para lograr que se le curen las heridas sin ningún problema. Si quiere continuar jugando a fútbol, debe prometerme que llevará una máscara durante el resto de la temporada. No podemos arriesgarnos a que se le vuelvan a abrir los cortes. Espero que las marcas hayan desaparecido en un plazo de seis meses. –Entonces le lanzó una mirada penetrante–. Ya le he explicado a Robin que mucha gente acude a mí en busca de la clase de belleza que ella ha recibido de forma natural. Su deber es protegerla. He visto en su expediente que usted está divorciada. Robin me ha dicho que era su padre quien conducía el coche cuando ocurrió el accidente. Le pido encarecidamente que le diga que cuide mejor de su hija. Es insustituible.

En el camino de vuelta a casa, a petición de Robin, se detuvieron a comer en el restaurante Valentino de Park Ridge. «Me gustan los camarones que tienen aquí», explicó la niña. Sin embargo, cuando se sentaron a la mesa, miró alrededor y dijo: «Papá me trajo aquí una vez. Dice que es el mejor». El tono de su voz era triste.

«De modo que por eso éste es su restaurante favorito»,

pensó Kerry. Desde el día del accidente, Bob sólo había llamado a Robin en una ocasión, y en horas de clase. En el mensaje que había dejado en el contestador automático le había dicho que suponía que estaba en el colegio, lo cual debía de significar que se encontraba perfectamente. Ni siquiera le había pedido que le llamara cuando volviera. «No seas injusta –se dijo Kerry–. Me llamó al despacho y sabe que el doctor Smith ha dicho que se va a recuperar. Aunque de eso hace ya dos semanas. Desde entonces no sé nada de él.»

El camarero les preguntó qué iban a comer. Cuando se quedaron nuevamente solas, Robin dijo:

–Mamá, no quiero volver a ver al doctor Smith. Es un hombre muy raro.

A Kerry se le encogió el corazón. Precisamente era lo que había estado pensando. Lo que le vino entonces a la cabeza fue que sólo tenía la palabra del doctor de que las feas marcas rojas que Robin tenía en la cara fueran a desaparecer. «Debo llevarla a otro médico para que la mire», pensó. Tratando de hablar con tono despreocupado, dijo:

–Bueno, no creo que haya nada que objetar al doctor Smith, si exceptuamos el hecho de que es un energúmeno. –Su hija premió su comentario con una sonrisa–. De todos modos –continuó–, no vas a tener que volver a verle hasta dentro de un mes, y después es posible que no vuelvas a verlo jamás, así que no te preocupes. No es culpa suya haber nacido con una forma de ser tan desagradable.

Robin se echó a reír.

–Te quedas corta. ¡No hay quien lo aguante!

Cuando les sirvieron la comida, probaron lo que habían pedido cada una y se pusieron a charlar. A Robin le encantaba la fotografía y estaba asistiendo a un curso sobre técnica fotográfica para principiantes. El último trabajo que le habían encargado era captar el cambio de color de las hojas en otoño.

–Tengo que enseñarte las fotos tan bonitas que hice

cuando empezaron a cambiar de color, mamá. Estoy segura de que las que he sacado esta semana son una maravilla; ahora es cuando las hojas tienen el color más intenso.

–¿Y lo sabes sin verlas? –murmuró Kerry.

–¡Ajá! Estoy deseando que las hojas se sequen para que las levante un buen vendaval y las esparza por todos lados. Será maravilloso, ¿no crees?

–No hay nada como un buen vendaval para esparcirlo todo –asintió Kerry.

Decidieron no tomar postre. Kerry estaba metiendo la tarjeta de crédito en la cartera cuando oyó a Robin sofocar una exclamación.

–¿Qué sucede, Rob?

–Papá está aquí. Nos ha visto.

Robin se había levantado de un salto.

–Espera, Rob, deja que venga él –musitó Kerry.

Se volvió. Bob estaba siguiendo al *maître* en compañía de otro hombre. Kerry abrió los ojos desmesuradamente. El hombre que le acompañaba era Jimmy Weeks.

Como de costumbre, Bob tenía un aspecto formidable. Ni siquiera un duro día de trabajo en los juzgados dejaba una huella de cansancio en su atractivo rostro. «Ni arrugas ni descuidos», pensó Kerry, consciente de que siempre que veía a Bob tenía el impulso de retocarse el maquillaje, arreglarse la melena y alisarse la chaqueta.

Robin, por su parte, no cabía en sí de gozo. Encantada, apretó a su padre cuando éste la abrazó.

–Siento no haber estado en casa cuando llamaste, papá.

«Oh, Robin», pensó Kerry.

Entonces se dio cuenta de que Weeks la estaba mirando fijamente.

–Nos presentaron aquí mismo el año pasado –dijo–. Estaba cenando con un par de jueces. Me alegro de volver a verla, señora Kinellen.

–Dejé de apellidarme así hace tiempo. Ahora me apellido de nuevo McGrath. De todos modos, tiene usted buena memoria, señor Weeks.

El tono de Kerry era inexpresivo. Por descontado, no estaba dispuesta a decir que se alegraba de ver a ese hombre.

–Sin lugar a dudas. –La sonrisa de Weeks hizo que el comentario pareciera una broma–. Viene bien cuando se trata de recordar a una bella mujer.

«Vamos, hombre...», pensó Kerry con una sonrisa tensa en los labios.

Se desentendió de él en cuanto Bob soltó a Robin y le tendió la mano.

–Kerry, qué sorpresa más agradable.

–Suele ser una sorpresa verte, Bob...

–Mamá... –imploró Robin.

Kerry se mordió el labio. Se detestaba a sí misma cuando se metía con Bob en presencia de su hija. Esbozó una sonrisa forzada.

–Ya nos íbamos.

Cuando se hubieron sentado a la mesa y les hubieron servido las bebidas, Jimmy Weeks comentó:

–No parece que tu antigua mujer te tenga mucho aprecio, Bobby.

Kinellen se encogió de hombros.

–Kerry debería calmarse. Se lo toma todo demasiado en serio. Nos casamos jóvenes y luego nos separamos. Es algo que sucede todos los días. Ojalá conociera a otro hombre.

–¿Qué le ha ocurrido a vuestra hija en la cara?

–Se le clavaron unos cristales en un accidente de tráfico. No es nada grave.

–¿La has llevado a un buen cirujano plástico?

–Sí, a uno que me han recomendado. ¿Qué te apetece comer?

–¿Cómo se llama el médico? Igual es el mismo al que ha ido mi esposa.

Bob Kinellen empezó a crisparse y maldijo la mala suerte que había tenido al encontrarse con Kerry y Robin y tener que responder a las preguntas de Jimmy sobre el accidente.

–Charles Smith –dijo finalmente.

–¿Charles Smith? –La voz de Weeks era de sorpresa–. Estás de broma.

–Ojalá lo estuviera.

–Bueno, he oído decir que está a punto de jubilarse. Está muy delicado.

Kinellen le lanzó una mirada de extrañeza.

–¿Cómo te has enterado de eso?

Jimmy Weeks le observó fríamente.

–Le sigo la pista. Te puedes imaginar por qué. No creo que tarde mucho.

10

Esa noche volvió a tener el mismo sueño. Se encontraba de nuevo en la consulta del médico. Una joven de pelo oscuro estaba tumbada en el suelo con una cuerda en torno al cuello y los ojos desenfocados. Tenía la boca abierta como si no pudiera respirar, y por ella asomaba la sonrosada punta de la lengua.

En el sueño, Kerry trataba de gritar, pero sólo salió de su garganta un leve gemido. Segundos más tarde, Robin la sacudía para despertarla.

–Mamá, mamá, despierta. ¿Qué te pasa?

Kerry abrió los ojos.

–¿Qué? Oh, Dios mío, Rob. He tenido una pesadilla horrorosa. Gracias.

Sin embargo, cuando Robin hubo regresado a su habitación, Kerry se quedó despierta pensando en el sueño.

¿Cuál había sido el motivo de esa pesadilla?, se preguntó. ¿Por qué había sido diferente a la anterior?

Esta vez había visto unas flores esparcidas sobre el cuerpo de la mujer. Rosas. Rosas rojas.

De repente, se incorporó. ¡Eso era! ¡Eso era lo que había estado tratando de recordar! La mujer que había visto aquel día en la consulta del doctor Smith y la que había visto hacía un par de semanas... Las mujeres que se parecían tanto... Ya sabía por qué sus caras le resultaban tan familiares. Sabía por fin a quién se parecían.

Suzanne Reardon, la víctima del caso de asesinato de las rosas rojas. Su marido la había asesinado hacía casi once años. La prensa prestó una gran atención a aquel caso: era un crimen pasional, y el cuerpo de la hermosa víctima estaba cubierto de rosas.

«El día que me incorporé a la fiscalía coincidió con el día en que el jurado declaró culpable al marido –pensó Kerry–. En los periódicos no aparecían más que fotografías de Suzanne. Estoy segura de que se trata de eso –se dijo–. Estuve presente en la sala cuando lo condenaron. Aún me acuerdo de la impresión que me causó... De todos modos, no me entra en la cabeza... ¿Cómo es posible que las dos pacientes del doctor Smith se parezcan tanto a la víctima de un asesinato?»

11

Pamela Worth había sido un error. Esta idea mantuvo despierto al doctor Smith prácticamente toda la noche del lunes. Ni siquiera la belleza del rostro que le acababa de esculpir contrarrestaba la falta de elegancia en su porte y la estridencia de su voz.

«Debí darme cuenta de inmediato», pensó.

En realidad, lo supo desde el primer momento, pero había sido incapaz de contenerse. Su estructura ósea la había convertido en una candidata ridículamente apta para semejante transformación. Y el hecho de ver cómo dicho cambio se hacía realidad por obra de sus dedos le había permitido volver a sentir parte de la emoción que le había embargado la primera vez.

Se preguntó qué haría cuando le fuera imposible seguir operando. Un momento que se hallaba cada vez más cerca. El leve temblor de manos que ahora le molestaba no tardaría en hacerse más pronunciado. La molestia daría lugar a la incapacidad.

Encendió la luz, pero no la de la mesita de noche, sino la que iluminaba el cuadro que había colgado en la pared de delante de la cama. Lo miraba todas las noches antes de dormir. Era tan hermosa. Sin embargo, ahora que no tenía puestas las gafas, la mujer que aparecía en él daba la impresión de estar desfigurada, deformada, como si tuviera el aspecto que había ofrecido al morir.

–Suzanne –musitó.

Entonces, sumido en el dolor que le traía la memoria, se tapó los ojos con el brazo para borrar la imagen. No podía soportar el recuerdo del aspecto con que se había quedado, despojada de su belleza, con los ojos desorbitados, la punta de la lengua asomando sobre el fláccido labio inferior y la mandíbula desencajada...

MARTES 24 DE OCTUBRE

12

El martes por la mañana, lo primero que hizo Kerry al llegar a su despacho fue llamar a Jonathan Hoover.

Como siempre, le resultó reconfortante oír su voz. Fue directa al grano.

–Jonathan, ayer Robin fue a Nueva York para el reconocimiento y, según parece, todo va bien. De todos modos, me quedaría mucho más tranquila si otro cirujano plástico me diera su opinión, alguno que coincida con el doctor Smith y me diga que no le van a quedar cicatrices. ¿Conoces a alguno que sea bueno?

Por el tono de su voz, la abogada pensó que Jonathan debía de estar sonriendo.

–No por experiencia personal.

–Nunca te ha hecho falta uno, desde luego.

–Gracias, Kerry. Permíteme que haga alguna averiguación. Grace y yo también pensábamos que debías ver a otro médico para tener otra opinión, pero no queríamos interferir. ¿Pasó algo ayer que te haya hecho tomar esta decisión?

–Sí y no. Tengo una cita ahora mismo. Ya te lo contaré la próxima vez que te vea.

–Te llamo esta tarde para darte un nombre.

–Gracias, Jonathan.

–De nada, señoría.

–No digas eso, Jonathan, que me vas a gafar.

En el momento en que iba a colgar el auricular, oyó cómo Jonathan se reía.

La primera cita que tenía esa mañana era con Corinne Banks, la ayudante del fiscal a la que, en su calidad de encargada de procesos, había asignado un caso de homicidio en accidente de tráfico. Según el horario de juicios, el suyo estaba programado para el próximo lunes y Corinne quería repasar ciertos aspectos de los cargos que tenía intención de presentar. Tras llamar a la puerta, la abogada entró en su despacho con un gruesa carpeta bajo el brazo. Tenía una sonrisa de oreja a oreja.

–Adivina qué ha averiguado Joe – dijo de buen humor.

Joe Palumbo era uno de sus mejores investigadores.

Kerry sonrió.

–Me muero de ganas de saberlo.

–Nuestro inocentísimo acusado, que afirma no haber tenido jamás ningún otro accidente, se ha metido en un buen lío. Amparándose en un carnet de conducir falso, ha cometido toda una serie de infracciones de tráfico, entre ellas un accidente mortal hace quince años. Me moría de ganas de encerrarle, y ahora estoy convencida de que podemos hacerlo. –Puso la carpeta sobre la mesa y la abrió–. De todos modos, lo que quería decirte es...

Veinte minutos más tarde, una vez Corinne se hubo marchado, Kerry descolgó el auricular. La alusión de Corinne al investigador le había dado una idea.

Cuando Joe Palumbo contestó con su habitual «¿Sssí?», Kerry le preguntó:

–Joe, ¿tienes algún plan para la hora del almuerzo?

–Ni uno, Kerry. ¿No me irás a llevar a comer a Solari´s?

La abogada se echó a reír.

–Me encantaría, pero tengo otro plan en mente. ¿Cuánto tiempo llevas trabajando aquí?

–Veinte años.

–¿No trabajarías en el caso Reardon, aquel que la prensa llamó el asesinato de las rosas rojas, hará unos diez años?

–Ése fue un caso muy sonado. No, no trabajé en él, pero creo recordar que lo resolvieron con bastante rapidez. «Nuestro dirigente» se ganó su reputación gracias a él.

Kerry sabía que Frank Green no era santo de la devoción de Joe Palumbo.

–¿Hubo muchas apelaciones? –preguntó.

–Oh, sí. Propusieron un montón de teorías. Parecía que el asunto no iba a concluir nunca –respondió el investigador.

–Creo que la última apelación fue rechazada hace un par de años –dijo Kerry–, pero ha surgido algo que ha despertado mi curiosidad por el caso. A lo que iba, quiero que examines los archivos de *The Record* y que saques todo lo que se haya publicado al respecto.

La abogada se imaginó a Joe poniendo alegremente los ojos en blanco.

–Cuenta con ello, Kerry. Por ti, cualquier cosa. De todas formas, ¿qué mosca te ha picado? Es un caso cerrado desde hace tiempo.

–Pregúntamelo cuando vengas.

El almuerzo de Kerry consistió en un sándwich y un café en su despacho. Palumbo llegó a la una y media con un sobre abultado bajo el brazo.

–Dicho y hecho.

Kerry le miró cariñosamente. Bajo, canoso, con diez kilos de más y siempre dispuesto a sonreír, Joe tenía un aire bonachón que desarmaba a cualquiera pero que no dejaba traslucir su habilidad para fijarse instintivamente en cualquier detalle que pudiera parecer insignificante a primera vista. La abogada había trabajado con él en algunos de los casos más importantes de los que se había encargado.

–Estoy en deuda contigo –dijo ella.

–Olvídalo, aunque he de confesar que tengo curiosidad. ¿Qué interés tienes en el caso Reardon, Kerry?

Titubeó. Por alguna razón, no le parecía correcto hablar todavía sobre lo que el doctor Smith estaba haciendo.

Palumbo advirtió que la abogada no estaba muy dispuesta a responderle.

–Descuida. Ya me lo dirás cuando puedas. Hasta luego.

Kerry tenía pensado llevarse el informe a casa y leerlo después de cenar, pero no pudo resistir la tentación y sacó el primer recorte. «Estaba en lo cierto –pensó–. Fue hace sólo un par de años.»

Se trataba de una pequeña reseña que había aparecido en la página 32 de *The Record.* En ella se indicaba que el Tribunal Supremo de Nueva Jersey había rechazado la quinta apelación de Skip Reardon para ir de nuevo a juicio y que su abogado, Geoffrey Dorso, prometió encontrar motivos para interponer otra apelación.

Las palabras de Dorso eran: «Voy a seguir intentándolo hasta que Skip Reardon sea exculpado y salga de la cárcel. Es un hombre inocente».

«Cómo no –pensó Kerry–. Eso es lo que dicen todos los abogados.»

13

Por segunda noche consecutiva, Bob Kinellen cenó con su cliente Jimmy Weeks. Había sido un día difícil en los tribunales. La selección de los miembros del jurado no había acabado todavía. Ya habían hecho ocho recusaciones definitivas. Sin embargo, pese al cuidado con que estaban eligiendo al jurado, resultaba evidente que los argumentos que iba a presentar el fiscal eran muy sólidos. A casi nadie le cabía duda de que Haskell se iba a declarar culpable para conseguir un atenuante.

Los dos hombres se mostraron con aspecto sombrío durante la cena.

–Incluso en el caso de que Haskell se declare culpable,

creo que voy a poder aplastarle cuando suba al estrado –aseguró Kinellen a Jimmy.

–Con *creer* que vas a poder aplastarle no basta.

–Ya veremos cómo va todo.

Weeks sonrió sin mostrar ninguna alegría.

–Estás empezando a preocuparme, Bob. Ya es hora de que vayas pensando en un plan de emergencia.

Bob Kinellen decidió hacer caso omiso al comentario de su cliente y abrió la carta del menú.

–He quedado con Alice en casa de Arnott. ¿Tienes pensado ir?

–Claro que no. No sé ni por qué me lo preguntas. No quiero conocer a uno más de sus amigos. Ya me han perjudicado bastante los que me ha presentado hasta el momento.

14

Kerry y Robin se encontraban en la sala de estar. Estaban en silencio pero a gusto. Como era la primera noche que hacía frío, habían decidido encender el primer fuego de la estación, lo que en su caso significaba abrir la espita de gas y apretar el botón que hacía brotar las llamas entre los troncos artificiales.

Kerry siempre daba la misma explicación a las personas que les visitaban:

–Tengo alergia al humo. Además, el fuego se parece al de una chimenea de verdad y da calor. De hecho, se parece tanto que la asistenta ha limpiado las cenizas artificiales con el aspirador y he tenido que comprar otras nuevas.

Robin puso sobre la mesita las fotografías que había hecho para su trabajo sobre el cambio de estaciones.

–Vaya noche... –comentó con satisfacción–. Hace frío y viento. No voy a tener que esperar a sacar el resto de las fotos. Dentro de poco, los árboles estarán pelados y habrá un montón de hojas en el suelo.

Kerry estaba sentada en su butaca favorita y tenía los pies apoyados sobre un cojín. Alzó la vista.

–No me las recuerdes. Me canso sólo de pensar en ellas.

–¿Por qué no compras uno de esos aparatos para recoger hojas?

–Te regalaré uno en Navidad.

–Muy graciosa... ¿Qué estás leyendo, mamá?

–Ven aquí, Rob –Kerry le mostró el recorte de periódico con la fotografía de Suzanne Reardon–. ¿Reconoces a esta señora?

–Es la que estaba ayer en la consulta del doctor Smith.

–Eres muy observadora, pero no se trata de la misma persona.

Kerry acababa de empezar a leer la historia del asesinato de Suzanne Reardon. Su marido, Skip Reardon, un contratista de éxito que había llegado a ser multimillonario por sus propios esfuerzos, había encontrado a media noche su cuerpo tendido en el suelo del vestíbulo de su lujosa casa de Alpine. La habían estrangulado. El cadáver estaba cubierto de rosas rojas.

«Seguramente lo leí entonces –pensó Kerry–. Debió de causarme una gran impresión para acabar soñando con ello.»

Veinte minutos más tarde leyó un recorte de periódico que le hizo sentir un nudo en la garganta. Skip Reardon había sido acusado de asesinato porque su suegro, el doctor Charles Smith, había dicho a la policía que su hija vivía atemorizada a causa de los desquiciados arrebatos de celos que sufría su marido.

¡El doctor Smith era el padre de Suzanne Reardon! «Dios mío –pensó Kerry–. ¿Será éste el motivo por el que está dando la cara de su hija a otras mujeres? ¿Cuántas más tendrán el aspecto de Suzanne? Tal vez sea ésta la razón por la que nos soltó ese discurso sobre la belleza.»

–¿Qué ocurre, mamá? ¿Por qué pones esa cara? –preguntó Robin.

–Nada. Es que este caso es muy interesante. –Kerry miró el reloj que había sobre la repisa de la chimenea–. Son las nueve en punto, Rob. Hora de irse a la cama. Subo ahora mismo a darte las buenas noches.

Mientras Robin recogía las fotografías, Kerry dejó sobre el regazo los papeles que estaba leyendo. Había oído hablar de casos en que los padres no lograban reponerse de la muerte de un hijo y dejaban la habitación del hijo tal cual, con la ropa en los cajones, exactamente como la había dejado el niño. Sin embargo, «re-crear» al hijo una y otra vez... Aquello, sin duda iba más allá de la tristeza.

Se levantó lentamente y siguió a Robin al piso de arriba. Después de darle el beso de buenas noches, se fue a su habitación, se puso el pijama y la bata, volvió abajo y, tras prepararse una taza de cacao, reanudó la lectura.

En efecto, el caso de Skip Reardon parecía estar resuelto. El acusado admitía que se había peleado con Suzanne durante el desayuno la mañana del día de su muerte, y que, de hecho, no habían dejado de discutir casi en ningún momento durante los días anteriores. Cuando había llegado a casa, a las seis de la tarde, la había encontrado poniendo unas rosas en un jarrón. Reardon añadía que le había dicho que fuera quien fuese quien se las hubiera regalado, podía quedarse con ellas, porque él se largaba. Entonces, según decía, volvió a su despacho, tomó un par de copas y se quedó dormido en el sofá. Al regresar a su casa a media noche se encontró con el cadáver de su mujer.

Sin embargo, nadie había corroborado su historia. En la carpeta también había una parte de la transcripción del juicio que incluía el testimonio de Skip. El fiscal le había acorralado de tal forma que el confuso acusado había acabado por contradecirse a sí mismo. No había resultado ser un testigo muy convincente, por no decir algo peor.

Kerry pensó que el abogado de Skip había preparado muy

mal a su defendido para testificar. No le cabía duda de que, dadas las pruebas circunstanciales con las que contaba el fiscal, Reardon tenía que haberse mostrado tajante al negar que había asesinado a Suzanne. Sin embargo, era evidente que el inflexible interrogatorio que le había hecho Frank Green le había acobardado por completo. Innegablemente, pensó, Reardon había contribuido a cavar su propia tumba.

La sentencia se había dictado seis semanas después de la conclusión del juicio. Kerry había estado presente. Trató de acordarse de aquel día. Recordaba que Reardon era un hombre alto, pelirrojo y bien parecido. Daba la impresión de sentirse incómodo con el traje a rayas que llevaba. Cuando el juez le había preguntado si quería decir algo antes de que se pronunciara sentencia, repitió que era inocente.

Aquel día Geoff Dorso acompañó a Reardon en su calidad de consejero auxiliar del abogado de la defensa. Kerry había oído hablar de él. Durante los diez años transcurridos desde entonces, Geoff se había ganado una sólida reputación como abogado criminalista. No le conocía personalmente. Nunca se había enfrentado con él en los tribunales.

Empezó a leer el recorte de periódico sobre la condena. En él se citaban las palabras de Skip Reardon: «Soy inocente de la muerte de mi esposa. Jamás le hice daño. Jamás la amenacé. Su padre, el doctor Charles Smith, es un mentiroso. Ante Dios y este tribunal, juro que es un mentiroso».

Pese al calor que despedía el fuego, Kerry se estremeció.

15

Todo el mundo sabía, o pensaba que sabía, que Jason Arnott había heredado dinero de su familia. Hacía quince años que vivía en Alpine, donde había comprado la vieja casa Halliday, una mansión de veinte habitaciones situada en lo alto de una colina con una espléndida vista del parque interestatal Palisades.

Jason tenía poco más de cincuenta años, altura media, pelo escaso de color castaño, ojos cansados y un buen físico. Viajaba con frecuencia, hablaba vagamente sobre unas inversiones que tenía en Oriente y era un enamorado de las cosas hermosas. Su casa, con primorosas alfombras persas, muebles antiguos, magníficos cuadros y delicados *objets d'art*, era un regalo para la vista. Era un anfitrión soberbio, recibía pródigamente y, a su vez, se veía desbordado por las invitaciones que le mandaban los personajes más célebres, los aspirantes a famosos y los simplemente ricos.

Erudito e ingenioso, Jason afirmaba ser un pariente lejano de los Astor de Inglaterra, si bien la mayoría de la gente suponía que esto no era más que un producto de su imaginación. Sabían que se trataba de un personaje pintoresco, algo misterioso y verdaderamente encantador.

Lo que no sabían era que Jason era un ladrón. Por lo visto, nadie ataba los cabos necesarios para darse cuenta de que, tras un prudente intervalo de tiempo, prácticamente todas las casas que visitaba eran desvalijadas por alguien que parecía tener un método infalible para sortear los sistemas de seguridad. La única condición que se ponía era que pudiera llevarse él mismo los trofeos de sus aventuras. Raras habían sido las ocasiones a lo largo de su carrera en que había desvalijado la totalidad de los bienes de una propiedad. Tales episodios suponían un elaborado sistema de disfraces y la contratación de transportistas renegados que cargaran la furgoneta que guardaba en el garaje de la residencia secreta que tenía en una zona remota de los Catskills.

Allí adoptaba una identidad diferente. Sus vecinos, que vivían a bastante distancia los unos de los otros, le consideraban un solitario que no tenía interés en mantener relaciones sociales. Con la excepción de la asistenta y de algún que otro técnico, no se permitía pasar a nadie al interior de su refugio campestre, y los vecinos no tenían la menor idea del valor de los objetos que guardaba allí.

Si la casa que tenía en Alpine era un primor, la de las Catskills era verdaderamente impresionante, pues allí era donde Jason escondía los objetos robados de los que se sentía incapaz de separarse. Cada uno de los muebles era un tesoro. Tenía un Frederic Remington colgado de la pared del comedor, justo encima de un aparador Sheraton, sobre el que relucía un jarrón Peachblow.

Todo lo que había en Alpine había sido comprado con el dinero que Jason obtenía vendiendo género robado. No había nada en la casa que llamara la atención de alguien que tuviera una memoria fotográfica para los objetos robados. Jason podía decir con toda tranquilidad y confianza: «Sí, es muy bonito, ¿verdad? Lo adquirí en Sotheby´s el año pasado», o «Fui al condado de Bucks cuando sacaron la finca Parker a subasta».

La única vez que Jason había cometido un error fue diez años atrás, cuando a la asistenta que iba a su casa de Alpine los viernes se le cayeron las cosas que llevaba en el bolsillo. Al recogerlas, se le pasó por alto la hoja de papel en que tenía apuntados los códigos de seguridad de cuatro casas de la zona. Jason los copió, dejó la hoja donde la había encontrado antes de que la asistenta se diera cuenta de que la había perdido e, incapaz de resistirse a la tentación, desvalijó las cuatro casas: la de los Ellots, la de los Ashton, la de los Donnatelli y la de los Reardon. Jason todavía se estremecía cuando recordaba la terrible noche en que había ido a robar esta última. Logró huir de milagro. Pero de aquello hacía ya años y, tras haber agotado todas las vías para ganar una apelación, Skip Reardon estaba preso y bien preso.

Esa noche la fiesta estaba de lo más animada. Jason agradeció con una sonrisa los efusivos cumplidos que le estaba dirigiendo Alice Bartlett Kinellen:

–Espero que Bob pueda venir –comentó el experto en antigüedades.

–Oh, seguro que viene. No es propio de él dejarme plantada.

Alice era una hermosa rubia que recordaba a Grace Kelly. Por desgracia, no tenía nada del encanto o de la calidez de la difunta princesa. Alice Kinellen era fría como el hielo. «Además de aburrida y posesiva –pensó Jason–. ¿Cómo podrá aguantarla Kinellen?»

–Está cenando con Jimmy Weeks –dijo ella en confianza entre trago y trago de champán–. Está hasta aquí con ese caso –dijo haciendo un gesto con la mano como si fuera a cortarse el cuello.

–Bueno, espero que Weeks también pueda venir –dijo Jason con sinceridad.

Sin embargo, sabía que no iba a ser así. Weeks llevaba años sin hacer acto de presencia en sus fiestas. De hecho, a raíz de la muerte de Suzanne Reardon, se había mantenido lejos de Alpine. Habían pasado once años desde que Jimmy Weeks conociera a Suzanne Reardon en una fiesta en la casa de Jason Arnott.

MIÉRCOLES 25 DE OCTUBRE

16

Saltaba a la vista que Frank Green estaba irritado. La sonrisa que normalmente no dudaba en lucir para mostrar su dentadura recién blanqueada brillaba por su ausencia mientras miraba a Kerry desde detrás de su escritorio.

«Supongo que es la reacción que cabía esperar –pensó ella–. Debí imaginar que de haber una persona que no quisiera oír hablar de una investigación sobre el caso, ésta sería Frank, y sobre todo ahora, con todo lo que se está hablando acerca de su candidatura para el puesto de gobernador.»

Después de leer los recortes de periódico referentes al caso del asesinato de las rosas rojas, Kerry se acostó dándole vueltas a lo que debía hacer con respecto al doctor Smith. ¿Debía encararse con él y preguntarle sin más rodeos acerca de su hija? ¿Debía preguntarle por qué estaba recreando su imagen en otras mujeres?

Se arriesgaba a que la echara de su consulta y lo negara todo. Skip Reardon había acusado al médico de haber mentido al prestar declaración sobre su hija. Si había mentido entonces, lo más seguro era que Smith no admitiera nada ante Kerry después de todos los años que habían transcurrido. E incluso si había mentido, la pregunta más importante de todas era: ¿por qué?

Antes de quedarse dormida, Kerry había decidido que la persona a quien debía hacer preguntas en primer lugar era

Frank Green, dado que él era el fiscal que se había encargado del caso. Una vez que le explicó a Green el motivo que le había llevado a indagar el caso Reardon, era evidente que la pregunta: «¿Crees que hay alguna posibilidad de que el doctor Smith estuviera mintiendo cuando testificó en contra de Skip Reardon?» no iba a tener una respuesta satisfactoria, ni siquiera cordial.

–Kerry –dijo Green–. Skip Reardon mató a su esposa. Sabía que ella estaba coqueteando. El mismo día en que la mató, llamó a su administrador para preguntarle cuánto le costaría un divorcio y se quedó de piedra cuando se enteró de que le iba a costar un riñón. Era un hombre rico, y Suzanne había abandonado una lucrativa carrera como modelo para dedicar todo su tiempo a su marido. Skip iba a tener que apoquinar de lo lindo. De modo que poner en tela de juicio la veracidad de las declaraciones del doctor Smith supone una pérdida de tiempo y de dinero de los contribuyentes.

–Pero hay algo en el comportamiento del doctor Smith que no encaja –dijo lentamente la abogada–. Frank, no estoy tratando de complicar las cosas. Nadie desea tanto como yo que un asesino esté entre rejas, pero, aun así, estoy convencida de que hay algo en la actitud del doctor Smith que no corresponde a la de un padre apesadumbrado por la pérdida de su hija. Casi parece haber perdido el juicio. Deberías haber visto la expresión de su cara cuando nos sermoneó a Robin y a mí sobre la necesidad de conservar la belleza y sobre el hecho de que ciertas personas la tienen de forma natural y otras tienen que conseguirla.

Green miró su reloj.

–Kerry, acabas de terminar un caso muy importante. Vas a encargarte de otro dentro de nada. Estás pendiente de tu designación para el puesto de juez. Es una lástima que haya tenido que ser el padre de Suzanne Reardon quien haya tratado a Robin. No se puede decir que fuera el testigo ideal que uno espera ver en el estrado. No expresó ni un ápice de emoción cuando habló sobre su hija. De hecho, se mostró tan frío y despreocupado que casi me alegré cuando el jurado creyó su testimonio. Por tu propio bien, olvídate de ello.

Obviamente, la reunión había llegado a su fin. Al levantarse, Kerry dijo:

–Lo que voy a hacer es pedir la opinión de otro cirujano plástico sobre lo que el doctor Smith ha hecho a Robin. Es un médico que me ha recomendado Jonathan.

Una vez que estuvo en su despacho, Kerry pidió a su secretaria que no le pasara las llamadas de teléfono y se quedó sentada un buen rato mirando al vacío. Podía comprender la alarma que sentía Frank Green ante la idea de que ella pudiera sospechar de su «testigo estrella» en el caso del asesinato de las rosas rojas. Estaba claro que cualquier insinuación referente a un posible error judicial daría lugar a mucha publicidad negativa y empañaría la imagen de Frank como futuro gobernador.

«Lo más probable es que el doctor Smith sea un padre afligido que ha acabado obsesionándose y sirviéndose de su gran habilidad como cirujano para recrear a su hija –se dijo–, y que Skip Reardon sea uno de los muchos asesinos que dicen: "No fui yo".»

Así y todo, sabía que no podía olvidarse del asunto de esa manera. El sábado, cuando llevara a Robin al cirujano plástico del que le había hablado Jonathan, le preguntaría cuántos cirujanos de su especialidad considerarían siquiera la posibilidad de dar la misma imagen a varias mujeres.

17

A las seis y media de la tarde, Geoff Dorso miró con disgusto la pila de mensajes que le habían llegado mientras estaba en los tribunales. Entonces se dio media vuelta. Desde las ventanas de su despacho de Newark tenía una magnífica vista del perfil de Nueva York, un panorama que resultaba relajante después de un largo día de trabajo.

Geoff era un chico de ciudad. Había nacido y crecido en Manhattan, aunque al cumplir los once años se había trasladado a Nueva Jersey con su familia. Éste era el motivo por el que le daba la impresión de tener un pie en cada orilla del Hudson, y era una sensación que le agradaba.

A sus treinta y ocho años, Geoff era alto y delgado, y tenía un cuerpo que no evidenciaba el hecho de que fuera un goloso. El pelo negro azabache y la piel atezada eran reflejo de sus antepasados italianos. En cambio, sus intensos ojos azules eran herencia de su abuela, que era de origen irlandés e inglés.

El aspecto de Geoff respondía perfectamente a su condición de soltero. El surtido de corbatas que tenía era bastante caótico y la ropa que solía llevar daba la impresión de cierto descuido. Sin embargo, el montón de mensajes que había sobre su escritorio era una prueba de la excelente reputación que tenía como abogado criminalista y del respeto que se había ganado en el ámbito de las leyes.

Les dio un vistazo, seleccionó los más importantes y tiró los demás. De pronto arqueó las cejas. Kerry McGrath había dejado un aviso para que le llamara. Había dado dos números, el de su despacho y el de su domicilio. ¿De qué se trataría?, se preguntó. No tenía ningún caso pendiente en el condado de Bergen, el área de jurisdicción de Kerry McGrath.

Aunque en el curso de los años había visto a Kerry en diversas cenas del colegio de abogados y sabía que era candidata para el puesto de juez, Geoff no la conocía personalmente. La llamada le intrigaba. Ya era tarde para encontrarla en su despacho, así que decidió llamar a su casa.

–Ya lo cojo yo –dijo Robin cuando sonó el teléfono.

«Bueno, seguramente será para ti –pensó Kerry mientras vigilaba los espaguetis–. Creía que la telefonitis sólo se contraía a partir de los diez años.» Entonces oyó que su hija le gritaba para que lo cogiera ella.

Cruzó rápidamente la cocina en dirección al teléfono de la pared. Una voz desconocida dijo:

–¿Kerry?

–Sí.

–Soy Geoff Dorso.

Lo de dejarle un mensaje había sido fruto de un impulso; luego se había medio arrepentido de haberlo hecho. Kerry era consciente de que, si Frank Green se enteraba de que se había puesto en contacto con el abogado defensor de Skip Reardon, no se mostraría tan amable con ella como lo había hecho ese mismo día. Pero la suerte estaba echada.

–Geoff, probablemente esto no tenga la menor importancia, pero... –Se interrumpió. «Suéltalo», se dijo–. Geoff, hace poco mi hija ha sufrido un accidente y ha sido tratada por el doctor Smith...

–¡Charles Smith! –interrumpió Dorso–. ¡El padre de Suzanne Reardon!

–Sí. De eso se trata. Hay algo extraño en su comportamiento.

Ya era más sencillo franquearse, por lo que le habló de las dos mujeres que se parecían a Suzanne.

–¿Me estás diciendo que Smith está dando a otras mujeres la imagen de su hija? –exclamó Dorso–. Pero ¿de qué demonios estás hablando?

–Esto es lo que me inquieta. El sábado voy a llevar a

Robin a otro cirujano plástico. Quiero preguntarle qué consecuencias tiene la reproducción de una cara desde el punto de vista quirúrgico. También voy a intentar hablar con el doctor Smith, aunque he pensado que si leo antes la transcripción del juicio, me será más fácil tratarlo. Sé que puedo conseguir una mediante la fiscalía, ya que debe de haber alguna en el archivo. El problema es que eso podría llevar cierto tiempo y no quiero que alguien se entere de que estoy buscándola.

–Tendrás una copia en tus manos mañana –prometió Dorso–. Te la enviaré al despacho.

–No, mejor mándamela aquí. Apunta mi dirección.

–Me gustaría llevártela personalmente y hablar contigo. ¿Qué tal mañana entre las seis y las seis y media? ¿Es una buena hora? No te entretendré más de media hora, te lo prometo.

–Supongo que no habrá ningún problema.

–Entonces hasta mañana. ¡Ah!, y gracias, Kerry. –La comunicación se cortó.

Kerry se quedó mirando al auricular. ¿En qué se había metido?, se preguntó. No le había pasado inadvertida la emoción con que había reaccionado Dorso.

«No debí utilizar la palabra "extraño" –pensó–. He puesto en marcha algo que tal vez no pueda detener.»

Un ruido procedente de la cocina le hizo dar media vuelta. El agua que estaba hirviendo en la olla de los espaguetis había rebosado y estaba cayendo sobre las salidas del gas. Sin necesidad de mirar, supo que la pasta se había convertido en un engrudo.

18

El doctor Charles Smith no abría la consulta los miércoles por la tarde. Normalmente dedicaba esas horas a tratamientos quirúrgicos y reconocimientos de pacientes procedentes del hospital. Esa tarde, sin embargo, tenía todas las horas libres. Mientras circulaba en su coche por la calle 68 Este y se acercaba a la empresa de relaciones públicas donde trabajaba Barbara Tompkins, abrió los ojos desmesuradamente y se felicitó por su buena suerte. Había un aparcamiento libre delante de la entrada del edificio. Iba a poder quedarse sentado allí y verla salir.

Cuando Barbara apareció finalmente en el umbral de la puerta, el doctor Smith sonrió de forma involuntaria. «Está preciosa», pensó. Tal como le había sugerido, llevaba el pelo suelto y ondulado en torno a la cara. Era el mejor peinado, le había dicho, para hacer resaltar sus nuevas facciones. Llevaba una chaqueta roja ajustada, una falda negra a la altura de la pantorrilla y zapatos de tacón bajo. Desde lejos ofrecía el aspecto de una persona elegante y triunfadora; él conocía hasta el menor detalle del aspecto que tenía de cerca.

Al ver que Barbara se subía a un taxi, puso en marcha el coche, un Mercedes negro de doce años de antigüedad, y empezó a seguirla. Como era habitual a esa hora, en Park Avenue no cabía ni un alfiler, y sin embargo no tuvo problemas en mantenerse detrás del taxi.

Avanzaron hacia el sur, y el taxi se detuvo finalmente en The Four Seasons, en la 52 Este. Barbara habría quedado allí con alguien para beber algo, pensó. El bar estaría lleno a esa hora. No le sería difícil entrar sin ser visto.

Moviendo la cabeza en un gesto de negación, decidió que sería mejor volver a casa. Verla había sido suficiente. Casi excesivo, a decir verdad. Por un momento había creído que realmente se trataba de Suzanne. Ahora todo lo que quería era estar solo. Sofocó un gemido. Mientras la caravana avanzaba lentamente hacia el centro, repitió una y otra vez:

–Lo siento, Suzanne. Lo siento, Suzanne.

JUEVES 26 DE OCTUBRE

19

Si por cualquier circunstancia tenía que ir a Hackensack, Jonathan Hoover trataba de convencer a Kerry de que fueran a comer juntos. «¿Cuántos platos de sopa de bar es capaz de tomar un ser humano?» era su chistosa forma de preguntarle si estaba libre.

Ese día, mientras comían una hamburguesa en Solari´s, el restaurante que había al lado del palacio de justicia, Kerry le habló de las mujeres que se parecían a Suzanne Reardon y de su conversación con Geoff Dorso. También le dijo que cuando le había sugerido a su jefe la posibilidad de investigar el antiguo caso de asesinato, la reacción de éste no había sido nada favorable.

Jonathan se mostró muy preocupado.

–Kerry, aunque no me acuerdo muy bien de ese caso, te puedo asegurar que la culpabilidad del marido no ofrecía duda alguna. De todas formas, creo que deberías mantenerte al margen de este asunto, sobre todo teniendo en cuenta la importancia que tuvo la participación de Frank Green (muy sonada, si no recuerdo mal) en el pronunciamiento del veredicto. Atengámonos a los hechos. El gobernador Marshall es todavía joven. Ha sido elegido dos veces, por lo que no puede presentarse a las próximas elecciones. El problema es que le encanta su trabajo y quiere que Frank Green ocupe su lugar. Entre tú y yo, te diré una cosa: han llegado a un acuerdo. Green será gobernador los próximos cuatro años y luego se presentará a senador con el apoyo de Marshall.

–Y Marshall volverá a Drumthwacket.

–Efectivamente. Le encanta vivir en la mansión del gobernador. Ya es inevitable que Green sea proclamado candidato. Tiene buen aspecto, se le ve convincente y cuenta con una gran reputación, de la cual el caso Reardon es parte importante. Y, por extraño que parezca, es inteligente. Tiene la intención de seguir la línea de gobierno que ha mantenido Marshall. Pese a todo esto, si alguien le pusiera en un aprieto, Frank podría ser derrotado en las primarias. Hay dos aspirantes a la candidatura que se mueren por ser designados.

–Jonathan, sólo estoy hablando de hacer una simple investigación para averiguar si el testigo principal de un caso de asesinato sufrió en su día un problema grave que pudiera haber empañado su testimonio. Y el problema es el siguiente: los padres lloran la muerte de sus hijas, pero el doctor Smith ha ido más allá de las lágrimas.

–Kerry, Frank Green se ganó su reputación trabajando de fiscal en ese juicio. Así fue como consiguió la atención que necesitaba de los medios de comunicación. Cuando Dukakis presentó su candidatura para la presidencia, un factor determinante de su derrota fue un artículo en donde se insinuaba que había dejado en libertad a un asesino que luego cometió varios crímenes. ¿Te imaginas lo que haría la prensa si se llegara a insinuar que Green ha encerrado a un hombre inocente en la cárcel para el resto de su vida?

–Jonathan, no vayas tan lejos. No me estoy basando en esa suposición. Lo único que estoy diciendo es que me da la impresión de que Smith tiene un verdadero problema y que éste pudo afectar su testimonio. Él fue el principal testigo de la acusación: a mi modo de ver, si mintió, la culpabilidad de Reardon resulta muy discutible.

El camarero estaba aguardando a su lado con una cafetera en la mano.

–¿Más café, senador? –preguntó.

Jonathan hizo un gesto de asentimiento. Kerry puso la mano sobre su taza.

–No, gracias.

Jonathan sonrió de repente.

–Kerry, ¿te acuerdas de cuando viniste a cuidarnos la casa y pensaste que el jardinero no había plantado todos los arbustos y plantas que se indicaban en el proyecto?

Kerry puso cara de sentirse incómoda.

–Sí, me acuerdo.

–El último día fuiste, los contaste todos, te convenciste de que estabas en lo cierto y le echaste un rapapolvo delante de su equipo de jardineros.

Kerry fijó la vista en su taza de café.

–Ajá...

–¿Qué sucedió entonces?

–No estaba satisfecho con el aspecto que tenían unos arbustos, os llamó a ti y a Grace a Florida y luego los arrancó con la intención de cambiarlos.

–¿Y qué más?

–Era el marido de la prima de Grace.

–¿Ves a lo que me refiero? –Sus ojos brillaron por un momento. Entonces se puso serio–. Kerry, si le creas dificultades a Frank Green y pones en peligro su candidatura, ya puedes ir despidiéndote de tu puesto de juez. Tu nombre se perderá entre los expedientes amontonados sobre el escritorio del gobernador Marshall y me pedirán con mucha discreción que proponga otro candidato para la vacante. –Se interrumpió y la cogió de la mano–. Piénsatelo muy bien antes de hacer nada. Sé que tomarás la decisión acertada.

20

A las seis y media en punto, Robin oyó el timbre de la puerta y salió corriendo a recibir a Geoff Dorso. Kerry le había dicho que iba a venir y que iban a pasar una media hora hablando sobre el caso. Robin había decidido cenar pronto y había prometido a su madre que haría los deberes en su habitación mientras ella estuviera ocupada. A cambio, y de forma excepcional para ser un día laborable, esa noche podría ver la televisión una hora más.

Observó a Dorso con benevolencia y lo condujo a la sala de estar.

–Mi madre bajará enseguida –dijo–. Me llamo Robin.

–Yo me llamo Geoff Dorso. ¿Cómo ha quedado el otro tipo? –preguntó él.

Con una sonrisa, le señaló las cicatrices, aún llamativas que Robin tenía en la cara.

Ésta sonrió.

–Le dejé para el arrastre. En realidad fue un accidente de tráfico. Se me clavaron los cristales que salieron despedidos.

–Parece que se está curando bien.

–Eso dice el doctor Smith, el cirujano que me atiende. Mamá dice que usted lo conoce. A mí me da miedo.

–¡Robin! –Kerry acababa de bajar por las escaleras.

–Los niños, ya se sabe... –dijo Dorso con una sonrisa–. Kerry, me alegro de verte.

–Lo mismo digo, Geoff –«Espero que no me arrepienta», pensó Kerry cuando se fijó en la abultada cartera que llevaba Dorso bajo el brazo–. Robin...

–Ya lo sé. Tengo que hacer los deberes –le interrumpió su hija de buen humor–. No soy la persona más aplicada del mundo –explicó a Dorso–. En mis últimas notas ponía: «Ha de mejorar» al lado de «Deberes».

–También había un comentario al lado de «Aprovechamiento del tiempo» –recordó su madre.

–Eso es porque cuando termino un trabajo en el colegio, a veces me olvido y me pongo a hablar con una de mis amigas. Bueno...

Haciendo un gesto de despedida con la mano, se dirigió hacia la escalera.

Geoff Dorso se quedó sonriendo.

–Una niña encantadora, Kerry. Y una preciosidad. Dentro de cinco o seis años tendrás que poner una barricada delante de la puerta.

–Miedo me da. ¿Qué quieres, Geoff? ¿Café, una copa, un poco de vino?

–Nada, gracias. Te prometí que no iba a entretenerte mucho tiempo –dijo mientras ponía la cartera sobre la mesita del salón–. ¿Quieres ver esto aquí mismo?

–Sí. –Se sentó a su lado en el sofá mientras él sacaba dos gruesos tomos encuadernados.

–La transcripción del juicio –dijo–. Mil páginas. Si realmente quieres saber cómo fue este asunto, te sugiero que lo leas con detenimiento. Si te he de ser franco, me avergüenzo de la defensa que preparamos de principio a fin. Sé que Skip tenía que haber subido al estrado para presentar su defensa como es debido, pero no estaba bien preparado para ello; los testigos de la acusación no fueron interrogados con la suficiente contundencia; y sólo llamamos a dos testigos para defender la buena reputación del acusado, cuando deberíamos haber llamado a veinte.

–¿Por qué se planteó la defensa de ese modo? –preguntó Kerry.

–Yo era el consejero más joven; Farrell y Strauss me acababan de contratar. No cabe duda de que Farrell fue un buen abogado defensor en su época, pero ya había dado lo mejor de sí cuando Skip Reardon le contrató. De hecho se podría decir que por entonces estaba en plena decadencia. No tenía mucho interés en encargarse de otro caso de asesinato. En realidad, creo que a Skip le habrían ido mejor las cosas si se hubiera encargado de su caso un abogado con mucha menos experiencia pero con más arrestos.

–¿Y no podrías haber intervenido tú?

–No, no lo creo. Acababa de licenciarme y no tenía mucho que opinar sobre el asunto. Mi participación en el juicio fue escasa. Para Farrell, yo no era más que el chico de los recados. Sin embargo, pese a la poca experiencia que tenía, me di perfecta cuenta de que el planteamiento del juicio no era el correcto.

–Y Frank Green acabó con él en el interrogatorio.

–Como puedes leer en la transcripción, logró que Skip admitiera que él y Suzanne discutieron aquella mañana, que habló con su administrador para enterarse de cuánto le iba a costar el divorcio y que regresó a su casa a las seis y de nuevo volvió a discutir con Suzanne. El forense calculó que la hora de la muerte rondaría entre las seis y las ocho de la tarde, de modo que, a tenor de su propio testimonio, Skip pudo encontrarse en el lugar del crimen a la hora a la que posiblemente se perpetró el asesinato.

–Según lo que pone aquí, Skip Reardon declaró que regresó a su despacho, se tomó un par de copas y se quedó dormido. No parece una historia muy convincente –comentó Kerry.

–Poco convincente, pero cierta. Skip había sacado adelante una empresa muy sólida dedicada principalmente a la construcción de casas de calidad, si bien hacía ya un tiempo que había expandido el negocio a la construcción de galerías comerciales. Aunque pasaba la mayor parte del tiempo en el despacho ocupándose del lado financiero de la empresa, le gustaba ponerse el mono y pasar el día con los trabajadores. Eso fue lo que hizo aquel día antes de regresar al despacho. Estaba cansado. –Abrió el primer tomo–. He señalado el testimonio del doctor Smith y el de Skip. El quid de la cuestión es que estamos seguros de que hubo otra persona involucrada. Tenemos razones para creer que fue un hombre. De hecho, Skip estaba convencido de que Suzanne mantenía relaciones con otro hombre, tal vez con más de uno. Lo que motivó la segunda discusión (la que ocurrió cuando volvió a casa a las seis) fue que la encontró poniendo en un jarrón un ramo de rosas rojas que él no le había enviado. La acusación mantuvo que se enfureció, la estranguló y arrojó las rosas sobre su cuerpo. Él, claro está, jura que no lo hizo: cuando se fue, Suzanne se quedó poniendo las flores en el jarrón tan contenta.

–¿Habló alguien con los floristas de la zona para averiguar si se había encargado algun envío para aquella dirección? Si Skip no se las había llevado, alguien se las habría tenido que enviar.

–Eso fue una de las pocas cosas que hizo Farrell. Todos y cada uno de los floristas del condado de Bergen fueron interrogados. No averiguamos nada.

–Ya.

Geoff se puso en pie.

–Kerry, sé que es mucho pedir, pero me gustaría que leyeras la transcripción con detenimiento. Presta atención sobre todo al testimonio del doctor Smith. También quisiera pedirte que consideres la posibilidad de que te acompañe cuando hables con el doctor Smith sobre el tratamiento que está llevando a cabo con esas mujeres a las que está dando la imagen de su hija.

Kerry acompañó a Geoff hasta la puerta.

–Te llamaré uno de estos días –prometió.

Geoff se detuvo ante la puerta y se volvió hacia Kerry.

–Hay otra cosa que me gustaría pedirte. Ven conmigo a la prisión estatal de Trenton. Habla tú misma con Skip. Por la tumba de mi abuela, te juro que cuando ese desgraciado te cuente su versión de los hechos, no te cabrá duda de que dice la verdad.

21

En la prisión estatal de Trenton, Skip Reardon estaba tumbado en su camastro viendo las noticias de las seis y media. A esa hora ya había dado cuenta de la triste cena que le daban todos los días. Se sentía inquieto e irascible, algo que le ocurría cada vez con mayor frecuencia. Después de diez años entre rejas, se las había arreglado, en buena medida, para evitar los extremos. Al principio había fluctuado entre las descabelladas esperanzas que concebía cada vez que se presentaba un recurso y la aplastante desesperación en que se sumía cuando éstos eran desestimados.

Ahora su estado de ánimo era, por lo general, de hastío y resignación. Aunque sabía que Geoff Dorso no iba a cejar en la búsqueda de nuevos motivos para presentar un recurso, el ambiente que se vivía en el país estaba cambiando. En los informativos abundaban las noticias relacionadas con la paralización que estaban sufriendo los juzgados por culpa de los repetidos recursos que entablaban los criminales convictos. La conclusión inevitable era que había que cortar por lo sano. Si Geoff no lograba interponer una apelación con la que tuviera verdaderas posibilidades de ganar la libertad, pasaría veinte años más a la sombra.

En los momentos en que se sentía más abatido, Skip rememoraba los años previos al asesinato y se daba cuenta de lo estúpido que había sido. Cuando ya estaba prácticamente prometido con Beth, ésta le había instado a que fuera solo a una fiesta que organizaban su hermana y su marido, que era cirujano. Ella se había puesto enferma en el último momento, pero no había querido que por su culpa él se perdiera la fiesta.

«Sí, menuda fiesta», pensó Skip irónicamente mientras recordaba aquella noche.

Suzanne y su padre se encontraban allí. Todavía se acordaba de la impresión que le había causado la primera vez que la había visto. Había adivinado enseguida que era la clase de mujer que no podía traer más que complicaciones, pero aun así se había quedado prendado de ella como un idiota.

Presa de la inquietud, Skip se levantó del camastro, apagó el televisor y miró la transcripción del juicio que tenía en el estante de encima del retrete. Tenía la impresión de que podía recitarlo de memoria.

«Éste es el sitio que le corresponde: sobre el retrete –pensó con amargura–. Para lo que me ha servido, más me valdría romperlo y tirar de la cadena.»

Estiró los brazos. Antes de ingresar en prisión, se mantenía en forma gracias al duro trabajo que realizaba en la empresa y los ejercicios que hacía regularmente en un gimnasio. Ahora ejecutaba todas las noches sin falta varias series de abdominales y flexiones. En el pequeño espejo de cristal que tenía colgado de una de las paredes de la celda pudo ver las canas que veteaban su roja cabellera y la palidez carcelaria en que se había convertido el tono sonrosado que le daba a su rostro el trabajo al aire libre.

La ilusión de la que se alimentaba consistía en que, de forma milagrosa, pudiera volver a la construcción. La agobiante reclusión y el ruido constante de ese lugar le habían hecho imaginarse residencias de clase media donde existiera un sistema aislante que garantizase un mínimo de intimidad con el número necesario de ventanas que permitiera acceder al exterior. Tenía varios cuadernos llenos de proyectos.

Siempre que Beth iba a visitarle (algo que últimamente había estado tratando de quitarle de la cabeza), le mostraba los últimos planos que había hecho, y juntos los comentaban como si algún día fuera realmente a poder volver al trabajo que más le gustaba: construir casas.

Ahora lo único que le quedaba por plantearse era cómo sería el mundo y dónde viviría la gente cuando lograra salir de ese terrible lugar.

22

Kerry sabía que esa noche también se iba a acostar tarde. Había comenzado la lectura de la transcripción en cuanto Geoff se hubo marchado y la había reanudado después de que Robin se fuera a la cama.

A las nueve y media, recibió una llamada de Grace Hoover.

–Jonathan ha ido a una reunión. Estoy sentada en la cama y me apetecía charlar un rato. No te viene mal, ¿verdad?

–Siempre me viene bien cuando se trata de ti, Grace.

Kerry lo decía en serio. Conocía a la pareja desde hacía quince años y durante ese tiempo había podido observar el deterioro físico que había sufrido Grace. El paso del bastón a las muletas y de las muletas a la silla de ruedas había llevado aparejado la sustitución de su febril actividad social por una reclusión casi completa en casa. Seguía en contacto con los amigos y organizaba cenas de encargo con frecuencia. Sin embargo, tal como le decía a Kerry: «Salir me supone un esfuerzo demasiado grande».

Kerry nunca le había oído quejarse.

–Una hace lo que tiene que hacer –contestaba con cierta ironía cuando Kerry le decía con toda sinceridad lo mucho que admiraba su ánimo.

Sin embargo, tras charlar amistosamente durante un par de minutos, la abogada se dio cuenta de que Grace había llamado por un motivo concreto.

–Kerry, Jonathan se ha quedado preocupado después de almorzar contigo. –Grace le reiteró los temores que embargaban a su marido y concluyó diciendo–: Tras veinte años como senador, Jonathan tiene mucho poder, aunque no el suficiente como para conseguir que el gobernador te nombre juez si pones en un aprieto al sucesor que ha elegido para su puesto. A todo esto –añadió–, Jonathan no sabe que estoy hablando contigo.

«Se ha debido de desahogar a gusto con su esposa –pensó Kerry–. Me pregunto qué pensaría Grace si pudiese ver lo que estoy haciendo en este momento.» Sin dejar de mostrarse esquiva, Kerry hizo todo lo posible por asegurarle que no tenía intención de causar ningún problema.

–De todas formas, Grace, si se demostrara que el testimonio del doctor Smith fue falso, creo que Frank Green se ganaría la admiración y el respeto de todos sugiriendo a los tribunales que Reardon fuera de nuevo a juicio. Dudo que nadie le achacase más tarde que creyera de buena fe el testimomio del doctor. Ahora bien –añadió entonces–, no vayas a creer que pienso que en el juicio de Skip Reardon no se hizo justicia. Lo que pasa es que ha dado la casualidad de que me he topado con este asunto, y hasta que lo aclare, no voy a estar tranquila.

Tras colgar el auricular, Kerry reanudó la lectura de la transcripción; cuando por fin dejó de leer, había llenado varios folios de notas y preguntas.

Rosas rojas: ¿mintió Skip Reardon al decir que no había sido él quien las había enviado o llevado a su casa? Si dijo la verdad, si era cierto que no las había mandado él, ¿quién lo había hecho?

Dolly Bowles, la canguro que estaba trabajando la noche del asesinato en la casa de enfrente, decía que había visto un coche delante de la vivienda de los Reardon a las nueve en punto. Sin embargo, unos vecinos habían organizado una fiesta aquella noche y varios invitados aparcaron sus coches en esa misma calle. Dolly había sido una testigo muy poco convincente en el juicio. Frank Green subrayó el hecho de que durante aquel año la muchacha hubiera denunciado en seis ocasiones la presencia en el vecindario de individuos «con aspecto sospechoso». En todos los casos se había demostrado que el «sospechoso» era algún repartidor, por consiguiente, Dolly había acabado causando la impresión de ser una testigo poco fiable.

Kerry estaba convencida de que el jurado no había tenido en cuenta su testimonio.

Skip Reardon nunca había tenido problemas con la justicia y era considerado un buen ciudadano, sin embargo, sólo se llamó a dos testigos para que dieran fe de ello. ¿Por qué?

Se habían dado varios casos de robo en Alpine en torno a la fecha de la muerte de Suzanne Reardon. Skip Reardon declaró que parte de las joyas que llevaba su esposa habían desaparecido y que el dormitorio del matrimonio fue desvalijado. Sin embargo, en una cómoda se había encontrado un cajón lleno de joyas valiosas y la acusación había llamado a una asistenta que trabajaba a tiempo parcial en la casa que declaró de forma tajante que Suzanne siempre dejaba el dormitorio patas arriba: «Se probaba tres o cuatro vestidos, y si no le convencían, los dejaba en el suelo. Siempre había restos de maquillaje en el tocador y toallas húmedas en el suelo. Muchas veces estuve a punto de dejar el trabajo».

Esa noche, mientras se desnudaba para irse a la cama, Kerry repasó mentalmente lo que había leído y se dijo que había dos cosas que tenía que hacer: concertar una cita con el doctor Smith y visitar a Skip Reardon en la prisión estatal de Trenton.

VIERNES 27 DE OCTUBRE

23

Durante los nueve años que llevaba divorciada, Kerry había salido con hombres en alguna que otra ocasión, si bien no había conocido a ninguno que le llamara la atención de forma especial. Su mejor amiga era Margaret Mann, una muchacha rubia y menuda con quien había compartido habitación en su época de estudiante de la Universidad de Boston. Marg trabajaba en un banco de inversiones, vivía en un piso de la calle 86 Oeste y era su confidente, compañera y amiga del alma. A veces, los viernes por la noche Kerry llamaba a un canguro para que se ocupase de Robin y se acercaba a Manhattan. Después de la cena, las dos amigas iban a ver una película o un espectáculo de Broadway o se quedaban sentadas tras el postre y se pasaban varias horas hablando.

El viernes siguiente a la visita de Geoff Dorso, Kerry fue al piso de Margaret y, con gesto agradecido, se sentó en el sofá delante de una bandeja llena de queso y uva.

Margaret le tendió un vaso de vino.

–¡A tu salud! Tienes un aspecto estupendo.

Kerry llevaba un traje nuevo de color verde con la chaqueta larga y la falda hasta la pantorrilla. Se miró a sí misma y se encogió de hombros.

–Gracias. Por fin he tenido ocasión de comprarme algo de ropa nueva. Llevo toda la semana luciéndola.

Margaret se echó a reír.

–¿Te acuerdas de cuando tu madre se pintaba los labios y decía: «Nunca se sabe dónde puede surgir un amorío»? Tenía razón, ¿verdad?

–Supongo. Lleva quince años casada con Sam y siempre que vienen al Este o Robin y yo vamos a visitarles a Colorado, están cogidos de la mano.

Margaret sonrió.

–Ojalá tuviéramos nosotras la misma suerte. –Entonces se puso seria–. ¿Qué tal está Robin? Se recupera bien, ¿verdad?

–Parece que sí. Mañana voy a llevarla a otro cirujano. Sólo para una consulta.

Tras un momento de vacilación, Margaret dijo:

–Estaba tratando de hallar la manera de sugerírtelo. He comentado en el banco lo del accidente, y al mencionar el nombre del doctor Smith, uno de los inversores, Stuart Grant, intervino de inmediato. Dijo que su esposa acudió a la consulta del doctor Smith para que la sometiera a un tratamiento para las bolsas que tenía bajo los ojos. Después de la primera visita, no volvió a aparecer por allí. Por lo visto, el comportamiento del doctor le pareció bastante extraño.

Kerry se enderezó.

–¿A qué se refería?

–Su mujer se llama Susan, pero el doctor no dejaba de llamarla Suzanne. Entonces le dijo que en lugar de operarle la nariz, quería retocarle toda la cara, ya que podía ser una mujer muy bella y estaba desperdiciando su vida al no aprovecharse de ello.

–¿Cuánto hace que ocurrió esto?

–Tres o cuatro años, creo. ¡Ah!, y hay algo más. El doctor Smith también le soltó un rollo a Susan acerca de la responsabilidad que suponen las cosas bellas y sobre el hecho de que ciertas personas abusan de ella e incitan a los celos y a la violencia –Se interrumpió por un momento y preguntó–: ¿Qué sucede, Kerry? ¿Por qué pones esa cara?

–Marg, este asunto es importante. ¿Estás segura de que el doctor Smith habló de mujeres que incitan a los celos y a la violencia?

–Estoy segura de que eso fue lo que me dijo Stuart.

–¿Tienes el número de teléfono de Stuart? Quiero hablar con su esposa.

–Lo tengo en el despacho. Viven en Greenwich, pero el número no está en el listín telefónico, así que vas a tener que aguardar hasta el lunes. ¿De qué se trata?

–Te lo cuento durante la cena –dijo Kerry con aire distraído.

Le daba la impresión de tener la transcripción del juicio grabada en el cerebro. El doctor Smith había jurado que los *injustificados* celos de Skip Reardon habían llevado a su hija a temer por su vida. ¿Había mentido? ¿Había dado Suzanne motivos a Skip para estar celoso? De ser así, ¿quién había sido el causante de tales celos?

SABADO 28 DE OCTUBRE

24

A las ocho en punto de la mañana del sábado, Kerry recibió una llamada telefónica de Geoff Dorso.

–He llamado al despacho y he oído tu mensaje –dijo el abogado–. Voy a Trenton esta tarde a ver a Skip. ¿Te viene bien?

Entonces le explicó que para conseguir un pase para la visita de las tres tendrían que estar allí antes de las dos menos cuarto.

Casi de forma automática, Kerry se oyó decir a sí misma:

–Voy a tener que cambiar los planes que tenía con Robin, pero no creo que haya ningún problema. Espérame allí.

Dos horas más tarde, Kerry y una impaciente Robin se encontraban en Livingston, Nueva Jersey, en la consulta del doctor Ben Roth, un célebre cirujano plástico.

–Voy a perderme el partido de fútbol –dijo Robin con tono de irritación.

–Vas llegar un poco tarde, eso es todo –contestó Kerry tratando de calmarla–. No te preocupes.

–Muy tarde –se quejó Robin–. ¿No podía verme esta tarde después del partido?

–Si le hubieras mandado tu horario, tal vez el doctor habría encontrado un hueco en él para atenderte –contestó Kerry bromeando.

–Mamá...

–Ya pueden pasar, señora McGrath –dijo la enfermera de recepción.

El doctor Roth tenía treinta y tantos años y, con su calidez y amabilidad, resultó ser un cambio agradable con respecto al doctor Smith. Tras examinar a Robin cuidadosamente, dijo:

–Aunque seguramente tuvieran muy mal aspecto justo después del accidente, los cortes no han penetrado profundamente en la dermis. Son lo que denominamos heridas superficiales. No tienes por qué preocuparte.

La niña puso cara de alivio.

–Qué bien. Gracias, doctor. Vamos, mamá.

–Espérame afuera, Robin. Salgo ahora mismo. Quiero hablar con el doctor.

La voz de Kerry tenía lo que Robin llamaba «el tono», lo cual quería decir «Y no se hable más».

–Vale –dijo Robin al salir dejando escapar un suspiro.

–Sé que hay pacientes esperando, así que no le entretendré mucho. Hay algo que debo preguntarle –dijo Kerry.

–Tengo tiempo, señora McGrath. ¿De qué se trata?

Kerry resumió en pocas frases lo que había visto en la consulta del doctor Smith.

–Así que son dos las preguntas que quiero hacerle –concluyó–: ¿se puede rehacer cualquier cara de tal forma que se parezca a la de otra persona o es necesario que se dé un factor fundamental, como por ejemplo una estructura ósea similar? Si aceptamos que se pueden rehacer ciertas caras de modo que se parezcan entre sí, ¿se trata de algo que en cirugía estética se hace normalmente? Es decir, ¿se rehace deliberadamente la cara de alguien para que se parezca a la de otra persona?

Veinte minutos más tarde, Kerry se reunió con Robin y salieron apresuradamente en dirección al campo de fútbol. A diferencia de su madre, Robin no era una atleta por naturaleza, por lo que Kerry había pasado largas horas haciendo ejercicio con ella. La niña había puesto el corazón en ser una buena futbolista. Mientras veía a Robin metiendo un gol en la puerta contraria, Kerry seguía pensando en la tajante afirmación del doctor Roth: «Está demostrado que algunos cirujanos operan a sus pacientes con idea de darles a todos la misma nariz, el mismo mentón o los mismos ojos. Sin embargo, me parece algo verdaderamente insólito que un cirujano se dedique, en esencia, a convertir las caras de sus pacientes en imágenes parecidas».

A las once y media, llamó la atención de su hija y le hizo un gesto en señal de despedida. Cuando acabara el partido, Robin se iría con su mejor amiga, Cassie, a pasar la tarde en casa de ésta.

Poco después, Kerry salía en dirección a Trenton.

En las diferentes ocasiones en que había visitado la prisión estatal, el sombrío aspecto que ofrecían el alambre de espino y las torres de vigilancia siempre le había dado que pensar. No era la clase de lugar que se alegrara de volver a ver.

25

Kerry se encontró a Geoff esperándola en el lugar donde los visitantes recibían el pase de acceso.

–Me alegro de que hayas podido venir –dijo él.

Los dos abogados cruzaron pocas palabras mientras aguardaban a que llegara la hora de la visita. Geoff pareció comprender que ella no quería saber todavía la información que él pudiera tener en ese momento sobre el caso.

A las tres en punto, un guarda se acercó a ellos y les pidió que le siguieran.

Kerry no conseguía imaginarse qué aspecto tendría Skip Reardon. Hacía diez años que se había acercado a los juzgados para escuchar el fallo del jurado sobre su caso. La imagen que recordaba era la de un joven alto, bien parecido, ancho de espaldas y con el pelo de un intenso color rojo. Sin embargo, más que su aspecto, lo que se le había quedado grabado en la memoria había sido su declaración: «El doctor Charles Smith es un mentiroso. Ante Dios y este tribunal, *juro* que es un mentiroso».

–¿Qué le has dicho a Skip Reardon sobre mí? –preguntó Kerry a Geoff mientras esperaban a que escoltaran al prisionero hasta la sala de visitas.

–Sólo le he dicho que, de modo extraoficial, has mostrado interés en su caso y querías hablar con él. Te lo juro, Kerry: le he dicho que era «de modo extraoficial».

–Vale, vale... Te creo.

–Ya está aquí.

Skip Reardon apareció vestido con unos vaqueros que formaban parte del uniforme de la prisión y una camisa reglamentaria de cuello abierto. A excepción de unas cuantas canas en el pelo y alguna que otra arruga en torno a los ojos, su aspecto era el mismo que Kerry recordaba. Cuando Geoff les presentó, una sonrisa le iluminó la cara.

«Una sonrisa de esperanza», comprendió la abogada. Con el corazón encogido, se preguntó si no debería haber sido más cauta y haber esperado a saber más sobre el caso en lugar de acceder con tanta prontitud a visitar al recluso.

Geoff no se anduvo por las ramas.

–Skip, como ya te dije, la señora McGrath quiere hacerte unas preguntas.

–Entiendo. Escúcheme, le responderé a cualquier pregunta. –Hablaba en serio, aunque con cierto aire de resignación–. Como se suele decir, no tengo nada que ocultar.

Kerry sonrió y le hizo la pregunta que le había animado a hacer esa visita.

–En su testimonio, el doctor Smith juró que su hija, su esposa, señor Reardon, estaba asustada porque usted la había amenazado. Usted sigue manteniendo que el doctor mintió al decir aquello. Sin embargo, ¿qué razones podía tener para hacerlo?

Reardon tenía las manos entrelazadas sobre la mesa.

–Señora McGrath, si pudiese explicar los actos del doctor Smith, tal vez no me encontrara aquí en este momento. Suzanne y yo estuvimos casados cuatro años, y durante ese tiempo no vi mucho a su padre. Suzanne iba de vez en cuando a Nueva York para cenar con él, pero siempre lo hacía cuando yo estaba de viaje de negocios. En aquel entonces mi empresa inmobiliaria iba viento en popa. Estaba construyendo por todo el estado e invirtiendo en unos terrenos de Pensilvania para una futura urbanización. Por regla general, me ausentaba un par de días cada vez que viajaba. Cuando veía al doctor Smith, me daba la impresión de que no tenía mucho que decirme, aunque por su comportamiento tampoco puedo decir que yo le fuera antipático. Desde luego, no se comportaba como si pensara que su hija estaba en peligro.

–¿Cómo describiría la actitud del doctor hacia su hija cuando estaban los tres juntos?

Reardon miró a Dorso.

–Tú eres quien sabe hablar bien, Geoff. ¿Cómo explicárselo? Un momento. Ya lo sé. Cuando iba a catequesis, las monjas se enfadaban con nosotros porque hablábamos en la iglesia y nos decían que deberíamos mostrar una actitud reverente hacia los lugares y los objetos sagrados. Pues bien, así era como se comportaba con ella. Tenía una actitud «reverente» hacia ella.

«Qué palabra más extraña para describir la actitud de un padre hacia su hija», pensó Kerry.

–Y también se mostraba muy protector –añadió Reardon–. Una noche fuimos los tres a cenar a un restaurante, y al ver que Suzanne no se había abrochado el cinturón de seguridad, le soltó un verdadero sermón sobre la responsabilidad que tenía de cuidar de sí misma. Se puso muy nervioso, diría incluso que se enfadó un poco.

«Me recuerda a cuando nos sermoneó a Robin y a mí», pensó Kerry.

Casi de mala gana, tuvo que admitir que Skip Reardon daba la impresión de ser un hombre franco y honesto.

–¿Y cómo solía reaccionar ella?

–Con respeto, por lo general. Aunque poco antes de que la mataran, las últimas veces que estuve con ellos, Suzanne parecía estar algo enojada con su padre.

Kerry pasó entonces a otros aspectos del caso y le preguntó sobre el testimonio jurado que había dado sobre el hecho de que, justo antes del asesinato, Suzanne llevara unas joyas muy valiosas que él no le había regalado.

–Señora McGrath, me gustaría que hablara con mi madre. Ella se lo explicará. Tiene una fotografía de Suzanne que le sacaron en una fiesta de una asociación benéfica y que luego salió en uno de los periódicos del condado. En la solapa del traje con que aparece en la foto lleva un alfiler de anticuario con un diamante en la cabeza. La fotografía fue hecha sólo dos semanas antes de que la asesinaran. Le juro que tanto el alfiler como otro par de joyas de gran valor, ninguna de las cuales había sido regalo mío, estaban en el cajón aquella mañana. Lo recuerdo porque ése en concreto fue uno de los asuntos sobre los que discutimos. Las joyas estaban en el cajón aquella mañana. Al día siguiente habían desaparecido.

–¿Quiere decir que alguien las cogió?

Reardon puso cara de disgusto.

–No sé si alguien las cogió o si Suzanne las devolvió, pero estoy seguro de que a la mañana siguiente habían desaparecido. Traté de decírselo a los policías para que investigaran el asunto, pero desde el principio quedó claro que no estaban dispuestos a creerme. Pensaron que estaba intentando hacerles pensar que había sido un ladrón quien había asesinado a Suzanne. Hay algo más –continuó–. Mi padre estuvo en la Segunda Guerra Mundial. Cuando volvió trajo un marco miniatura que regaló a mi madre cuando se prometieron. Ella, a su vez, regaló el marco a Suzanne cuando nos casamos. Mi mujer puso en él mi fotografía favorita de ella y lo colocó en la mesita de noche. Cuando mi madre y yo examinamos las cosas de Suzanne antes de que me arrestaran, mamá se dio cuenta de que había desaparecido. Sin embargo, yo sé que estaba allí la última mañana.

–¿Está tratando de decirme que la noche en que murió Suzanne, alguien entró en la casa y robó las joyas y el marco? –preguntó Kerry.

–Le estoy diciendo que estoy seguro de que desaparecieron. No sé qué pasó con esos objetos de valor, y, desde luego, no tengo idea si su desaparición tiene que ver con el asesinato de Suzanne. Lo único que sé es que, de pronto, ni las joyas ni el marco estaban en su sitio y la policía se negó a investigar sobre ello.

Kerry levantó la vista de su cuaderno de notas y clavó la mirada en los ojos del hombre que tenía delante.

–Skip, ¿qué relación tenía usted con su esposa?

Reardon dejó escapar un suspiro.

–Cuando la conocí, me quedé de piedra. Era bellísima, inteligente y tenía buen humor, la clase de mujer que hace que un hombre se crea el centro del mundo. Después de casarnos... –Se interrumpió–. Mucho entusiasmo pero poca calidez, señora McGrath. Me educaron inculcándome la idea de que el matrimonio tiene que ser un éxito y de que al divorcio se recurre si no queda otro remedio. Desde luego, pasamos buenos ratos. Pero ¿me sentí alguna vez feliz o satisfecho? Pues no, nunca me sentí así. De todos modos, estaba tan ocupado tratando de sacar adelante la empresa que cada vez tenía menos tiempo para nada. De esa manera, no me fue difícil evitar enfrentarme a la verdad de mi matrimonio. En cuanto a Suzanne le diré que parecía tener todo lo que deseaba. Teníamos dinero. Le construí la casa de sus sueños. Estaba todo el día en el club, jugando a golf o a tenis. Contrató a un decorador durante dos años para amueblar la casa a su gusto. Hay un hombre en Alpine, Jason Arnott, que sabe muchísimo sobre antigüedades. Llevó a Suzanne a varias subastas y le dijo lo que tenía que comprar. A ella empezó a gustarle la ropa de diseño. Parecía una niña que quisiera que todos los días fueran Navidad. Con el ritmo de trabajo que yo llevaba, tenía tiempo de sobra para hacer lo que le diera la gana. Le encantaba estar en todos los acontecimientos a los que acudía la prensa para que su foto saliera en los periódicos. Durante mucho tiempo creí que era feliz, pero cuando pienso en ello ahora, estoy seguro de que estaba conmigo porque no había encontrado un partido mejor.

–Hasta que... –animó Geoff.

–Hasta que conoció a alguien que le pareció interesante –prosiguió Reardon–. Fue entonces cuando me di cuenta de que tenía joyas que yo no había visto nunca. Algunas eran piezas de anticuario, otras eran modernas. Suzanne decía que se las había regalado su padre, pero era evidente que estaba mintiendo. Su padre tiene ahora todas sus joyas, incluso las que yo le regalé.

Cuando el guarda les indicó que se les había acabado el tiempo, Reardon se levantó y miró a Kerry con franqueza.

–Señora McGrath, yo no debería estar aquí. El asesino de Suzanne sigue libre. Y en alguna parte debe de haber algo que lo pruebe.

Geoff y Kerry salieron juntos al aparcamiento.

–Apuesto a que no has tenido tiempo para comer nada –dijo él–. ¿Te apetece algo rápido?

–No puedo, tengo que volver. Geoff, después de todo lo que he oído hoy, no sé qué motivo pudo tener el doctor Smith para mentir sobre Skip Reardon. Reardon dice que tenían lo que se puede denominar una relación bastante cordial. Tú mismo le has oído decir que no creyó a Suzanne cuando ella le dijo que había sido su padre quien le había regalado las joyas. Si empezó a sentirse celoso por las joyas, pues... –No terminó la frase.

DOMINGO 29 DE OCTUBRE

26

El domingo por la mañana Robin hacía de monaguillo en la misa de las diez. Cuando Kerry la veía bajar en procesión por el pasillo que salía de la sacristía, siempre recordaba que, de pequeña, cuando decía que quería ser monaguillo, los mayores le respondían que era imposible, porque sólo a los niños se les permitía serlo.

«Las cosas cambian –pensó–. Jamás me hubiera imaginado que vería a mi hija en el altar, como tampoco me hubiera imaginado que me divorciaría, o que llegaría a ser juez. Mejor dicho, que *podría* llegar a ser juez», se corrigió. Sabía que Jonathan tenía razón. Poner a Frank Green en un aprieto en ese momento equivalía a poner al gobernador en apuros. Y sería un golpe mortal para su propia candidatura. Quizá había cometido un grave error al visitar a Skip Reardon el día anterior. ¿Por qué iba a complicarse la vida de nuevo? Ya lo había hecho en el pasado.

Kerry era consciente de que ya había resuelto su relación sentimental con Bob Kinellen. Primero le había amado; luego, cuando la abandonó, se le había partido el corazón; entonces había sentido despecho hacia él y menosprecio hacia sí misma por no haber sido capaz de adivinar que se trataba de un oportunista. Ahora solía reaccionar hacia él con indiferencia, excepción hecha de cuando Robin estaba por medio. A pesar de todo, siempre que veía a una pareja en la iglesia, daba igual que fuera de su edad, más joven o mayor, se apoderaba de ella una cierta tristeza. «Si al menos Bob hubiera sido la persona que pensaba que era –pensó–. Si al menos hubiera sido la persona que él se piensa que es.» Ya llevarían once años casados y seguramente ahora tendría más hijos. Ella siempre había querido tener tres.

Cuando observaba a Robin llevando la jarra y el aguamanil para las abluciones previas a la consagración, la niña levantó la vista y se encontró con su mirada. La sonrisa que esbozó le llegó al corazón. «Pero ¿de qué me estoy quejando? –se preguntó–. Pase lo que pase, seguiré teniendo a mi hija. Y en cuanto a lo del matrimonio, tal vez no fuera perfecto, pero al menos tuvo algo bueno. Ninguna pareja, excepto Bob Kinellen y yo, podría haber tenido precisamente esta hermosura de niña», concluyó.

Sin dejar de mirar a Robin, pensó en el doctor Smith y su hija. Suzanne había sido el fruto exclusivo de los genes del médico y de los de su ex esposa. En su testimonio, el doctor Smith había declarado que, tras el divorcio, su mujer se había trasladado a California y se había vuelto a casar, y él, pensando en el bienestar de Suzanne, había permitido al nuevo marido de su ex mujer que la adoptara. «Sin embargo, cuando murió su madre, volvió conmigo –había dicho–. Me necesitaba.»

Skip Reardon le había dicho que la actitud del doctor Smith hacia su hija rayaba en la reverencia. Al oírlo, le había asaltado una pregunta angustiosa. El doctor Smith había transformado a otras mujeres para que se parecieran a su hija; sin embargo, nadie se había preguntado todavía si había operado a su hija.

Kerry y Robin acababan de comer cuando llamó Bob para invitar a su hija a cenar esa noche y explicó a Kerry que Alice iba a pasar una semana en Florida con los niños y que él se iba a acercar a las Catskills para ver un refugio de montaña que estaban pensando comprar. Preguntó si Robin querría acompañarle. «Todavía le debo una cena. Te prometo que regresaremos antes de las nueve.»

Entusiasmada, Robin respondió afirmativamente; una hora más tarde Bob pasaba a recogerla.

La imprevista tarde libre le dio a Kerry la oportunidad de estudiar la transcripción del juicio de Skip Reardon con mayor detenimiento. El mero hecho de leer los testimonios le permitía hacerse una composición de lugar; sin embargo, era consciente de que había una gran diferencia entre leer una fría transcripción y ver a los testigos declarando. No había observado sus caras, ni oído sus voces, ni visto las expresiones de sus rostros al oír las preguntas. Sabía que la evaluación que había hecho el jurado del comportamiento de los testigos había sido, sin duda, una factor determinante a la hora de pronunciar el veredicto. Los miembros del jurado habían observado y evaluado al doctor Smith. Y era evidente que le habían creído.

27

Geoff Dorso era un gran aficionado al fútbol americano y un fervoroso seguidor de los Giants. Aunque ésta no era la razón por la que se había comprado un apartamento en Meadowlands, el abogado reconocía que, desde luego, resultaba de lo más práctico. Aunque esa tarde de domingo se encontraba en el estadio, en lugar de prestar atención al interesante partido de los Giants contra los Dallas Cowboys, pensaba en la visita a Skip Reardon del sábado anterior y en la reacción de Kerry McGrath al oír a Skip y leer la transcripción del juicio.

Se la había llevado el jueves. ¿Habría acabado de leerla?, se preguntó. Él pensó que le comentaría algo mientras esperaban a Skip en la sala de visitas, pero Kerry ni siquiera había mencionado el tema. Geoff trató de convencerse de que el escepticismo era algo propio de la profesión de abogado y que la actitud aparentemente negativa que Kerry había mostrado no significaba que se estuviera lavando las manos.

Los Giants lograron marcar justo cuando acababa la cuarta parte del encuentro, ganando el partido en el último momento. Geoff participó de la alegría generalizada, pero en lugar de aceptar la invitación de sus amigos para ir con ellos a beber un par de cervezas, regresó a casa y llamó a Kerry.

Cuando le oyó decir que había terminado de leer la transcripción y que tenía una serie de preguntas que hacerle, Geoff estuvo a punto de saltar de alegría.

–Creo que deberíamos volver a vernos –dijo. Entonces se le ocurrió una idea. «El no ya lo tengo», pensó–: ¿Estás libre para cenar?

28

Dolly Bowles tenía sesenta años cuando se mudó a la casa de su hija en Alpine. De aquello hacía ya doce años. Se había quedado viuda, y aunque no había sido su intención molestar, lo cierto es que siempre le había inquietado la idea de quedarse sola. Además no creía que fuera a poder seguir viviendo en la mansión que había compartido con su marido.

De hecho, tenía un motivo psicológico, para sentirse inquieta. Años atrás, cuando no era más que una niña, le había abierto la puerta a un repartidor que resultó ser un ladrón. Todavía sufría pesadillas por esta causa, soñaba que el ladrón las ataba a ella y a su madre y desvalijaba la casa. Como consecuencia, solía mirar con suspicacia a todos los extraños y a menudo, estando sola en casa y tras oír un ruido extraño o ver a un hombre en la calle que no conocía, apretaba el botón del sistema de alarma, con la consiguiente irritación de su yerno.

Su hija Dorothy y su yerno Lou viajaban con frecuencia. Sus hijos vivían todavía con ellos cuando Dolly se había trasladado a la casa, por lo que su llegada les había venido muy bien. Sin embargo, hacía ya unos años que los muchachos se habían independizado y Dolly se había quedado prácticamente sin nada que hacer. Había tratado de echar una mano con las tareas de la casa, pero la asistenta que vivía con ellos había rechazado su ayuda.

Con tanto tiempo a su disposición, Dolly se había convertido en la canguro del vecindario, situación que había acabado funcionando a las mil maravillas. Los niños le encantaban y disfrutaba pasando las horas leyéndoles o jugando con ellos. Todo el mundo la quería. La única ocasión en que los vecinos se sentían molestos con ella era cuando hacía una de sus frecuentes llamadas a la policía para denunciar la presencia de una persona con aspecto sospechoso. De todos modos, no había vuelto a llamar desde que fue testigo del juicio por asesinato de Skip Reardon, y de eso hacía ya diez años. Se estremecía cada vez que pensaba en ello. El fiscal la había hecho parecer una estúpida, y Dorothy y Lou se habían sentido humillados. «Madre, te ruego que no hables con la policía», había dicho Dorothy sin demasiada amabilidad en aquel entonces.

Sin embargo, Dolly había pensado que tenía que hacerlo. Conocía a Skip Reardon y le resultaba simpático, por lo que había llegado a la conclusión de que debía tratar de ayudarle. Además, era cierto que había visto el coche, al igual que Michael, el niño de cinco años con problemas de aprendizaje al que había estado cuidando aquella noche. Él también había visto el coche, aunque el abogado de Skip le había dicho que no lo mencionara. «No haría más que perjudicar a la defensa –había dicho el señor Farrell–. Lo único que quiero es que diga lo que vio: que a las nueve de la noche había un sedán de color negro aparcado delante de la casa de los Reardon y que minutos más tarde el coche se alejó.»

Estaba segura de que había distinguido uno de los números y una de las letras, un «3» y una «L». Sin embargo, el fiscal le había mostrado una matrícula desde el fondo de la sala que ella no había sido capaz de leer. Además, el fiscal había conseguido que reconociera que Skip Reardon le era simpático porque le había sacado el coche de debajo de la nieve en una ocasión en que se había quedado atrapada.

Aunque Dolly sabía que el hecho de que Skip se hubiera mostrado amable con ella no significaba que no fuera un asesino, en el fondo creía que era inocente y rezaba por él todas las noches. A veces, cuando trabajaba de canguro cerca de la casa de los Reardon, miraba por la ventana y pensaba en la noche en que fue asesinada Suzanne. Entonces se acordaba del pequeño Michael (su familia se había ido del vecindario hacía ya tiempo), que ahora tendría quince años, y de que había señalado al extraño coche negro y había dicho: «El coche de papá».

Dolly no se podía imaginar que a esa misma hora del domingo por la noche, mientras ella miraba por la ventana en dirección a la antigua casa de los Reardon, a unos quince kilómetros de allí, en Villa Cesare, Hillsdale, Geoff Dorso y Kelly McGrath estaban hablando sobre ella.

29

De tácito acuerdo, Kerry y Geoff se abstuvieron de comentar el caso Reardon hasta que les sirvieron el café. Durante el primer plato, Geoff le habló sobre su infancia en Nueva York.

–Creía que mis primos de Nueva Jersey vivían perdidos en el bosque –dijo–. Luego vinimos aquí y al cabo de los años, cuando me hice mayor, decidí quedarme.

Entonces le comentó que tenía cuatro hermanas menores que él.

–Te envidio –le dijo ella–. Yo soy hija única y me acuerdo que me encantaba ir a las casas de mis amigos que tenían familia numerosa. Siempre pensé que sería estupendo estar rodeada de hermanos y hermanas. Mi padre murió cuando yo tenía diecinueve años. Dos años más tarde mi madre se casó en segundas nupcias y se trasladó a Colorado. La veo dos veces al año.

Geoff la miró comprensivamente.

–Debes de sentirse bastante desamparada –dijo.

–Sí, supongo que sí, aunque Jonathan y Grace Hoover han contribuido a llenar ese vacío. Se han portado de maravilla conmigo, casi como si fueran mis padres.

Entonces hablaron sobre la carrera de derecho y estuvieron de acuerdo en que el primer año era una tortura que les resultaría difícil volver a soportar.

–¿Por qué te decidiste a ser abogado defensor? –preguntó Kerry.

–Creo que por algo que me ocurrió de pequeño. En nuestra casa vivía una mujer, Anna Owens, que me parecía la mujer más agradable del mundo. Me acuerdo que un día, cuando tenía unos ocho años, eché a correr por el vestíbulo para coger el ascensor, choqué con ella y la tiré al suelo. Una persona normal se habría puesto histérica y habría empezado a gritar. Ella, en cambio, se levantó y dijo: «Ya verás como vuelve el ascensor, Geoff». Entonces se echó a reír. Se había dado cuenta de que estaba apuradísimo.

–No creo que esa fuera la razón por la que te decidiste a ser abogado defensor –dijo Kerry con una sonrisa.

–No, pero espera a que te cuente el resto. Tres meses más tarde, su marido la abandonó, ella le siguió hasta el piso de su nueva pareja y le pegó un tiro. Con toda franqueza, pienso que fue un caso de enajenación mental transitoria, que fue precisamente el argumento que utilizó el abogado. El hecho es que la condenaron a veinte años de cárcel. Supongo que la idea clave es «circunstancias atenuantes». Cuando creo que se dan tales circunstancias o cuando creo que el acusado es inocente, como Skip Reardon, acepto el caso. –Se interrumpió–. ¿Y qué razón te animó a ti a ser fiscal?

–La víctima y la familia de la víctima –dijo sencillamente–. Según tu teoría, podría haber matado a Bob Kinellen de un tiro y haber alegado circunstancias atenuantes.

Dorso hizo un leve gesto de irritación y luego miró a Kerry con expresión risueña.

–No sé por qué, pero no te imagino pegándole un tiro a alguien, Kerry.

–Yo tampoco, a menos que... –Kerry titubeó por un momento y entonces prosiguió–, a menos que Robin estuviera en peligro. Entonces haría lo que fuera necesario con tal de salvarla. Sin lugar a dudas.

Durante la cena, Kerry se sorprendió a sí misma hablando sobre la muerte de su padre.

–Ocurrió cuando yo estaba en segundo de carrera en la Universidad de Boston. Él había trabajado en la Pan Am de capitán, luego trabajó en las oficinas y acabó siendo elegido vicepresidente ejecutivo. Cuando cumplí tres años, empezó a llevarnos a mi madre y a mí a todas partes. Para mí era el hombre más maravilloso del mundo. –Tragó saliva–. Entonces, un fin de semana que yo estaba en casa, dijo que no se sentía bien, pero no se molestó en ir al médico porque acababa de pasar la revisión médica anual. Se fue a la cama diciendo que se encontraría bien por la mañana. Sin embargo, a la mañana siguiente no se levantó.

–¿Y tu madre se casó dos años más tarde? –preguntó Geoff afectuosamente.

–Sí, en cuanto me licencié. Sam también había enviudado y era amigo de papá. Estaba a punto de retirarse y se iba a trasladar a Vail cuando murió papá. Tiene una casa preciosa allí. Les ha venido muy bien a los dos mudarse.

–¿Qué habría pensado tu padre de Bob Kinellen?

Kerry se echó a reír.

–Eres muy observador, Geoff. No creo que le hubiera causado una gran impresión.

Durante el café, abordaron por fin el caso Reardon. Kerry habló con toda franqueza:

–Estuve presente cuando se pronunció el veredicto y, pese a los años que han pasado, aún recuerdo la cara de Skip Reardon y lo que dijo. He oído a muchas personas culpables jurar que son inocentes. Al fin y al cabo, ¿qué pierden con ello? Sin embargo, dijo algo que me impresionó.

–Porque estaba diciendo la verdad.

Kerry le miró de hito en hito.

–Te lo advierto, Geoff. Tengo la intención de hacer de abogado del diablo en este caso. Aunque la lectura de la transcripción me ha planteado muchas preguntas, en ningún momento me ha convencido de que Reardon sea inocente, como tampoco me convenció de ello la visita de ayer. O él o el doctor Smith está mintiendo. Skip Reardon tiene buenas razones para hacerlo. El doctor Smith no. Sigo pensando que fue muy perjudicial para Skip que el mismo día en que murió Suzanne Reardon hiciera averiguaciones sobre el divorcio y que, según parece, se quedara desconcertado al enterarse de cuánto le iba a costar.

–Kerry, Skip Reardon llegó a donde llegó gracias a sus propios esfuerzos. Consiguió salir de la pobreza y prosperar. Suzanne ya le había costado una fortuna. Ya oíste lo que dijo ayer. Era una adicta a las tiendas, compraba todo lo que se le antojaba. –Se interrumpió–. No tiene nada de malo enfadarse y expresarlo; hay una diferencia abismal entre desahogarse y cometer un asesinato. Además, aunque el divorcio le fuera a resultar caro, Skip debió de sentirse aliviado cuando se enteró de que el simulacro en que se había convertido su matrimonio iba a llegar a su fin. De esa manera podría seguir adelante con su vida.

Entonces hablaron sobre las rosas.

–Estoy absolutamente convencido de que Skip ni las llevó a su casa ni las envió –dijo Geoff entre sorbo y sorbo de café–. Y si aceptamos este hecho, entonces tenemos que contar con la existencia de otra persona en el caso.

Mientras Geoff pagaba la cuenta, convinieron en que el testimonio del doctor Smith había sido el factor que había determinado el veredicto final.

–¿Te das cuenta? –preguntó Geoff–: El doctor Smith afirmó que Suzanne estaba asustada por los arrebatos de celos de Skip. Sin embargo, ateniéndonos a lo que éste afirma, si realmente le tenía tanto miedo, ¿cómo es posible que siguiera poniendo tranquilamente en el jarrón las flores que le había enviado otro hombre y que incluso presumiera de ellas delante de él? ¿Tiene eso algún sentido?

–Sólo si Skip dice la verdad, pero no lo sabemos a ciencia cierta –dijo Kerry.

–Bueno, yo sí que le creo –afirmó Geoff con vehemencia–. Además, ningún testigo corroboró el testimonio del doctor Smith. Los Reardon eran una pareja conocida. Si fuese verdad que él la amenazaba, lo más normal habría sido que alguien se hubiera presentado como testigo para decirlo.

–Tal vez –admitió Kerry–, pero entonces, ¿por qué la defensa no presentó testigos que dijeran que no estaba loco de celos? ¿Por qué se llamó sólo a dos testigos para defender la buena reputación del acusado y rebatir el testimonio del doctor Smith? No, Geoff, me temo que dada la información con que contaban los miembros del jurado, no tenían por qué desconfiar del doctor Smith y creer a Skip. Además, ¿no estamos por lo general condicionados a fiarnos de los médicos?

Volvieron a casa en silencio. Geoff acompañó a Kerry hasta la puerta; cuando llegaron, le cogió la llave.

–Mi madre decía que siempre hay que abrir la puerta a las damas. Espero que no te parezca muy sexista.

–No, no lo es. Al menos yo no lo creo. Aunque tal vez esté un poco chapada a la antigua.

El cielo tenía un tono negro azulado y estaba cuajado de estrellas. Soplaba el viento, y Kerry se estremeció de frío.

Geoff se dio cuenta de ello y se apresuró a dar la vuelta a la llave y a abrir la puerta.

–No vas lo bastante abrigada para el frío que hace. Será mejor que entres.

Cuando Kerry pasó al vestíbulo, Geoff se quedó en el porche, sin hacer ninguna señal que diera a entender que esperaba que le invitara a entrar. Entonces dijo:

–Antes de irme, tengo que preguntarte qué vamos a hacer ahora.

–Voy a ver al doctor Smith en cuanto pueda concertar una cita. Creo que será mejor que vaya sola.

–Entonces ya hablaremos un día de éstos –dijo Geoff.

Esbozó una sonrisa y empezó a bajar por los escalones del porche. Kerry cerró la puerta y entró en el salón. Sin embargo, no encendió la luz de forma inmediata. Se había dado cuenta de que todavía estaba saboreando el momento en que Geoff le había cogido la llave de la mano y le había abierto la puerta. Se acercó a la ventana y observó cómo sacaba el coche del camino de entrada y desaparecía por el final de la calle.

«Qué divertido es papá», pensó Robin cuando se sentó a su lado en el Jaguar con gesto de satisfacción. Habían estado echando un vistazo al refugio de montaña que Bob Kinellen estaba pensando comprar. Aunque a ella le había gustado, su padre le había dicho que le había decepcionado. «Quiero uno que te permita llegar esquiando hasta la puerta –había dicho antes de echarse a reír–. Habrá que seguir buscando.»

Robin había llevado su cámara. Su padre aguardó mientras ella sacaba dos carretes de fotos. Aunque sólo había un poco de nieve en las cumbres, la niña pensaba que la luz que caía sobre las montañas era fantástica. En cuanto captó los últimos rayos del sol del atardecer, emprendieron el viaje de regreso. Su padre dijo entonces que conocía un lugar donde servían unos camarones magníficos.

Robin sabía que su madre estaba enfadada con su padre porque no había hablado con ella tras el accidente. Sin embargo, se había preocupado de dejar un mensaje, y si bien era cierto que no lo veía mucho, cuando se reunían, su padre se portaba de maravilla con ella.

A las seis y media llegaron al restaurante. Mientras comían sendas raciones de camarones y almejas, él le prometió que ese año irían a esquiar sin falta, los dos solos.

–Algún día que mamá tenga una cita con alguien –dijo guiñándole un ojo.

–Oh, mamá no tiene muchas citas –dijo ella–. Me caía bien un hombre con el que salió un par de veces durante el verano, pero mamá me dijo que era aburrido.

–¿A qué se dedicaba?

–Creo que era ingeniero.

–Bueno, cuando mamá sea juez, lo más seguro es que termine saliendo con otro juez. Estará rodeada de ellos.

–La otra noche vino un abogado a casa –dijo Robin–. Era muy simpático, pero creo que sólo fue por un asunto de trabajo.

Hasta ese momento, Bob Kinellen no había prestado mucha atención a la conversación. Pero, al oír aquello, comenzó a escuchar a su hija con interés.

–¿Cómo se llama?

–Geoff Dorso. Le llevó a mamá un informe muy grande para que lo leyera.

Cuando vio que su padre enmudecía de repente, Robin se sintió culpable. Tal vez había hablado demasiado y su padre se había enfadado con ella.

En cuanto volvieron al coche, se quedó dormida y no se despertó en todo el camino de vuelta. Al despedirse de su padre a las nueve y media, se alegró de estar en casa.

LUNES 30 DE OCTUBRE

30

El senado y la asamblea legislativa del estado de Nueva Jersey estaban viviendo un otoño caliente. Las dos sesiones de cada semana estaban registrando una asistencia de casi el ciento por ciento. Había motivos para ello: aunque todavía faltaba un año para su celebración, la próximas elecciones gubernamentales estaban creando una tensión entre bastidores que se hacía notar en el ambiente de ambas cámaras.

El hecho de que el gobernador Marshall pareciera estar decidido a apoyar la candidatura del fiscal Frank Green no había sentado bien a varios de los ambiciosos aspirantes de su partido. Jonathan Hoover sabía perfectamente que cualquier obstáculo en la carrera de Green hacia el puesto de gobernador sería bien recibido por sus contendientes. Se aprovecharían de ello y tratarían de crear la mayor confusión posible. Y si ésta era lo suficientemente grande, no sería difícil arrebatarle a Green la candidatura. En ese momento las espadas seguían en alto.

En su calidad de presidente del senado, Hoover tenía un enorme poder para intervenir en la política de los partidos. Una de las razones por las que había sido elegido cinco veces para mandatos de cuatro años era su habilidad para adoptar una perspectiva amplia a la hora de tomar decisiones o dar votos. Se trataba de una cualidad que sus electores sabían valorar.

A veces, cuando el senado se reunía, Jonathan se quedaba en Trenton y comía con algunos amigos. Esa noche iba a cenar con el gobernador.

Tras la sesión de la tarde, Jonathan regresó a su despacho, pidió a su secretaria que no le pasara las llamadas y cerró la puerta. Durante una hora permaneció sentado en su escritorio con las manos cruzadas bajo el mentón. Era la postura que Grace llamaba «Jonathan orante».

Cuando por fin se levantó, se acercó a la ventana y se quedó mirando el cielo del atardecer. Había tomado una decisión importante. La investigación que Kerry McGrath estaba realizando del caso de asesinato Reardon podía causar un verdadero problema. Se trataba precisamente de la clase de asuntos de los que se servían los medios de comunicación sensacionalistas. Incluso en el caso de que todo acabara en nada (y Jonathan no esperaba que ocurriera otra cosa), la imagen de Frank Green quedaría dañada y su candidatura se malograría.

Desde luego, cabía la posibilidad de que Kerry dejara la investigación antes de que se llegase a tales extremos; al menos, eso esperaba él que hiciera, por el bien de todos. Aun así, Jonathan sabía que su deber era poner al gobernador al corriente de las acciones de Kerry y sugerirle que, por el momento, no presentara al senado su candidatura para el puesto de juez. El senador era consciente de que para el gobernador sería una situación violenta que se supiera que una de las personas que él había designado estuviese llevando a cabo una investigación en toda regla que fuera a perjudicarle.

31

El lunes por la mañana, al llegar al despacho, Kerry vio que había recibido un paquete. En él había una estatuilla de porcelana Royal Doulton, la denominada *Brisas otoñales*, y una nota:

Querida señora McGrath:

Hemos vendido la casa de mamá. Ya hemos sacado todas nuestras cosas de ella. Vamos a trasladarnos a Pensilvania para vivir con nuestros tíos.

Mamá siempre tenía esta figura sobre su cómoda. Era de su madre. Decía que le hacía feliz verla.

Usted nos ha hecho tan felices al conseguir que la persona que mató a mamá pague por su crimen que hemos pensado que debería quedársela. Es nuestra manera de darle las gracias.

La carta estaba firmada por Chris y Ken, los hijos adolescentes de la supervisora asesinada por su ayudante.

Kerry trató de contener las lágrimas mientras observaba la preciosa estatuilla. Llamó a su secretaria y le dictó una breve carta:

Chris y Ken, la ley no me permite aceptar regalos. Sin embargo, os aseguro que, si no fuera así, esta estatuilla sería el regalo que más agradecería. Por favor, quedáosla vosotros como recuerdo de mí y de vuestra madre.

Mientras firmaba la carta, pensó en el evidente vínculo que existía entre los dos hermanos y entre ellos y su madre. «¿Qué sería de Robin si me ocurriera algo? –se preguntó. Movió la cabeza–. No saco nada siendo pesimista», pensó. Además, tenía que investigar otro caso de carácter familiar que era más acuciante que el suyo.

Había llegado el momento de hacerle una visita al doctor Smith. Cuando llamó a la consulta, le respondió un contestador automático: «La consulta no abrirá hoy hasta las once. Si lo desea, deje un mensaje después de la señal.»

Poco antes del mediodía, Kerry recibió una llamada de la señora Carpenter.

–Me gustaría concertar una cita para hablar con el doctor Smith lo antes posible –dijo Kerry–. Es importante.

–¿Me puede decir cuál es el motivo de la cita, señora McGrath?

Kerry decidió jugársela.

–Dígale al doctor que el motivo es Suzanne.

Tras aguardar casi cinco minutos, oyó la voz, fría y algo afectada, del doctor Smith.

–¿Qué desea, señora McGrath? –preguntó.

–Me gustaría hablar con usted sobre su testimonio en el juicio de Skip Reardon, doctor, y le agradecería que fuera lo antes posible.

Cuando colgó, había conseguido concertar una cita con el doctor para el día siguiente a las siete y media de la mañana. Kerry pensó que esto suponía que tendría que salir de casa a las seis y media, lo cual significaba a su vez que tendría que pedirle a un vecino que llamase a casa para asegurarse de que Robin no se quedara dormida en cuanto ella se fuese.

Por lo demás, no tenía por qué preocuparse. Robin siempre iba al colegio con dos amigas, y Kerry estaba segura de que su hija era lo bastante mayor como para prepararse ella sola un tazón de cereales.

Entonces llamó a su amiga Margaret al despacho y le pidió el número de teléfono de la casa de Stuart Grant.

–Le he hablado a Stuart de ti y de los problemas que tienes con el doctor Smith, y me ha dicho que su mujer estará en casa toda la mañana –dijo Margaret.

Susan Grant descolgó en cuanto sonó el teléfono y repitió exactamente lo que le había contado Margaret.

–Te juro, Kerry, que me dio miedo. Sólo quería que me quitara las bolsas de debajo de los ojos. Pero el doctor Smith se mostró tan vehemente... No dejó de llamarme Suzanne, y estoy segura de que si le hubiera dejado seguir adelante, ahora no me reconocería nadie.

Poco antes de almorzar, Kerry le pidió a Joe Palumbo que se pasara por su despacho.

–Me estoy ocupando de un asunto que no está en la agenda de trabajo y con el que me gustaría que me echaras una mano –dijo cuando el investigador se arrellanó en el sillón que había delante de su escritorio–. Se trata del caso Reardon.

La mirada de perplejidad que le lanzó Joe le dio a entender que tenía que darle una explicación. Kerry le habló de las mujeres que se parecían a Suzanne Reardon y del doctor Smith. No sin cierto titubeo, le confesó que también había ido a la cárcel de Trenton a visitar a Reardon y que, aunque todo lo que estaba haciendo era estrictamente extraoficial, empezaba a abrigar dudas sobre la manera como se había llevado el caso.

Palumbo soltó un silbido.

–Y, Joe, preferiría que nadie se enterara de esto. A Frank Green no le hace mucha gracia que esté interesada en el caso.

–¿Por qué será...? –murmuró Palumbo.

–Lo cierto es que fue el mismo Frank quien me dijo el otro día que el doctor Smith tuvo un comportamiento bastante frío al testificar. Resulta extraño si pensamos que se trata del padre de la víctima de un asesinato, ¿no te parece? El doctor Smith declaró ante el jurado que se había separado de su mujer cuando Suzanne era todavía una niña pequeña y que años más tarde dio su consentimiento para que su padrastro la adoptara, un hombre llamado Wayne Stevens. Suzanne creció en Oakland, California. Me gustaría que lo localizaras: tengo mucho interés en saber cómo era Suzanne de pequeña, pero, sobre todo, quiero tener una fotografía de ella de cuando era una adolescente. –Sacó varias hojas de la transcripción del juicio Reardon y se las pasó a Palumbo–. Éste es el testimonio de una mujer que estaba trabajando de canguro la noche del asesinato en una casa vecina a la de los Reardon y que declaró haber visto aparcado delante de ella un coche extraño en torno a las nueve de la noche. Vive, o vivía, con su hija y su yerno en Alpine. Habla con ella, ¿de acuerdo?

Palumbo parecía verdaderamente interesado.

–Será un placer, Kerry. Me estás haciendo un favor. Me encantaría ver a «nuestro dirigente» en el banquillo de los acusados para variar.

–Un momento, Joe, Frank es un buen hombre –dijo Kerry tajantemente–. No es mi intención complicarle las cosas. Lo que pasa es que hay una serie de cabos sueltos en este caso, y si te he de ser franca, me he asustado al conocer al doctor Smith y ver a esas mujeres que se parecen a su hija. Si existe la posibilidad de que el hombre que se encuentra en la cárcel es la persona equivocada, mi deber es investigar. Pero sólo pienso hacerlo cuando esté convencida de ello.

–Lo entiendo perfectamente –dijo Palumbo–. Pero no me malinterpretes. Estoy de acuerdo contigo en que Green es un tipo decente. Lo que pasa es que preferiría a una persona que no saliera corriendo en busca de protección cada vez que alguien de la fiscalía pone los perros en danza.

32

Cuando el doctor Smith colgó el auricular tras hablar con Kerry McGrath, se dio cuenta de que estaba sufriendo de nuevo el leve temblor que tenía de vez en cuando en la mano derecha. Se la apretó con la otra mano, pero, aun así, siguió sintiendo las vibraciones en las yemas de los dedos.

Se había fijado en que la señora Carpenter le había mirado con cara de curiosidad al decirle que le llamaba la señora McGrath. La alusión a Suzanne no significaba nada para la señora Carpenter, aunque lo más seguro es que le habría hecho preguntarse a qué venía la misteriosa llamada.

Abrió la ficha de Robin Kinellen y la examinó. Se acordaba de que sus padres estaban divorciados, pero no se había parado a leer con detenimiento los datos personales que le había dado Kerry McGrath junto al historial clínico de Robin. Era ayudante de la fiscalía del condado de Bergen. Alzó la vista. No recordaba haberla visto en el juicio...

Alguien llamó a la puerta en ese momento. La señora Carpenter asomó la cabeza para recordarle que había un paciente esperándole en la consulta número uno.

–Lo sé perfectamente –dijo él con brusquedad, haciendo un gesto para que se fuera.

Reanudó la lectura de la ficha de Robin. Había acudido a la consulta los días 11 y el 23. Barbara Tompkins había tenido un reconocimiento el día 11 y Pamela Worth el 23. «Una desgraciada coincidencia», pensó. Probablemente, Kerry McGrath había visto a las dos mujeres y se habría acordado de Suzanne.

Se quedó sentado en su escritorio varios minutos. ¿Qué significaba realmente esa llamada? ¿Qué interés tenía la abogada en el caso? Nada podía haber cambiado. Los hechos seguían siendo los mismos. Skip Reardon seguía en la cárcel, y no tenía por qué salir de ella. Smith sabía que con su testimonio había contribuido a que lo encarcelaran.

«Y no pienso cambiar ni una palabra de él –pensó con amargura–. Ni una sola.»

33

Jimmy Weeks estaba sentado entre sus dos abogados, Robert Kinellen y Anthony Bartlett, en la sala del tribunal del distrito federal. Parecía como si el proceso de selección del jurado para su juicio por evasión de impuestos sobre la renta no fuera a acabarse nunca.

Al cabo de tres semanas, la acusación y la defensa sólo habían considerado aceptables a tres miembros del jurado. La mujer a la que estaban interrogando en ese momento pertenecía al tipo que más le horrorizaba. Remilgada y santurrona, parecía la clase de mujer que se considera a sí misma el pilar sobre el que se apoya toda la comunidad. Según decía, era la presidenta de la Asociación de Mujeres de Westdale, su marido era el director ejecutivo de una empresa de ingeniería y sus dos hijos estudiaban en Yale.

Jimmy la observó con detenimiento mientras contestaba a las preguntas. Su actitud era cada vez más condescendiente. «Cómo no va a ser aceptable para el fiscal. Claro que lo es», pensó el acusado. Sin embargo, sabía que, por la mirada de desdén que le había lanzado, esa mujer le consideraba un ser despreciable.

Cuando el juez hubo terminado de interrogarla, Jimmy Weeks se acercó a Kinellen y le dijo:

–Acéptala.

–¿Has perdido el juicio? –saltó Bob con incredulidad.

–Bobby, ten confianza en mí. –Jimmy bajó la voz–. Te aseguro que no nos va a perjudicar.

Entonces miró con gesto de irritación hacia el lugar desde donde un impasible Barney Haskell estaba siguiendo el proceso en compañía de su abogado. Kinellen le había asegurado que, si Haskell llegaba a un trato con el fiscal y pasaba a ser testigo de la acusación, acabaría con él en cuanto subiera al estrado.

Quizá fuera así. O quizá no. Jimmy Weeks era un hombre al que le gustaba ir sobre seguro, y en esa ocasión no las tenía todas consigo. Tenía al menos a uno de los miembros del jurado en el bolsillo. Ahora era probable que tuviera a dos.

Hasta el momento sólo se había mencionado de pasada el hecho de que la ex mujer de Kinellen estuviera investigando el caso de asesinato Reardon, pensó Weeks. Sin embargo, era consciente de que si se llegaba a averiguar algo, él podría verse en un apuro. Sobre todo si Haskell se enteraba de ello, ya que podría pensar que disponía de otro mecanismo para ganarse al fiscal y cerrar el trato que estaba intentando hacer con él.

34

Avanzada la tarde, Geoff Dorso recibió una llamada de su secretaria por el interfono.

–La señorita Taylor te está esperando –anunció–. Le he dicho que seguramente no podrías verla sin concertar antes una cita, pero dice que sólo te entretendrá unos minutos y que se trata de algo importante.

Si Beth Taylor aparecía en su despacho sin previo aviso, tenía que ser por un asunto importante.

–De acuerdo –dijo Geoff–. Dile que pase.

Se le aceleró el corazón. Esperaba que no hubiera venido para decirle que le había ocurrido algo a la madre de Skip Reardon. La señora Reardon había sufrido un ataque cardíaco poco después de que Skip fuera condenado y otro hacía cinco años. Había logrado recuperarse afirmando que no estaba en absoluto dispuesta a morir mientras su hijo siguiera en la cárcel por un crimen que no había cometido.

Escribía a Skip todos los días, cartas animadas, para subirle la moral, llenas de planes para su futuro. En una visita reciente a la cárcel, Skip había leído a Geoff parte de una carta que había recibido aquel mismo día: «Esta mañana, cuando he ido a misa, le he recordado a Dios que, si bien es verdad que la persona que espera acaba obteniendo lo que desea, nosotros ya hemos esperado demasiado tiempo. ¿Y sabes qué me ha ocurrido, Skip? He tenido una sensación maravillosa, como si en el interior de mi cabeza alguien me hubiera dicho: "No falta mucho".»

Skip se había echado a reír con una mezcla de tristeza e

ironía en su mirada: «¿Sabes, Geoff? Cuando he leído esto, casi me lo creo».

Cuando Beth entró en su despacho acompañada por la secretaria, Geoff rodeó el escritorio y le dio un cariñoso beso. Siempre que la veía le venía inmediatamente la misma idea a la cabeza: «Qué distinta habría sido la vida de Skip si se hubiera casado con Beth y no hubiese conocido a Suzanne».

Beth estaba a punto de cumplir los cuarenta, la misma edad que Skip, medía un metro sesenta y cinco y llevaba ropa holgada. Tenía los ojos marrones, el pelo corto y ondulado y de color castaño y un rostro que irradiaba inteligencia y calidez. Había empezado a salir con Skip quince años atrás, cuando todavía era profesora. Tras escribir su tesina, había cambiado de trabajo y ahora era consejera de educación en un colegio cercano.

Por la expresión de su cara, saltaba a la vista que estaba realmente angustiada. Tras invitarle a que se sentara en uno de los cómodos butacones que había en una esquina del despacho, Geoff dijo:

–Creo que han puesto una cafetera hace un rato. ¿Te apetece una taza?

Beth esbozó una sonrisa.

–Me encantaría.

Mientras charlaban y él servía una taza de café para cada uno, Geoff se fijó en la expresión de su cara. Más que triste, parecía preocupada. Ahora estaba seguro de que no le había pasado nada a la señora Reardon. Entonces se le ocurrió otra posibilidad. «Por Dios, ¿no será que ha conocido a alguien y no sabe cómo decírselo a Skip?» Geoff sabía que tal cosa podía llegar a ocurrir (tal vez incluso *debiera* ocurrir). De ser así, sería un golpe demasiado duro para Skip.

En cuanto se pusieron cómodos, Beth fue directamente al grano.

–Geoff, anoche hablé con Skip por teléfono. Me dio la

impresión de estar terriblemente deprimido. Estoy muy preocupada. Ya sabes que se está hablando mucho sobre la posibilidad de impedir que los asesinos convictos sigan presentando apelaciones de forma reiterada. En realidad, Skip se ha mantenido vivo con la esperanza de que algún día se acepte uno de sus recursos. Como llegue a perder esa esperanza por completo..., le conozco bien y sé que querrá quitarse la vida. Me habló de la visita de la ayudante del fiscal y está seguro de que no le creyó.

—¿Crees que está pensando en el suicidio? –se apresuró a preguntar Geoff–. Si es así, tenemos que hacer algo al respecto. Es un prisionero ejemplar y le están concediendo más privilegios. Debería avisar al director.

–¡No! ¡No! Ni se te ocurra hacer eso –exclamó Beth–. No es eso lo que quería decir. Skip no haría algo así ahora. Sabe que su madre no sería capaz de soportarlo. Lo que pasa es que... –Levantó las manos en señal de impotencia–. Geoff –imploró–, ¿qué puedo decirle para darle esperanzas? Tal vez lo que debería preguntarte es si realmente crees que vas a encontrar motivos para interponer una nueva apelación.

«Si me lo hubiera preguntado hace una semana –pensó Geoff— habría tenido que decirle que he estudiado todos los detalles del caso y no he encontrado absolutamente nada que nos permita concebir esa esperanza.» La llamada de Kerry McGrath, sin embargo, había cambiado las cosas.

Con cuidado de no parecer excesivamente optimista, habló a Beth sobre las dos mujeres que Kerry McGrath había visto en la consulta del doctor Smith y sobre el hecho de que la abogada mostrara un interés cada vez mayor en el caso. Cuando vio que en su rostro empezaba a aparecer una expresión de esperanza, rogó a Dios que no estuviera conduciendo a Beth y Skip a otro callejón sin salida.

Beth tenía los ojos anegados en lágrimas.

–Entonces ¿Kerry McGrath no ha abandonado la investigación del caso?

–En absoluto. Es una abogada magnífica, Beth.

Cuando Geoff se oyó decir estas palabras, le vino a la cabeza la imagen de Kerry: la manera que tenía de ponerse un mechón de su pelo rubio detrás de la oreja cuando se concentraba; la expresión de melancolía que asomaba a sus ojos cuando hablaba de su padre; su cuerpo, esbelto y bien proporcionado; su mirada de pesar cuando surgía el nombre de Bob Kinellen en la conversación; la media sonrisa con que expresaba la poca estima en que se tenía cuando lo recordaba; el orgullo y la alegría que transmitía cuando hablaba de su hija.

Recordó entonces la voz, levemente ronca, con que le había hablado y la sonrisa casi tímida que había esbozado cuando él le había cogido la llave y había abierto la puerta. Estaba seguro de que desde la muerte de su padre, nadie había cuidado de Kerry.

–Geoff, si hay motivos para interponer un nuevo recurso, ¿crees que cometimos un error la última vez al no hablar sobre mí?

La pregunta de Beth le devolvió de golpe al presente. Se refería a un aspecto del caso del que no se había tratado en ningún momento durante el juicio. Poco antes de la muerte de Suzanne Reardon, Skip y Beth habían empezado a verse de nuevo. Se habían topado hacía unas semanas y Skip había insistido en invitarla a comer. Al final, habían pasado varias horas hablando, y Skip le había confesado que era muy infeliz y que lamentaba profundamente su separación.

«Cometí una estupidez –había dicho–, pero da igual. Esto no puede continuar así. Llevo cuatro años casado con Suzanne y durante los tres últimos no he dejado de preguntarme cómo pude dejarte.»

La noche de la muerte de Suzanne, Beth y Skip habían quedado para cenar. Sin embargo, ella se había visto obligada a anular el compromiso en el último momento; de ahí que Skip hubiera vuelto a casa y se hubiese encontrado a Suzanne poniendo las flores en el jarrón.

Al preparar la defensa, Geoff había convenido con el abogado de Skip, Tim Farrell, en que llamar a Beth a declarar sería un arma de doble filo. Seguramente, la acusación trataría de convencer al jurado de que, aparte de querer ahorrarse los gastos del divorcio, Skip Reardon tenía otra buena razón para matar a su esposa.

No obstante, el testimonio de Beth pudo haber sido muy útil para rebatir la aseveración del doctor Smith acerca de los arrebatos de celos que sufría Skip.

Hasta que Kerry le había hablado sobre el doctor Smith y las mujeres que se parecían a Suzanne, Geoff estuvo convencido de haber tomado la decisión correcta. Ahora no lo creía así. Miró fijamente a Beth y dijo:

–Todavía no le he hablado a Kerry de ti. Ahora, sin embargo, quiero que la conozcas y le cuentes tu historia. Si queremos tener alguna posibilidad de presentar un nuevo recurso y ganarlo, hay que poner todas las cartas sobre la mesa.

MARTES 31 DE OCTUBRE

35

Cuando ya estaba preparada para salir de casa y acudir a la temprana cita que tenía con el doctor Smith, Kerry fue a despertar a su hija.

–Vamos, Robin –le instó cuando vio que empezaba a remolonear–. Siempre dices que te trato como a una niña pequeña.

–Porque es verdad.

–Muy bien. Te voy a dar la oportunidad de demostrar tu independencia. Quiero que te levantes ahora mismo y que te vistas, porque, si no, te vas a volver a quedar dormida. La señora Weiser te llamará a las siete para asegurarse de que estás despierta. He dejado los cereales y el zumo sobre la mesa. No te olvides de cerrar la puerta con llave cuando salgas.

Robin bostezó y cerró los ojos.

–Rob, por favor.

–Vale.

Dejando escapar un suspiro, Robin sacó las piernas de la cama y se sentó. El pelo le cayó sobre la cara mientras se frotaba los ojos.

Kerry se lo apartó.

–¿Puedo fiarme de ti?

Robin levantó la mirada y esbozó una sonrisa adormilada.

–Ajá...

–Muy bien. –Kerry le besó en la coronilla–. Y no te olvides. Las normas son las de siempre. No le abras la puerta a nadie. He conectado la alarma. Desconéctala sólo cuando estés lista para salir, luego la vuelves a poner. No subas al coche de nadie a menos que estés con Cassie y Courtney y se trate de sus padres.

–Vale, vale. –Robin suspiró dramáticamente.

Kerry sonrió.

–Ya sé que te suelto siempre el mismo rollo... Bueno, hasta la noche. Alison llegará a las tres.

Alison era una estudiante de secundaria que cuidaba de Robin desde que ésta salía del colegio hasta que Kerry regresaba a casa. Había pensado en la posibilidad de decirle que viniera por la mañana para acompañar a su hija al colegio, pero cuando Robin había empezado a quejarse diciendo que no era una niña pequeña y que podía ir al colegio sola, había cambiado de opinión.

–Adiós, mamá.

Robin oyó los pasos de su madre por la escalera y luego se acercó a la ventana para ver cómo el coche se alejaba por el camino de entrada.

Hacía frío en la habitación. A las siete, que era cuando se solía levantar, ya hacía calorcito.

«Sólo un minuto –pensó mientras se metía de nuevo en la cama–. Me quedo tumbada un minuto más y ya está.»

A las siete en punto, cuando el teléfono ya había sonado siete veces, se sentó y cogió el auricular.

–Oh, gracias, señora Weiser. Sí, claro que estoy levantada.

«Ahora lo estoy», pensó mientras se levantaba apresuradamente de la cama.

36

Pese a lo temprano que era, había mucho tráfico en Manhattan. «Al menos, avanza con cierta regularidad», pensó Kerry. Con todo, le costó toda una hora salir de Nueva

Jersey, bajar por lo que quedaba de la autopista West Side, atravesar la ciudad y llegar a la Quinta Avenida, que era donde el doctor Smith tenía la consulta. Se había retrasado tres minutos.

Fue el mismo doctor quien le abrió la puerta. Esa mañana Kerry echó en falta en sus maneras incluso la mínima amabilidad que el cirujano había mostrado durante las dos visitas de Robin. Ni siquiera le dirigió una palabra de saludo. Lo único que le dijo fue: «Sólo tengo veinte minutos, señora McGrath, ni un segundo más». Entonces la condujo hasta su despacho privado.

«Si es así como vamos a jugar, adelante», pensó Kerry. Se sentó delante de él, al otro lado del escritorio, y dijo:

–Doctor Smith, tras ver salir de su consulta a dos mujeres que guardaban un parecido sorprendente con su hija Suzanne, sentí tal curiosidad por las circunstancias que rodearon su muerte que la semana pasada decidí dedicar cierto tiempo a leer la transcripción del juicio de Skip Reardon.

No le pasó inadvertida la expresión de odio que se dibujó en el rostro del doctor Smith cuando mencionó el nombre de Reardon. Entornó los ojos, endureció el gesto y unas profundas arrugas surcaron su frente y sus mejillas.

Kerry lo miró fijamente.

–Doctor Smith, quiero que sepa lo mucho que lamento la muerte de su hija. Al igual que usted, estoy divorciada y tengo una única hija. Recordando la angustia que pasé cuando me llamaron para decirme que Robin había sufrido un accidente, sólo puedo imaginarme cómo se sintió usted cuando le comunicaron lo de Suzanne.

Smith la miró de hito en hito y entrelazó los dedos. Kerry tenía la sensación de que estaban separados por una barrera infranqueable. Y si así era, el resto de la conversación era perfectamente predecible. Él escucharía lo que tuviera que decirle, haría algún comentario en relación al amor y la muerte y la acompañaría hasta la puerta. ¿Cómo podía romper aquella barrera?

Se inclinó.

–Doctor Smith, su testimonio es la razón por la que Skip Reardon se encuentra en la cárcel. Usted dijo que estaba loco de celos y que su hija le tenía miedo. Él jura que jamás amenazó a Suzanne.

–Miente. –Su voz era monótona, inexpresiva–. Estaba verdaderamente celoso. Como usted ha dicho, era mi única hija. Yo la adoraba. Había prosperado lo suficiente como para darle la clase de cosas que no había podido ofrecerle cuando era pequeña. De vez en cuando, tenía la satisfacción de regalarle joyas y, aun así, cuando hablé con él, Reardon se negó a creer que se las hubiera regalado yo y siguió acusándola de tener relaciones con otros hombres.

«¿Será verdad?», se preguntó Kerry.

–Pero si Suzanne temía por su vida, ¿por qué siguió viviendo con Skip Reardon?

El sol de la mañana entraba a raudales en la habitación y relucía sobre las gafas del doctor Smith de tal modo que Kerry no podía verle los ojos. «¿Serían tan inexpresivos como su voz?», se preguntó.

–Porque a diferencia de su madre, mi ex mujer, Suzanne tenía un profundo sentido del deber con respecto al matrimonio –respondió tras una pausa–. El gran error de su vida fue enamorarse de Reardon. Y un error todavía más grande fue no tomarse en serio sus amenazas.

Kerry comprendió que por ese camino no iba a ninguna parte. Había llegado el momento de hacerle la pregunta que tanto tiempo llevaba preocupándole, aunque podía tener unas consecuencias que no estaba muy segura de ser capaz de afrontar.

–Doctor Smith, ¿sometió a su hija a alguna clase de tratamiento quirúrgico?

Enseguida se dio cuenta de que la pregunta le había indignado.

–Señora McGrath, da la casualidad de que pertenezco a un colegio médico cuyos miembros jamás, excepto en un caso de verdadera urgencia, tratarían a un familiar. Por lo demás, su pregunta resulta insultante. Suzanne era bella por naturaleza.

–Mediante su tratamiento, usted ha conseguido que al menos dos mujeres guarden un parecido extraordinario con ella. ¿Por qué?

El doctor Smith miró su reloj.

–Le responderé a esta pregunta y luego tendrá que perdonarme, señora McGrath. No sé qué conocimientos tendrá usted de cirugía plástica, pero le diré que hace cincuenta años, si tenemos en cuenta el nivel al que se ha llegado actualmente, era bastante rudimentaria. Las personas que sufrían trastornos en las fosas nasales por culpa del trabajo no tenían solución para su problema. El tratamiento de corrección para las víctimas nacidas con deformaciones tales como el labio leporino era con frecuencia una labor bastante tosca. Ahora, en cambio, los medios que tenemos a nuestra disposición son muy avanzados, y los resultados, sumamente satisfactorios. Hemos aprendido mucho. La cirugía estética ha dejado de ser algo exclusivo de los ricos y famosos. Todo el mundo puede servirse de ella, tanto si es una necesidad como si es un simple capricho.

Se quitó las gafas y se frotó la frente como si tuviera dolor de cabeza.

–Algunos padres nos traen a sus hijos adolescentes, tanto muchachos como muchachas, a causa de algún defecto físico que les hace sentirse tan cohibidos que acaban por ser incapaces de hacer nada. Ayer operé a un muchacho de quince años con unas orejas tan grandes que eran lo único que las personas veían cuando le miraban. Cuando le quitemos las vendas, los demás rasgos de su cara, que son muy agradables pero que hasta el momento han pasado inadvertidos por el bochornoso problema que le he comentado, serán lo que los demás vean cuando miren al chico. Opero a mujeres que fueron hermosas en su juventud y que ahora se miran en el espejo y ven que tienen arrugas y bolsas bajo los ojos. Levanto y sujeto la frente en el nacimiento del pelo, estiro la piel y la recojo detrás de las orejas. No sólo les quito veinte años de encima, sino que además transformo en confianza la poca estima que se tienen. –Levantó la voz–. Podría enseñarle fotografías de personas accidentadas antes y después de que yo las tratara. Me ha preguntado por qué algunas de mis pacientes se parecen a mi hija. Se lo diré. Durante estos diez últimos años, varias mujeres infelices y sin ningún atractivo han venido a esta consulta y yo he podido darles la belleza que buscaban.

Kerry sabía que iba a decirle que ya era hora de que se fuera. Apresuradamente le preguntó:

–Entonces ¿por qué hace unos años dijo a una posible paciente, Susan Grant, que en ocasiones se abusa de la belleza y que el resultado de dicho comportamiento son los celos y la violencia? ¿Se refería usted a Suzanne? ¿No existe la posibilidad de que Skip Reardon tuviera razones para sentirse celoso? Tal vez sea cierto que usted comprase a su hija todas esas joyas y que Skip no le creyera, pero él jura que no fue él quien le envió a Suzanne las rosas que recibió el día de su muerte.

El doctor Smith se levantó.

–Señora McGrath, creo que como abogada debería saber que los asesinos se declaran inocentes casi sin excepción. La conversación ha terminado.

A Kerry no le quedó más remedio que seguirle hasta la puerta. Antes de llegar, se fijó en que se estaba apretando fuertemente la mano izquierda contra el costado. ¿Le estaba temblando? Sí, en efecto.

Al abrir la puerta, el doctor dijo:

–Señora McGrath, comprenda que el mero hecho de oír el nombre de Skip Reardon me pone enfermo. Por favor, llame a la señora Carpenter y déle el nombre de otro médico al que pueda mandarle el historial clínico de Robin. No quiero volver a oír hablar de usted o tener que verla de nuevo con su hija.

Estaba tan cerca de ella que la abogada dio un paso atrás de forma involuntaria. Había algo verdaderamente aterrador en ese hombre. Sus ojos, llenos de ira y odio, parecían estar abrasándole el cuerpo. «Si ahora tuviera una pistola en la mano, estoy segura de que dispararía», pensó.

37

Cuando hubo cerrado la puerta y empezó a bajar por los escalones, Robin se fijó en que había un pequeño coche negro aparcado en la acera de enfrente. Aunque era extraño ver un coche desconocido en esa calle, sobre todo a una hora tan temprana, lo que Robin sintió no fue extrañeza, sino verdadera inquietud.

Hacía frío. Se pasó los libros al brazo izquierdo, y tras subirse la cremallera de la chaqueta hasta el cuello, aceleró el paso. Había quedado con Cassie y Courtney en la esquina de la siguiente manzana. Probablemente ya estarían esperándola. Había salido de casa un par de minutos tarde.

La calle estaba tranquila. Habían caído prácticamente todas las hojas y los árboles tenían un aspecto desnudo y poco amistoso. Robin se arrepintió de no haber cogido los guantes.

Cuando llegó a la acera, miró al otro lado de la calle. La ventanilla del conductor del coche desconocido estaba descendiendo lentamente. Entonces se detuvo, dejando una abertura de sólo unos centímetros. Robin aguzó la vista cuanto pudo, con la esperanza de ver una cara conocida, pero el radiante sol de la mañana lanzaba tales reflejos que no pudo distinguir nada. Entonces vio que aparecía un brazo con algo en la mano que apuntaba en su dirección. Presa del pánico, echó a correr. Con un rugido de motores, el coche se lanzó a través de la calle, como si se dirigiera precisamente hacia ella. En el mismo momento en que Robin pensaba que iba a subir a la acera y atropellarla, el automóvil dio un giro de ciento ochenta grados y aceleró calle abajo.

Sollozando, atravesó el jardín de sus vecinos y llamó al timbre frenéticamente.

38

Joe Palumbo vio que todavía eran las nueve y media cuando terminó la investigación de un robo ocurrido en Cresskill. Sólo estaba a unos minutos de Alpine, por lo que pensó que era la ocasión perfecta para hablar con Dolly Bowles, la canguro que había testificado en el caso de asesinato Reardon. Por suerte, también daba la casualidad de que tenía su número de teléfono.

En un principio, mientras Palumbo le explicaba que era un investigador de la fiscalía del condado de Bergen, Dolly se mostró algo cautelosa. Pero en cuanto le informó que uno de los ayudantes del fiscal, Kerry McGrath, estaba muy interesada en que le hablara del coche que había visto delante de la casa de los Reardon la noche del asesinato, Dolly le dijo que se había mantenido al corriente del reciente juicio en donde Kerry McGrath había trabajado como acusación y que se alegraba de que el hombre que había asesinado a la supervisora hubiera sido declarado culpable. Entonces le habló a Palumbo sobre la ocasión en que un ladrón les había atado a ella y a su madre en su propia casa.

–Así que –concluyó–, si usted y Kerry McGrath quieren hablar conmigo, no hay ningún problema.

–Bueno, de hecho –respondió Joe sin mucha convicción–, me gustaría ir a su casa y hablar con usted ahora mismo. Tal vez Kerry hable con usted más adelante.

Hubo una pausa. El investigador no se podía imaginar que Dolly estaba recordando la expresión de burla con que le había mirado el fiscal Green al interrogarla durante el juicio.

Dolly se decidió a hablar finalmente.

–Creo –dijo con dignidad–, que me sentiría más cómoda si comentara con Kerry McGrath lo que ocurrió aquella noche. Lo mejor será que esperemos hasta que ella esté disponible.

39

Kerry apareció en los juzgados pasadas las diez menos cuarto, mucho más tarde de su hora habitual. Previendo la posibilidad de que alguien hiciera algún comentario al respecto, había llamado para avisar que tenía que hacer un recado y que iba a llegar tarde. Frank Green se encontraba siempre en su despacho a las siete en punto, lo que era motivo de bromas en la fiscalía, pese a que, obviamente, él pensaba que todos los miembros de su plantilla tenían el deber de estar en sus puestos de trabajo con la misma puntualidad que él. Kerry sabía que le daría un ataque si se enteraba de que su recado había consistido en visitar al doctor Smith.

Cuando marcó el código que le daba acceso a la fiscalía, el encargado del cuadro de mandos alzó la vista y dijo.

–Kerry, ve inmediatamente al despacho del señor Green. Te está esperando.

«¡Vaya, vaya!», pensó.

En cuanto entró en el despacho de Green, advirtió que

no estaba enfadado. Lo conocía lo bastante bien como para saber de qué humor estaba con sólo mirarle a la cara. Como de costumbre, fue directo al grano:

—Kerry, Robin se encuentra bien. Está con tu vecina, la señora Weiser. De veras, se encuentra bien.

Kerry notó que se le hacía un nudo en la garganta.

–Pero ¿qué ha ocurrido?

–No lo sabemos con seguridad. Seguramente no sea nada. Según Robin, has salido de casa a las seis y media. –Había una chispa de curiosidad en la mirada de Green.

–Sí, es cierto.

–Por lo que dice, al salir de casa, ha visto un coche desconocido aparcado al otro lado de la calle. Cuando ha llegado a la acera, han bajado un poco la ventanilla del conductor y ha podido ver una mano que sostenía un objeto. No ha podido distinguir qué era. Entonces el coche ha arrancado y ha girado de forma tan repentina que Robin ha pensado que iba subirse a la acera y atropellarla. Por lo visto, al final, el vehículo ha dado rápidamente un giro de ciento ochenta grados y ha desaparecido. Robin ha ido entonces corriendo a la casa de tu vecina.

La abogada se dejó caer en una silla.

–¿Está allí ahora?

–Sí. Llámala o ve a verla si eso te tranquiliza. De todas formas, hay algo que me preocupa: ¿tiene Robin una imaginación muy viva o cabe la posibilidad de que alguien haya intentado atemorizarla con la intención de asustarte a ti?

–¿Qué motivo puede tener nadie para querer asustarnos a Robin o a mí?

–No sería la primera vez que ocurre en esta fiscalía después de un caso importante. Acabas de concluir un caso que ha captado una gran atención por parte de los medios de comunicación. El tipo que has condenado por asesinato es, sin lugar a dudas, un desaprensivo de mucho cuidado y sigue teniendo familiares y amigos.

–Sí, pero todos los que he conocido parecían personas bastante decentes –dijo Kerry–. Y, contestando a tu primera pregunta, Robin es una niña muy sensata. No se inventaría algo así. –Entonces titubeó— Es la primera vez que la dejo salir de casa sola por la mañana y me he hartado de advertirle lo que debía y lo que no debía hacer.

–Llámala desde aquí –dijo Green.

Robin cogió el auricular en cuanto sonó el teléfono.

–Sabía que ibas a llamar, mamá. Ya estoy bien. Quiero ir al colegio. La señora Weiser ha dicho que puede llevarme en coche. Ah, mamá, y no te olvides de que tengo que salir esta tarde. Es la noche de Todos los Santos.

Kerry discurrió rápidamente. Robin estaría mejor en el colegio que sentada en casa todo el día pensando en el incidente.

–Muy bien. Pero estaré allí a las tres menos cuarto para recogerte. No quiero que vuelvas a casa andando. –«Y no te dejaré sola cuando salgas a la calle disfrazada para la fiesta de Todos los Santos», pensó, y añadió–: Déjame hablar con la señora Weiser, Rob.

Cuando colgó, la abogada se volvió hacia Frank:

–¿Puedo salir hoy un poco antes?

La sonrisa de Green fue sincera.

–Desde luego que sí. Kerry, no hace falta que te pida que le hagas a Robin todas las preguntas que sean necesarias. Hemos de saber con toda certeza si realmente había alguien vigilándola. –Antes de que Kerry saliera del despacho, añadió-: De todas formas, ¿no es Robin todavía un poco pequeña para ir sola al colegio?

Kerry sabía que Green estaba tratando de averiguar qué motivo podía haber sido tan importante como para dejar a Robin sola en casa a las seis y media de la mañana.

–Sí, lo es –asintió–. No volverá a ocurrir.

Esa misma mañana, Joe Palumbo pasó por el despacho de Kerry y le dijo que había llamado a Dolly Bowles.

–No quiere hablar conmigo, Kerry. Aun así, me gustaría acompañarte cuando vayas a verla.

–Voy a llamarla ahora mismo.

Sus seis palabras de saludo: «Hola, señora Bowles, soy Kerry McGrath» dieron paso a un monólogo de diez minutos de duración por la otra parte.

Palumbo cruzó las piernas y se recostó en la silla para observar con gesto risueño cómo la abogada trataba de interponer una palabra o una pregunta en el discurso de Dolly Bowles. Su gesto se transformó en una mueca de irritación cuando Kerry tuvo por fin la oportunidad de decir que le gustaría ir acompañada de su investigador, el señor Palumbo. Obviamente, la respuesta había sido no.

Kerry colgó finalmente.

–Dolly Bowles no está muy contenta con el trato que le dio esta fiscalía hace diez años. Éste ha sido el tema fundamental de la conversación. También ha dicho que su hija y su yerno no quieren que hable nunca más sobre el asesinato o sobre lo que vio aquella noche, y regresan de un viaje mañana. Si quiero verla, tendrá que ser hoy a las cinco. No sé cómo me las voy a arreglar. Le he dicho que la llamaría.

–¿No puedes salir de aquí para esa hora?

–Tengo una serie de compromisos que voy a tener que anular de todas maneras.

Entonces le contó lo que le había sucedido a Robin esa mañana.

El investigador se levantó y trató de abrocharse la chaqueta, que siempre le quedaba justa sobre su generosa tripa.

–¿Y si voy a tu casa a las cinco? –sugirió–. Mientras tú hablas con la señora Bowles, puedo llevar a Robin a comer una hamburguesa. Me gustaría que me contara lo de esta mañana. –En cuanto vio el gesto de desaprobación que ponía la abogada, se apresuró a hablar antes de que empezara a hacer objeciones–. Kerry, sé que eres una persona perspicaz, pero en este caso no vas a ser objetiva. No trates de hacer mi trabajo.

La abogada observó a Joe con aire pensativo. Siempre tenía un aspecto algo descuidado y solía tener sus papeles bastante desordenados. Sin embargo, era el mejor en su trabajo. Le había visto interrogar a niños con tanta habilidad que éstos ni siquiera se habían dado cuenta de que sus palabras estuvieran siendo analizadas. La contribución de Joe en ese asunto sería de gran utilidad.

–De acuerdo –dijo finalmente.

40

El martes por la tarde, Jason Arnott fue en coche a la remota región cercana a Ellenville donde se encontraba su enorme casa de campo. Oculta en medio de la cordillera de las Catskills, aquélla era la mansión en que guardaba sus valiosos objetos robados.

Sabía que la casa era una adicción, una extensión del impulso, a veces incontrolable, que le llevaba a robar los bellos objetos que veía en los hogares de sus conocidos. Y es que era la belleza, al fin y al cabo, lo que le inducía a hacer tales cosas. Amaba la belleza, le encantaba verla, tocarla. En ocasiones, la necesidad que sentía de coger algo y acariciarlo era tan fuerte que llegaba a resultarle irresistible. Se trataba de un don y, como tal, era una bendición y una maldición al mismo tiempo. Algún día le pondría en un aprieto. De hecho, a punto había estado de ocurrir. Le ponía nervioso que las personas que le iban a visitar a Alpine admiraran las alfombras, los muebles, las pinturas o los *objets d'art* que tenía en la casa. Con frecuencia se divertía pensando en las caras de estupefacción que pondrían si le diera por decir «esta casa me parece vulgar a mí».

Sin embargo, sabía que jamás llegaría a decirlo, por descontado, pues no estaba dispuesto a compartir su colección privada con nadie. Era suya y sólo suya. Y así seguiría siendo.

«Hoy es Todos los Santos», pensó con desdén mientras avanzaba velozmente por la carretera 17. Se alegraba de ausentarse de la ciudad. No le apetecía lo más mínimo aguantar las incesantes llamadas de los niños a su puerta. Estaba cansado.

Había pasado el fin de semana en un hotel de Bethesda, en Maryland, desvalijando una casa en Chevy Chase, donde meses antes había estado con motivo de una fiesta. En aquella ocasión, la anfitriona, Myra Hamilton, no había dejado de hablar sobre la próxima boda de su hijo, que iba a celebrarse el 28 de octubre en Chicago y había dejado bien claro a todos y cada uno de los invitados que en dicha fecha la casa estaría vacía.

Aunque el domicilio de los Hamilton no era muy grande, estaba decorado con un gusto exquisito y estaba lleno de los valiosos objetos que la pareja había coleccionado en el transcurso de los años. A Jason se le hizo la boca agua al ver un sello de escritorio Fabergé azul zafiro con un mango de oro en forma de huevo. Eso y la primorosa alfombra Aubusson con un rosetón central que los Hamilton tenían colgada de la pared eran las dos piezas que más deseaba robarles.

Ambos objetos se encontraban ahora en el maletero de su coche camino de su refugio. Inconscientemente, Jason frunció el entrecejo. Esta vez no había experimentado la emoción triunfal que sentía normalmente cuando lograba su objetivo. Una sensación de inquietud, vaga e indefinible, lo embargaba. Repasó mentalmente, paso a paso, cómo había llevado a cabo el robo de la residencia de los Hamilton.

La alarma estaba conectada, pero no le había sido difícil desactivarla. En la casa no había nadie, tal como había supuesto. Por un momento, sintió la tentación de registrarla rápidamente con la esperanza de encontrar algo de gran valor que le hubiera pasado inadvertido durante la fiesta. Al final, sin embargo, decidió atenerse al plan original y se llevó sólo las cosas en que se había fijado la primera vez que estuvo en la casa.

Apenas había logrado introducirse en el tráfico de la carretera 240, cuando dos coches de la policía, con las sirenas activadas y las luces encendidas, pasaron a toda velocidad a su lado y giraron a la izquierda para meterse en la calle de la que él acababa de salir. Evidentemente, se dirigían a la residencia de los Hamilton, pensó, lo que significaba que, de alguna manera, había hecho saltar una alarma silenciosa que funcionaba con independencia del sistema central.

«¿Tendrán los Hamilton algún otro sistema de seguridad? –se preguntó–. Es tan fácil instalar cámaras ocultas hoy en día.» Había llevado la media que siempre se ponía cuando iba a robar una de las casas que decidía honrar con su presencia. Sin embargo, en un momento dado de la noche se la había levantado para examinar una figura de bronce. Fue una estupidez hacerlo, ya que había resultado ser un objeto sin valor.

«Hay una posibilidad entre un millón de que la cámara haya grabado mi cara», se dijo para tranquilizarse. Tenía que olvidarse de sus recelos y seguir adelante con su vida como si nada hubiera pasado. Eso sí, habría de comportarse con un poco más de prudencia durante una temporada.

El sol del atardecer estaba a punto de desaparecer tras las montañas cuando el coche entró en el camino que conducía a la casa. Se sentía algo más animado. El vecino más cercano se encontraba a varios kilómetros de distancia. Maddie, una mujer voluminosa, imperturbable, carente de imaginación y obediente, que se ocupaba de limpiar la casa una vez a la semana, habría estado el día anterior. Todo estaría tan limpio como una patena.

Jason sabía que, aunque era incapaz de distinguir entre una Aubusson y un retal de alfombra de a diez dólares el metro cuadrado, Maddie era una de las escasas personas que están orgullosas de su trabajo y sólo se sienten satisfechas cuando alcanzan la perfección. En los diez años que llevaba trabajando para él, ni siquiera había desportillado una taza.

El experto en antigüedades esbozó una sonrisa pensando en la reacción de Maddie cuando viera la Aubusson colgada en el vestíbulo y el sello Fabergé en el dormitorio principal. «Más cosas para limpiar...», se diría, y seguiría con sus quehaceres.

Aparcó el coche delante de la puerta lateral y, con las prisas propias de la emoción que siempre se apoderaba de él en esos momentos, entró en la casa y apretó el interruptor de la luz. Una vez más, al ver todas aquellas cosas bellas, los labios y las palmas de las manos se le humedecieron de placer. Minutos más tarde, tras meter en la casa su maletín, la pequeña bolsa de comida y sus nuevos tesoros, cerró la puerta y echó el cerrojo. Su velada daba comienzo.

Lo primero que tenía que hacer era llevar el sello Fabergé al dormitorio y ponerlo sobre el tocador de época que tenía en la habitación. Cuando lo colocó en su sitio, dio unos pasos hacia atrás para admirarlo, tras lo cual se inclinó para compararlo con el marco miniatura que llevaba diez años sobre su mesita de noche.

El marco representaba una de las pocas ocasiones en que le habían engañado. Era una copia Fabergé bastante buena, aunque, desde luego, no era original. Ahora resultaba evidente. El esmalte azul tenía un aspecto como terroso en comparación con el intenso color del sello de escritorio. La orla de oro con perlas incrustadas no tenía nada que ver con la exquisitez del Fabergé auténtico. Sin embargo, dentro del marco se encontraba Suzanne, que le sonreía cada vez que la miraba.

No le gustaba recordar aquella noche. Hacía ya once años de aquello. Había entrado por una ventana abierta que daba al saloncito del dormitorio principal. Pensó que la casa estaría vacía. Aquel mismo día, Suzanne le había dicho que tenía una cita para cenar y que Skip no iba a estar en casa. Aunque tenía el código de seguridad, al llegar a la vivienda de los Reardon había visto que la ventana estaba abierta de par en par y se había decidido a entrar. Cuando estuvo en el piso de arriba, se encontró sumido en la oscuridad. En el dormitorio reparó en el marco miniatura que había visto con anterioridad. Estaba encima de la mesita. Desde donde estaba, parecía auténtico. Entonces, cuando lo estaba examinando, oyó una exclamación. ¡Suzanne! Presa del pánico, se metió el marco en el bolsillo y se escondió en el armario.

Jason siguió mirando el marco. En el curso de los años se había preguntado varias veces qué perversa razón le habría disuadido de quitar la fotografía de Suzanne o de tirarlo todo a la basura. El marco, al fin y al cabo, era sólo una copia.

Por fin, mientras lo observaba esa noche, comprendió por qué lo había dejado todo tal y como estaba. De ese modo le resultaba más fácil borrar el recuerdo de lo que había visto al escapar de la casa aquel día: el horripilante rostro desencajado de Suzanne.

41

–Bueno, ya hemos elegido a nuestro jurado y creo que no está nada mal –dijo Bob Kinellen a su cliente con una sinceridad que no sentía.

Jimmy Weeks le miró desabridamente.

–Bob, creo que, si exceptuamos a unos pocos miembros, este jurado da asco.

–Ten confianza en mí.

Anthony Bartlett salió en apoyo de su yerno.

–Bob tiene razón, Jimmy. Ten confianza en él.

Entonces Bartlett desvió la mirada hacia el lado de la mesa de la defensa que tenía enfrente. Allí estaba Barney Haskell, con la cabeza apoyada en las manos con gesto malhumorado. Vio que Bob también estaba mirando a Haskell y se imaginó lo que estaría pensando:

«Haskell es diabético. No se va arriesgar a que le echen varios años de cárcel. Nos va a resultar muy complicado rebatir el conjunto de hechos, fechas y cifras que tiene... Sabe todo lo de Suzanne.»

Los alegatos preliminares se llevarían a cabo a la mañana siguiente. Cuando salió de los juzgados, Jimmy Weeks fue directamente a su coche. El conductor le abrió la puerta y él se sentó atrás soltando su habitual gruñido de despedida.

Kinellen y Bartlett se quedaron mirando cómo se alejaba el coche.

–Me voy al despacho –dijo Kinellen a su suegro–. Tengo trabajo que hacer.

Bartlett hizo un gesto de asentimiento.

–Y que lo digas. –Su tono de voz era inexpresivo–. Hasta mañana, Bob.

«O hasta nunca –pensó Kinellen mientras se dirigía al aparcamiento–. Te estás distanciando de mí para que no te salpique nada si yo acabo ensuciándome.»

Sabía que Bartlett había ahorrado millones de dólares. Incluso si declaraban culpable a Weeks y el bufete se iba a pique, él saldría adelante. Seguramente así tendría la oportunidad de pasar más tiempo en Palm Beach con Alice, su esposa.

«Soy yo quien está asumiendo todos los riesgos –pensó mientras le entregaba el recibo al cajero–. Soy yo quien corre el peligro de acabar mal.» ¿Qué motivo había tenido Weeks para insistir en que se quedara la señora Wagner en el jurado?

42

Geoff Dorso llamó a Kerry cuando ésta estaba a punto de salir del despacho.

–He visto al doctor Smith esta mañana –dijo ella apresuradamente–, y voy a ver a Dolly Bowles a las cinco. No me puedo entretener. Tengo que ir a recoger a Robin al colegio.

–Kerry, tengo curiosidad por saber qué te ha dicho el doctor Smith. Y me tienes que contar lo que saques en claro de la conversación con Dolly Bowles. ¿Por qué no cenamos juntos?

–No me apetece salir esta noche, pero si no te importa comer una ensalada y un poco de pasta...

–Soy italiano, no te olvides...

–¿A las siete y media?

–Allí estaré.

Cuando llegó al colegio y recogió a Robin, Kerry advirtió que su hija sólo pensaba en la noche de Todos los Santos y no en lo que le había ocurrido a primera hora de la mañana. De hecho, parecía sentirse incómoda al respecto. Kerry lo entendió y cambió de tema de conversación. Ya volvería a hablar sobre lo sucedido más tarde.

En cuanto llegaron a casa, dio la tarde libre al canguro de Robin.

«Así es como viven otras madres», pensó mientras, junto con un grupo de ellas, acompañaba a varios niños disfrazados para la fiesta de Todos los Santos en su búsqueda de caramelos. Regresaron a casa en el preciso momento en que llegaba Joe Palumbo.

El investigador llevaba una abultada carpeta que golpeaba con los dedos con una sonrisa de satisfacción.

–El expediente del departamento de investigación sobre

el caso Reardon –dijo–. Aquí dentro debe de estar la declaración original de Dolly Bowles. Ya me dirás si se parece mucho a lo que te dice hoy.

Entonces se volvió hacia Robin, que llevaba puesto un disfraz de bruja.

–Menudo disfraz, Robin.

–He tenido que elegir entre éste y el de cadáver –dijo la niña.

Kerry no se dio cuenta de que se había estremecido hasta que vio la mirada de comprensión que le lanzaba Palumbo.

–Se me está haciendo tarde –dijo precipitadamente.

Durante los veinte minutos que tardó en llegar a Alpine, Kerry notó que tenía los nervios de punta. Cuando por fin había logrado animar a Robin a que le contara algo sobre el incidente de la mañana, ésta se había limitado a restarle importancia. Quería creer que la niña había exagerado lo ocurrido; quería pensar que alguien se había detenido para comprobar una dirección y se había dado cuenta de que se había equivocado de calle. Sin embargo, sabía que su hija era incapaz de exagerar o imaginar algo así.

Kerry estaba segura de que Dolly Bowles había estado esperando su llegada mirando por la ventana, pues en cuanto aparcó el coche en el camino de entrada, la puerta de la enorme casa estilo Tudor se abrió de golpe.

Dolly era una mujer menuda, de pelo escaso y canoso, cara enjuta y mirada inquisitiva. Cuando Kerry llegó a la puerta, ya había empezado a hablar.

–... igualita a la foto de *The Record*. No sabe cómo sentí no poder ir al juicio de ese desalmado que mató a su supervisora, pero tenía que trabajar de canguro.

Condujo a Kerry por un vestíbulo de aspecto cavernoso y le indicó una salita que había a la izquierda.

–Sentémonos aquí. La sala de estar es demasiado grande para mi gusto. A mi hija siempre le digo que mi voz hace eco allí, pero a ella le encanta porque es ideal para las fiestas. A Dorothy le gusta mucho organizar fiestas. Cuando están en casa, claro está. Ahora que Lou está jubilado, no paran un momento. Siempre están de aquí para allá, de arriba abajo... Lo que no me entra en la cabeza es por qué siguen contratando a una asistenta para la casa a tiempo completo. ¿Por qué no pagan a alguien para que venga una vez por semana, digo yo? Así ahorrarían dinero. Eso sí, a mí no me hace mucha gracia quedarme sola por la noche. Supongo que lo harán por eso. Aunque claro...

«Dios mío –pensó Kerry–. Es un encanto de mujer, pero creo que no estoy de humor para esto.»

Se sentó en una silla y la señora Bowles se acomodó en un sillón de cretona.

–Señora Bowles, no quiero entretenerla mucho rato, además, he dejado a mi hija al cuidado de otra persona, así que no tengo mucho tiempo...

–Tiene usted una hija. Qué maravilla. ¿Cuántos años tiene?

–Diez. Señora Bowles, lo que me gustaría saber es...

–Cualquiera diría que tiene usted una hija de diez años, con lo joven que parece...

–Gracias, aunque le aseguro que los años no pasan en balde. –Kerry tenía la sensación de haberse caído en un foso del que no le iba a resultar fácil salir–. Señora Bowles, hablemos de la noche en que murió Suzanne Reardon.

Quince minutos más tarde, tras haber oído todo lo referente al trabajo de canguro de Dolly Bowles en la casa de enfrente de los Reardon y a los serios problemas mentales que sufría Michael, el niño al que había cuidado aquella noche, Kerry pudo sacar por fin algo de información útil de la señora Bowles.

—Me acaba de decir que no le cabe duda de que el coche que vio aparcado delante de la casa de los Reardon no pertenecía a ninguno de los invitados a la fiesta de sus vecinos. ¿Por qué está tan segura?

–Porque hablé con ellos. Habían invitado a tres parejas y me dieron sus nombres. Todos viven en Alpine. Después de que el señor Green me hiciera sentir como una estúpida en el estrado, hablé con todos ellos personalmente y me dijeron que el coche de papá no era suyo.

–¿El coche de papá? –exclamó Kerry incrédulamente.

–Es lo que dijo Michael. El niño tenía muchas dificultades para distingir los colores. Cuando señalabas un coche y le preguntabas de qué color era, nunca acertaba. En cambio, por muchos coches que hubiera, era capaz de distinguir los que le eran familiares o los que eran exactamente iguales a los que conocía. Cuando aquella noche dijo «el coche de papá» seguramente se refería a un Mercedes sedán negro de cuatro puertas. El niño llamaba «papá» a su abuelo y disfrutaba mucho cuando iban a dar una vuelta en su coche, un Mercedes sedán de cuatro puertas. Era negro, pero como la farola del camino de entrada de los Reardon estaba encendida, lo pudo ver con facilidad.

–Señora Bowles, en su declaración usted dijo que había visto el coche.

–Sí, aunque todavía no había llegado cuando fui a la casa de Michael, y cuando me lo señaló, ya se estaba yendo, así que no pude verlo bien. De todos modos, distinguí un «3» y una «L» en la matrícula. –Dolly se inclinó y miró a Kerry fijamente abriendo mucho los ojos–. Señora McGrath, le conté todo esto al abogado defensor de Skip Reardon, el señor Farrer.., no, Farrell, pero él me contestó que el testimonio basado en lo que ha dicho otra persona no suele ser aceptado y que, incluso en el caso de que lo fuera, el hecho de que mi testimonio sobre el coche se basara en lo dicho por un niño con problemas mentales no haría más que poner en tela de juicio mi declaración. Pero estaba equivocado. No sé qué habría tenido de malo decirle al jurado que Michael se alteró mucho cuando pensó que había visto el coche de su abuelo. Creo que habría sido muy útil. –El leve temblor de su voz desapareció–. Señora McGrath, poco después de las nueve de la noche, un Mercedes sedán negro de cuatro puertas se alejó de la casa de los Reardon. No me cabe duda. Ninguna en absoluto.

43

Jonathan Hoover no estaba saboreando su Martini esa noche. Normalmente disfrutaba de esa hora del día, bebiendo poco a poco su ginebra, con tres gotas exactas de vermut y dos aceitunas, sentado en su butaca orejera y conversando con Grace sobre lo que había ocurrido durante la jornada.

Esa noche, por si sus propias preocupaciones no fueran suficientes, advirtió que Grace estaba inquieta por algo. Sabía que si le había aumentado el dolor, no se lo iba a decir. Nunca hablaban sobre su salud. Hacía tiempo que sabía que no tenía que hacerle más que la pregunta de rigor: «¿Cómo te encuentras, querida?».

La respuesta era, inevitablemente, «Muy bien».

El creciente reumatismo que atenazaba su cuerpo no impedía a Grace vestirse con la elegancia que la caracterizaba. Últimamente solía llevar prendas con mangas largas y amplias para tapar sus hinchadas muñecas. Por la noche, incluso cuando estaban solos, se ponía túnicas de fiesta con las que ocultaba la progresiva deformación que estaba sufriendo en los pies y piernas.

Tal como estaba sentada, reclinada sobre el sofá, la curvatura de su columna no era perceptible, y sus luminosos ojos grises se destacaban con toda su belleza sobre el blanco alabastro de su tez. Sólo las manos, con los nudosos y torcidos dedos, mostraban el terrible efecto de la devastadora enfermedad.

Como Grace se quedaba en la cama hasta media mañana y Jonathan se levantaba temprano, el atardecer era el momento que dedicaban a la charla y las visitas. Grace sonrió con una mezcla de ironía y melancolía.

–Tengo la impresión de que me estoy mirando en un espejo, Jon. Tú también estás preocupado por algo. Como seguro que se trata de lo mismo que te inquietaba antes, déjame que hable yo primero. He hablado con Kerry.

Jonathan arqueó las cejas.

–¿Y?

–Me temo que no está dispuesta a dejar el caso Reardon.

–¿Qué te ha dicho?

–El problema es lo que no me ha dicho. Me ha contestado con evasivas. Después de escucharme, me ha asegurado que tiene motivos para creer que el testimonio del doctor Smith fue falso. Aunque ha reconocido que no tiene pruebas que le hagan creer que Reardon no fue el asesino, me ha dicho que cree tener la obligación de investigar la posibilidad de que hubiera un error judicial.

Jonathan se puso rojo como la grana de irritación.

–Grace, el sentido de la justicia que tiene Kerry raya a veces en lo ridículo. Anoche conseguí persuadir al gobernador de que no presentara todavía al senado las candidaturas para los puestos de juez.

–¡Jonathan!

–Era lo único que podía hacer, a no ser que le pidiese que no aceptara la candidatura de Kerry por el momento. No me quedaba otra alternativa. Grace, Prescott Marshall ha sido un gobernador magnífico. Lo sabes perfectamente. Trabajando con él, he conseguido que el senado apruebe leyes para llevar a cabo una serie de reformas que eran necesarias, que revise el sistema de impuestos, que atraiga empresas al estado, que cambie la seguridad social de forma que los más necesitados no se vean desprotegidos al tiempo que se investiga el fraude... Quiero que Marshall vuelva a ser gobernador dentro de cuatro años. Frank Green no es santo de mi devoción, pero como gobernador será un buen suplente y no echará a perder todo lo que Marshall y yo hemos logrado. Si Green fracasa y se nos cuela la oposición, todo lo que hemos logrado no habrá valido para nada.

De pronto, la expresión de vehemencia que había puesto al enfadarse desapareció de su rostro. A Grace le dio la impresión de que estaba muy cansado y que su aspecto reflejaba exactamente los sesenta y dos años que tenía.

–He invitado a Kerry y Robin a cenar el domingo –dijo Grace–. Así podrás intentar de nuevo hacerla entrar en razón. No creo que haya que sacrificar el futuro de nadie por culpa de Reardon.

–Voy a llamarla esta misma noche –dijo Jonathan.

44

Geoff Dorso llamó al timbre a las siete y media en punto y una vez más fue Robin quien le abrió la puerta. Todavía llevaba puesto el disfraz de bruja y el maquillaje. Tenía las cejas negras de carbón; una gruesa capa de polvo blanco le cubría la piel excepto en los lugares del mentón y las mejillas donde se había cortado; una peluca de pelo negro y enmarañado le caía por encima de los hombros.

Geoff dio un respingo.

–Me has asustado.

–Qué bien –dijo Robin animadamente–. Gracias por venir a la hora. Me han invitado a una fiesta y va a empezar ahora mismo. Dan un premio al mejor disfraz, así que me tengo que ir.

–Vas a ganar, seguro –dijo Geoff mientras pasaba al vestíbulo. Entonces aspiró por la nariz–. Qué bien huele...

–Mamá está preparando pan con ajo –explicó Robin. Entonces gritó–: Mamá, ha llegado el señor Dorso.

La cocina estaba en la parte de atrás de la casa. Geoff sonrió cuando la puerta se abrió y apareció Kerry secándose las manos con una toalla. Llevaba unos pantalones verdes y un jersey de cuello de cisne del mismo color. Geoff no pudo evitar advertir que la luz del techo hacía resaltar los mechones rubios de su pelo y las pecas que le cubrían la nariz.

«Parece como si tuviera veintitrés años», pensó.

Entonces observó que la calidez de su sonrisa no ocultaba la preocupación que se asomaba a sus ojos.

–¿Qué tal, Geoff? Entra y ponte cómodo. Tengo que llevar a Robin a una fiesta.

–¿Por qué no me dejas que lo haga yo? –se ofreció él–. Todavía no me he quitado la chaqueta.

–Sí, ¿por qué no? –dijo Kerry lentamente, como si estuviera considerando la situación–. Pero acompáñala hasta dentro de la casa, ¿vale? No la dejes en la calle.

–Mamá –se quejó Robin–, ya no tengo miedo, de veras.

–Yo sí que lo tengo.

«Pero ¿qué ocurre aquí?», se preguntó Geoff.

–Kerry, todas mis hermanas son menores que yo. Hasta que fueron a la universidad, las acompañé y las fui a recoger a todos los sitios, y te aseguro que no dejé ni una sola vez de acompañarlas hasta dentro del lugar a donde fueran. Coge tu escoba, Robin. Supongo que tendrás una, ¿no?

Mientras caminaban por la silenciosa calle, Robin le dijo que un coche la había asustado.

–Mamá se comporta como si estuviera tranquila, pero yo sé que está como un flan –dijo en confianza–. Se preocupa demasiado por mí. Casi me arrepiento de habérselo dicho.

Geoff se paró en seco y la miró fijamente.

–Robin, escúchame. Cuando ocurre algo como lo de esta mañana, lo peor que puedes hacer es no decírselo a tu madre. Prométeme que no cometerás ese error.

–No quiero. Ya se lo he prometido a mamá –una sonrisa maliciosa se dibujó en sus pintadísimos labios–. Siempre mantengo las promesas, excepto cuando se trata de levantarse por la mañana. No soporto madrugar.

–Yo tampoco –le aseguró Geoff con vehemencia.

Cinco minutos más tarde, sentado en un taburete de la cocina, mientras observaba cómo preparaba Kerry la ensalada, Geoff decidió lanzar un ataque directo.

–Robin me ha contado lo de esta mañana –dijo–. ¿Hay motivos para preocuparse?

Kerry estaba cortando en una ensaladera unas hojas de lechuga recién lavadas.

–Uno de nuestros investigadores, Joe Palumbo, ha hablado con Robin esta tarde. Está preocupado. Me ha dicho que ver un coche que da de repente un giro de ciento ochenta grados a pocos metros de donde uno se encuentra es como para asustar a cualquiera. Sin embargo, Robin le ha dado tal cantidad de detalles sobre lo de la ventanilla y el objeto con que le han apuntado que Joe ha llegado a la conclusión de que es posible que alguien le haya sacado una foto.

Geoff advirtió que a Kerry le temblaba la voz.

–Pero ¿por qué?

–No lo sé. Frank Green piensa que tal vez esté relacionado con el caso que acabo de ganar. No estoy de acuerdo con él. ¿Te imaginas cómo me sentiría si me enterara de que un chiflado ha visto a Robin por ahí y se ha obsesionado con ella? Es otra posibilidad, ¿no te parece? –Empezó a cortar la lechuga con furia–. La cuestión es: ¿qué puedo hacer ahora? ¿Cómo voy a protegerla?

–No debe de ser nada fácil cargar sola con esa preocupación –murmuró Geoff.

–¿Lo dices porque estoy divorciada? ¿Porque no hay un hombre que se ocupe de ella? Ya has visto cómo tiene la cara. Eso le ocurrió cuando estaba con su padre. No se había abrochado el cinturón de seguridad, y él es de la clase de conductores que pisan a fondo el acelerador y luego dan un frenazo sin avisar. No sé si el problema se debe a que los hombres son así o a que a Bob Kinellen le gusta el riesgo, pero, sea como sea, el hecho es que Robin y yo estamos mejor solas.

Tras cortar la última hoja de lechuga, puso cara de arrepentimiento y dijo:

–Lo siento, Geoff. Me temo que has elegido la noche equivocada para comer pasta en esta casa. Hoy no soy una buena compañía. Pero, bueno, ¿qué más da? Lo que importa son mis conversaciones con el doctor Smith y Dolly Bowles.

Mientras comían la ensalada y el pan con ajo, le habló de su encuentro con el doctor Smith.

–Odia a Skip Reardon –dijo–. Aunque se trata de una clase de odio diferente. –Al ver la cara de perplejidad de Geoff, añadió–: Me refiero a que, normalmente, cuando hablo con los familiares de una víctima, la mayoría desprecia al asesino y quiere que reciba su castigo. Sienten una mezcla tan fuerte de ira y dolor que lo que quieren es desahogarse. Los padres suelen enseñarte alguna fotografía de cuando su hija era pequeña o de cuando se licenció, luego te describen la clase de chica que era y te cuentan que ganó un concurso cuando estaba en el instituto. Entonces se vienen abajo y se echan a llorar de tristeza; uno de ellos, el padre por lo general, te pide que le dejes estar cinco minutos a solas con el asesino o te dice que le gustaría ser él quien apriete el interruptor de la silla eléctrica. El doctor Smith, sin embargo, no es así. Él sólo siente odio.

–¿Y qué deduces de todo ello? –preguntó Geoff.

–Que sólo hay dos posibilidades: por una parte, que Skip Reardon sea un asesino y un mentiroso y, por otra, que habría que averiguar si la intensa animadversión que Smith siente hacia él es anterior a la muerte de Suzanne. Como parte de esta última posibilidad, hemos de saber con exactitud la clase de relación que tenían el doctor y Suzanne. No hay que olvidar que, según su propio testimonio, desde que se separaron, cuando ella era todavía una niña, no la había vuelto a ver hasta que Suzanne tuvo cerca de veinte años. De repente, un día se presentó en su despacho. Por las fotografías que hay de ella se puede ver que era una mujer realmente atractiva. –Se levantó–. Piensa en ello mientras preparo la pasta. Luego te cuento lo de Dolly Bowles y «el coche de papá».

Geoff casi ni se dio cuenta de lo deliciosos que estaban los *linguini* con salsa de almejas mientras escuchaba lo que Kerry había averiguado durante su conversación con Dolly Bowles.

–El caso es que, por lo que dice Dolly Bowles, tanto nosotros, la fiscalía, como vosotros, la defensa, descartamos incluso la posibilidad de que el pequeño Michael pudiera ser un testigo digno de confianza.

–Fue Tim Farrell quien habló con Dolly Bowles –dijo Geoff–. Si no recuerdo mal, hizo alusión a un niño de cinco años con problemas de aprendizaje que había visto un coche, pero ni siquiera le presté atención.

–Hace ya mucho tiempo de eso –dijo Kerry–. De todos modos, Joe Palumbo, el investigador que ha hablado con Robin, me ha traído esta tarde el expediente Reardon. Voy a echarle un vistazo a ver qué nombres aparecen... Tal vez encuentre los de los hombres con que Suzanne pudo llegar a coquetear. Si consultamos el registro del automóvil, no debería ser muy difícil averiguar si alguno de ellos tuvo un Mercedes sedán negro hace once años. Siempre cabe la posibilidad, claro está, de que el coche constara a nombre de otra persona, o incluso de que fuera un coche alquilado, en cuyo caso no llegaríamos a ninguna parte.

Miró el reloj que había encima del horno.

–Tiempo de sobra –dijo.

Geoff sabía que se refería a la hora a la que había que ir a recoger a Robin.

–¿A qué hora acaba la fiesta?

–A las nueve. No es habitual que se celebren fiestas los días laborables, aunque, claro, Halloween es la noche especial de los niños, ¿verdad? ¿Cómo quieres el café? ¿exprés o normal? Hace tiempo que tengo pensado comprarme una cafetera para hacer capuchinos, pero nunca encuentro el momento de hacerlo.

–Normal, gracias. Mientras lo tomamos, te voy a contar lo de Skip Reardon y Beth Taylor.

Cuando el abogado le hubo puesto en antecedentes sobre la relación de Beth y Skip, Kerry dijo lentamente:

–Puedo comprender por qué Tim Farrell tuvo miedo de llamar a declarar a Beth. De todas formas, si es cierto que Skip Reardon estaba enamorado de ella cuando se produjo el asesinato, el testimonio del doctor Smith pierde algo de credibilidad.

–En efecto. La reacción que tuvo Skip cuando vio que Suzanne estaba poniendo en un jarrón las flores que le había enviado otro hombre se puede resumir en cuatro palabras: «Vete con viento fresco».

El teléfono de la pared sonó en ese momento. Geoff miró su reloj.

–Has dicho antes que la fiesta acababa a las nueve, ¿verdad? Me voy a recoger a Robin mientras contestas al teléfono.

–Gracias. –Kerry descolgó el auricular–. ¿Dígame?

Tras oír la contestación, dijo cariñosamente:

–Oh, Jonathan, iba a llamarte...

Geoff se levantó y, tras hacer un gesto de despedida con la mano, salió al vestíbulo y cogió la chaqueta del armario.

Mientras volvían a casa, Robin le dijo que se lo había

pasado muy bien a pesar de que no había ganado el primer premio con su disfraz.

–Lo ha ganado la prima de Cassie. Llevaba un disfraz de esqueleto de lo más tonto, pero su madre le había cosido unos huesos de pollo por todos los lados. Supongo que eso es lo que tenía de especial. Bueno, gracias por venir a buscarme, señor Dorso.

–A veces se gana, a veces se pierde, Robin. Oye, ¿por qué no me llamas Geoff?

En cuanto Kerry les abrió la puerta, Geoff advirtió que sucedía algo malo. Era evidente que Kerry estaba haciendo un esfuerzo por sonreír y mantenerse atenta mientras escuchaba la entusiástica descripción que le hacía su hija de la fiesta.

Al final Kerry dijo:

–Muy bien, Robin. Son más de las nueve y me has prometido que...

–Vale, vale. A la cama, y sin remolonear. –Robin le dio un beso a su madre rápidamente–. Te quiero, mamá. Buenas noches, Geoff. –La niña subió por las escaleras a saltos.

El abogado vio que a Kerry le temblaba la boca. Le cogió del brazo, la llevó a la cocina y cerró la puerta.

–¿Qué sucede?

Kerry intentó que no le fallara la voz.

–El gobernador iba a presentar mañana tres candidaturas al senado para la designación de dos nuevos jueces. Una de ellas era la mía. Jonathan le ha pedido al gobernador que aplace la presentación por mí.

–¡El senador Hoover te ha hecho eso! –exclamó Geoff–. Creía haber entendido que era como tu segundo padre. –Entonces la miró fijamente–. Espera un momento, ¿no tendrá esto algo que ver con la participación de Frank Green en el caso Reardon?

No necesitaba que le diera ninguna respuesta para saber que estaba en lo cierto.

–Kerry, eso es una mala pasada. No sabes cómo lo siento... De todas formas, has dicho que iba a aplazar la presentación, no que iba a retirar tu candidatura.

–Jonathan sería incapaz de retirar mi candidatura. Lo sé. –La voz de Kerry era ahora más firme–. Pero también sé que no puedo esperar que me vaya a defender a capa y espada. Le dije que hoy he ido a ver a Dolly Bowles y al doctor Smith.

–¿Y cómo reaccionó?

–No le ha hecho mucha gracia. Jonathan piensa que, si reanudo la investigación del caso, voy a poner innecesariamente en tela de juicio tanto la capacidad como la credibilidad de Frank Green y se me va a criticar por malgastar el dinero de los contribuyentes en un caso que quedó resuelto hace diez años. Luego me recordó que han sido cinco los tribunales de apelación que han confirmado la culpabilidad de Reardon.

Kerry movió la cabeza como si quisiera aclarar sus ideas. Entonces volvió la cara para evitar la mirada de Geoff.

–Siento haberte hecho perder el tiempo, Geoff, pero me temo que Jonathan tiene razón. El asesino está en la cárcel, condenado por un jurado, y los tribunales han coincidido en la confirmación de la condena. ¿Por qué he de pensar que sé algo que ellos ignoran? –Entonces se volvió nuevamente hacia él–. El asesino está en la cárcel. Voy a tener que dejar este asunto –dijo armándose de todo el valor que pudo.

Geoff endureció el gesto, lleno de frustración e ira contenida.

–Muy bien. Adiós, señoría –dijo–. Gracias por la pasta.

MIÉRCOLES 1 DE NOVIEMBRE

45

En el laboratorio de las oficinas centrales del FBI de Quantico, cuatro agentes observaban cómo la pantalla de un ordenador congelaba el perfil del ladrón que había entrado durante el fin de semana en la residencia que los Hamilton tenían en Chevy Chase.

Se había levantado la media que cubría su cara para examinar una estatuilla con mayor facilidad. Al principio, la imagen que la cámara oculta había grabado aparecía tan borrosa que no había sido posible distinguirla con claridad; sin embargo, después de darle un mayor contraste por medios electrónicos, ciertos detalles del rostro se habían hecho visibles. Probablemente serían insuficientes para identificar al ladrón, pensó Si Morgan, el jefe del equipo de agentes. Todavía resultaba difícil ver algo que no fuera la nariz y el trazado de la boca. Sin embargo, era todo lo que tenían, y tal vez sirviera para refrescar a alguien la memoria.

–Haz doscientas copias de esta fotografía y encárgate de que la reciban las familias que hayan sufrido un robo de características similares al de los Hamilton. No es mucho, pero al menos ahora tenemos la posibilidad de pillar a ese cabrón.

Morgan le miró con gesto sombrío.

–Espero que cuando lo cojamos sus huellas digitales coincidan con las que encontramos la noche en que la madre del diputado Peale perdió la vida por cancelar los planes que tenía para el fin de semana.

46

Era todavía temprano cuando Wayne Stevens se sentó a leer el periódico en la sala de estar de la cómoda casa de estilo español que tenía en Oakland, California. Hacía dos años que había dejado su negocio de seguros, con el que había logrado salir adelante dignamente, y ahora tenía el aspecto de ser un hombre satisfecho. Incluso cuando estaba descansando, su rostro seguía teniendo una expresión de afabilidad. Se mantenía en forma gracias al ejercicio regular. Sus dos hijas estaban casadas y vivían a menos de media hora de su casa. Llevaba ocho años casado con su tercera esposa, Catherine, al cabo de los cuales había llegado a la conclusión de que sus matrimonios anteriores habían dejado mucho que desear.

De ahí que cuando oyó sonar el teléfono no se imaginara que la persona que llamaba fuera a traerle a la memoria recuerdos desagradables.

La voz tenía un marcado acento de la costa Este.

–Señor Stevens, me llamo Joe Palumbo y soy investigador de la fiscalía del condado de Bergen, Nueva Jersey. Usted tuvo una hijastra llamada Suzanne Reardon, ¿cierto?

–¿Suzanne Reardon? No conozco a nadie que se llame así –dijo–. ¿No se referirá usted a Susie?

–¿Así es como llamaba usted a Suzanne?

–Tengo una hijastra a la que llamamos Susie, pero su verdadero nombre era Sue Ellen, no Suzanne. –Entonces se dio cuenta de que el inspector había utilizado el tiempo pasado «tuvo»–: ¿Le ha ocurrido algo?

A cinco mil kilómetros de distancia, Joe Palumbo agarró el auricular con fuerza.

–¿No sabe usted que Suzanne o Susie, como usted la llama, fue asesinada hace diez años? –Dicho esto, apretó un botón para grabar la conversación.

–Por Dios –La voz de Wayne Stevens se redujo a un suspiro–. No, desde luego que no. Le envío una tarjeta navideña todos los años a la dirección de su padre, el doctor Charles Smith, aunque hace años que no tengo noticias suyas.

–¿Cuándo fue la última vez que la vio?

–Hace dieciocho años, poco después de que mi segunda esposa, Jean, su madre, muriera. Susie fue siempre una niña infeliz, nerviosa y, a decir verdad, difícil. Cuando su madre y yo nos casamos, yo era viudo. Tenía dos hijas pequeñas y adopté a Susie. Jean y yo educamos a las tres niñas juntas. Entonces, cuando murió Jean, Susie recibió el importe de una póliza de seguros y nos dijo que se trasladaba a Nueva York. Tenía diecinueve años en aquel entonces. Unos meses más tarde me escribió una carta bastante cruel en la que me decía que aquí siempre había sido muy infeliz y que no quería volver a saber nada de nosotros. También me decía que iba a vivir con su verdadero padre. Pues bien, llamé al doctor Smith inmediatamente, pero me respondió de una forma sumamente grosera. Me dijo que había cometido un grave error al permitirme que adoptara a su hija.

–De manera que Suzanne, es decir Susie, no llegó a hablar con usted personalmente –preguntó Joe con rapidez.

–Así es. No me quedó más remedio que dejar las cosas así y esperar a que con el tiempo Susie cambiara de parecer. ¿Qué le sucedió?

–Hace diez años su marido fue declarado culpable de asesinarla en un arrebato de celos.

A Wallace Stevens se le pasó por la cabeza un raudal de imágenes. Susie, una niña pequeña y llorona; Susie, una adolescente rolliza y ceñuda que se entretenía jugando a golf y tenis, pero que no parecía sentirse satisfecha de su habilidad en ninguno de los dos deportes; Susie aguzando el oído cuando sonaba el teléfono, torciendo el gesto cuando veía que la llamada no era para ella y encerrándose en su dormitorio de un portazo cuando las parejas de sus hermanastras venían a recogerlas.

–¿Celoso porque mantenía relaciones con otro hombre? –preguntó lentamente.

–Sí.

Joe Palumbo percibió perplejidad en la voz de su interlocutor y comprendió que la intuición de Kerry había sido acertada al pedirle que indagara el pasado de Suzanne.

–Señor Stevens, ¿puede decirme cómo era Suzanne físicamente?

–Sue era... –Stevens titubeó–. Sue era una muchacha poco atractiva.

–¿Tiene alguna fotografía de ella que pueda enviarme? –preguntó el investigador–. ¿Alguna que le sacaran poco antes de que se trasladara a la costa Este?

–Sí, cómo no. De todos modos, ¿por qué está interesado en este asunto si ya han pasado diez años?

–Porque una de las ayudantes del fiscal piensa que en el juicio quedaron varios cabos sueltos.

«Vaya, vaya. Pues sí que ha tenido olfato Kerry», pensó Joe cuando colgó el auricular tras asegurarse de que Stevens le enviaría las fotos de Susie por correo urgente.

47

Kerry acababa de llegar a su despacho la mañana del miércoles cuando su secretaria le dijo que Frank Green quería verla.

El fiscal no se anduvo por las ramas.

–¿Qué ha sucedido, Kerry? Me han dicho que el gobernador ha aplazado la presentación de candidaturas para los puestos de juez que han quedado vacantes. Si no he entendido mal, tenía algún problema con la inclusión de la tuya. ¿Ocurre algo? ¿Hay algo que pueda hacer por ti?

«Pues, sí, de hecho, sí que hay algo que puedes hacer por mí, Frank –pensó Kerry–. Puedes decir al gobernador que das tu visto bueno a cualquier investigación encaminada a descubrir un grave error judicial, incluso si ello acaba poniéndote en un aprieto. Entonces serías lo que se considera una persona íntegra.»

En lugar de decir esto, Kerry contestó:

–Oh, estoy segura de que no tardará en presentar las candidaturas.

–¿No habrás tenido algún problema con el senador Hoover?

–Es uno de mis mejores amigos.

Cuando dio media vuelta para irse, el fiscal le dijo:

–Kerry, es un asco estar colgando de un hilo a la espera de que a uno le designen para alguno de esos puestos. Ya sabes que yo también estoy pendiente de que mi candidatura salga adelante. Es una pesadilla pensar que por culpa de cualquier asunto todo pueda irse al garete.

Kerry hizo un gesto de asentimiento y se despidió de él.

Cuando volvió a su despacho, tuvo que hacer verdaderos esfuerzos para concentrarse en el horario de juicios. El jurado de la acusación acababa de procesar a un sospechoso en un atraco frustrado a una gasolinera. Los cargos eran intento de asesinato y robo a mano armada. El encargado había recibido un disparo y se encontraba todavía en cuidados intensivos. Si no lograba sobrevivir, el cargo sería de asesinato.

El día anterior, el tribunal de apelación había anulado el veredicto de culpabilidad de una mujer condenada por homicidio sin premeditación. Éste había sido otro caso sonado, si bien el hecho de que el tribunal de apelación hubiera decidido que la defensa se había mostrado incompetente no afectaba de forma negativa a la labor del fiscal.

«Habían pensado que Robin sujetaría la Biblia que iba a emplear para jurar el cargo. Jonathan y Grace habían insistido en comprarle las togas, un par para el trabajo diario y una especial para las ceremonias. Margaret no dejaba de recordarle que, como era su mejor amiga, tenía que dejarle sostener la toga que iba a llevar ese día y ayudarle a ponérsela. "Yo, Kerry McGrath, juro solemnemente que..."»

Con los ojos anegados en lágrimas, recordó el tono de impaciencia con que le había hablado Jonathan. «Kerry, cinco tribunales de apelación han declarado culpable a Reardon. ¿Qué te propones?» Tenía razón. Esa misma mañana le llamaría y le diría que había dejado el asunto.

Entonces advirtió que alguien había llamado a la puerta varias veces. Apresuradamente, se pasó la mano por los ojos y dijo:

–Pase.

Era Joe Palumbo.

–Eres una señora sumamente perspicaz, Kerry.

–Yo no estaría tan segura de eso. ¿Qué ocurre?

–Me dijiste que te preguntabas si el doctor Smith había operado a su hija.

–Sí, pero también dije que él prácticamente lo negó.

–Ya lo sé, y también me pediste que investigara el pasado de Suzanne. Pues bien, presta atención.

Con ademán triunfal, Joe puso un magnetófono sobre el escritorio.

–Aquí está la mayor parte de la conversación que he mantenido con el señor Wayne Stevens, padrastro de Suzanne Reardon. –Apretó el botón.

Mientras escuchaba la grabación, Kerry se sintió embargada por una nueva oleada de confusión y emociones contrapuestas.

«Smith es un mentiroso –pensó al recordar la indignación que había mostrado el doctor cuando ella le había insinuado que había operado a su hija–. Es un mentiroso y un buen actor.»

Cuando la grabación llegó a su fin, el investigador sonrió ilusionado.

–¿Y ahora qué, Kerry?

–No lo sé –dijo ella lentamente.

–¿Que no lo sabes? El doctor Smith está mintiendo.

–Todavía no lo sabemos. Será mejor que esperemos a que lleguen las fotografías de Stevens, no vayamos a hacernos demasiadas ilusiones. Muchos adolescentes cambian inesperadamente de aspecto tras un buen corte de pelo y una visita a un salón de belleza.

Palumbo le lanzó una mirada de incredulidad.

–Sí, claro... Y las ranas tienen pelo.

48

Deidre Reardon había percibido el tono de desánimo con que le había contestado su hijo cuando había hablado con él el domingo y el martes, por ello había decidido hacer el miércoles el largo viaje hasta la cárcel de Trenton, que significaba tener que coger primero un autobús, luego un tren y finalmente otro autobús.

Deidre Reardon era una mujer menuda cuyo aspecto reflejaba exactamente los setenta años que tenía. Su hijo había heredado de ella el tono rojo eléctrico de su pelo, los cálidos ojos azules y la tez celta. Su pequeño cuerpo denotaba fragilidad y sus andares habían perdido gran parte de su brío. Su delicada salud le había obligado a dejar su trabajo de dependienta en A & S, y ahora complementaba el subsidio de la seguridad social con lo que ganaba haciendo trabajos de oficina en la parroquia.

Del dinero que había ahorrado durante los años en que

Skip había prosperado y se había mostrado generoso con ella ya no le quedaba nada. La mayor parte se lo había gastado en las costas de las infructuosas apelaciones que habían presentado.

Llegó a la cárcel a media tarde. Como era día laborable, sólo podían hablar por teléfono y separados por una ventana. Desde el momento en que Skip entró en la sala y vio la cara que tenía, Deidre comprendió que había sucedido precisamente lo que se temía. Skip había perdido la esperanza.

Normalmente, cuando su hijo se sentía desanimado, ella intentaba entretenerle contándole cotilleos sobre el vecindario y la parroquia, la clase de noticias con que disfrutaría una persona que estuviese lejos de casa pero esperara regresar pronto y quisiera que la mantuviesen informada sobre lo que estuviese ocurriendo en el barrio.

Deidre sabía que ese día los chismorreos no servirían de nada.

–Skip, ¿qué sucede? –preguntó.

–Mamá, Geoff me llamó anoche. La fiscal que vino a verme no va a seguir investigando el caso. Digamos que se ha lavado las manos. Pedí a Geoff que me hablara con franqueza y que no tratara de embaucarme.

–¿Cómo se llama esa abogada, Skip? –preguntó Deidre tratando de mantener un tono natural.

Conocía a su hijo lo suficientemente bien como para no perder el tiempo con tópicos.

–McGrath. Kerry McGrath. Por lo visto, la van a designar para un puesto de juez dentro de poco. Con la suerte que tengo, la pondrán en el tribunal de apelación, de forma que si Geoff encuentra algún motivo para presentar un nuevo recurso, ella se ocupará de echarlo por tierra.

–¿No tienen los jueces que esperar mucho tiempo para llegar al tribunal de apelación?

–¿Y qué importa eso? Lo único que nos queda es tiempo, ¿no es así, mamá? –Entonces le dijo que se había negado a hablar con Beth ese día–. Mamá, Beth tiene que seguir adelante con su vida. Jamás conseguirá hacerlo si sigue preocupándose por mí.

–Skip, Beth te quiere.

–Que quiera a otra persona. Yo ya lo hice, ¿no es así?

–Oh, Skip.

Deidre notó la falta de aire que siempre sufría antes de sentir un taladrante dolor en el pecho y de que se le paralizara el brazo. El doctor le había advertido que tendría que someterse a otra operación de *by-pass* si la angioplastia que le iban a practicar la semana siguiente no surtía efecto. Todavía no le había dicho nada a Skip al respecto. Y ahora tampoco lo iba a hacer.

Deidre contuvo las lágrimas cuando vio la expresión de dolor que su hijo tenía en la mirada. Siempre había sido un buen chico. Jamás le había causado problemas de pequeño. Ni siquiera en la cuna, cuando estaba cansado, se había portado mal. Una de las historias que más le gustaba contar sobre él era la de cuando había salido a gatas del salón, había llegado al dormitorio, y tras hacerse con su manta tirando de ella por entre los barrotes de la cuna y abrigarse, se había echado a dormir debajo de la cuna.

Ella le había dejado solo en el salón mientras preparaba la cena, y al no encontrarlo, había recorrido apresuradamente todo el pequeño piso, llamándolo y temiendo que hubiese salido de la casa y se hubiese perdido. Deidre tenía ahora la misma sensación. Aunque de forma diferente, Skip se estaba perdiendo.

Involuntariamente, levantó una mano y tocó el cristal. Quería abrazarle, a él, al buen hombre que era su hijo. Quería decirle que no se preocupara, que todo iba a salir bien, tal como lo había hecho años atrás, cuando se había sentido dolido. Ahora sabía lo que tenía que decirle.

–Skip, no quiero oírte hablar de esa manera. No puedes

decidir que Beth deje de quererte. Ella te quiere, y basta. Y te digo una cosa: voy a hablar con esa tal Kerry McGrath. Sus razones debió de tener para verte cuando lo hizo. Los fiscales no visitan a los condenados porque sí. Voy a averiguar por qué se interesó por tu caso y por qué ha decidido ahora dejarte en la estacada. Pero tienes que cooperar; no quiero oírte hablar de este modo otra vez.

El tiempo de visita llegó a su fin demasiado rápido. Deidre logró contener las lágrimas hasta que el guarda dejó salir a Skip, tras lo cual se frotó los ojos con furia. Con gesto de determinación, se levantó, esperó a que se le pasara el dolor del pecho y salió de la sala con paso enérgico.

49

«Parece noviembre», pensó Barbara Tompkins mientras recorría las diez manzanas que separaban su despacho de Madison Avenue del piso que tenía entre la calle Sesenta y seis y la Tercera Avenida. Debería haberse puesto una chaqueta más gruesa. Sin embargo, ¿qué importaban unos minutos de incomodidad cuando se sentía tan bien?

No pasaba un día en que no se alegrara del milagro que el doctor Smith había obrado en ella. Le parecía imposible que sólo dos años atrás hubiera estado atrapada en una empresa de relaciones públicas de Albany con un trabajo basura que consistía en conseguir que ciertos clientes de cosméticos de poca importancia fueran mencionados en revistas.

Nancy Pierce era una de las pocas clientas que le había caído bien. Nancy siempre hacía bromas sobre el hecho de sentirse el patito feo y de tener un enorme complejo de inferioridad por trabajar con unas modelos tan atractivas. Entonces se había marchado de vacaciones durante una larga temporada y había regresado con un aspecto verdaderamente envidiable. Con franqueza, e incluso con orgullo, le había dicho a todo el mundo que se había sometido a una operación de cirugía estética.

–Escucha –había dicho–, mi hermana tiene la cara de Miss América, pero siempre está luchando con su peso. Suele decir que en su interior hay una muchacha delgadita tratando de salir al exterior. Yo, en cambio, siempre me he dicho a mí misma que en mi interior hay una muchacha preciosa tratando de salir al exterior. Mi hermana ha ido a Golden Door y yo he acudido al doctor Smith.

Viendo su nuevo aspecto, observando la seguridad y la tranquilidad con que había empezado a comportarse, Barbara se había prometido a sí misma: «Si consigo el dinero, yo también iré a ver a ese doctor». Entonces, su querida abuela Betty había entregado el alma al Señor y le había dejado a Barbara treinta y cinco mil dólares de herencia con la condición de que cambiara de estilo de vida y se lo pasara en grande.

Barbara se acordaba de su primera cita con el doctor Smith. El cirujano había entrado en la consulta y le había lanzado una mirada fría, casi temible. Ella estaba sentada en el borde de la mesa de reconocimiento.

–¿Qué quiere? –había preguntado bruscamente.

–Quiero saber si puede hacerme bella –había dicho ella sin mucha confianza. Entonces, haciendo acopio de valor, había añadido–: Muy bella.

Sin decir una palabra, el doctor Smith se había puesto delante de ella, y tras encender la lámpara, le había cogido por el mentón, había pasado los dedos por el contorno de su cara, le había palpado los pómulos y la frente y la había examinado durante varios minutos.

Entonces había dado un paso atrás y le había preguntado:

–¿Por qué?

Ella le había contado la historia de la hermosa mujer que trataba de romper el cascarón y salir al exterior. Entonces, tras decirle que sabía que no debería darle tanta importancia, Barbara había exclamado:

–Pero sí se la doy.

Inesperadamente, él había sonreído, una sonrisa escueta, sin alegría, pero sincera pese a todo.

–Si no le diera importancia, ni me molestaría en atenderla –había dicho.

El tratamiento al que le había sometido había sido increíblemente complicado. Las operaciones le habían proporcionado un nuevo mentón y le habían reducido las orejas. Además, al borrarle las ojeras y disminuirle el tamaño de los párpados, le había aumentado el volumen y la luminosidad de los ojos. Gracias a la cirugía, sus labios eran más voluminosos y provocativos, y las cicatrices que tenía en los pómulos a causa del acné habían desaparecido. Por añadidura, ahora tenía la nariz más estrecha y las cejas más altas. Barbara se había sometido incluso a un tratamiento para remodelar su cuerpo.

Entonces el doctor le había dicho que fuera a un salón de belleza para que le cambiaran el color canela pardo de su pelo por un castaño oscuro, tono que hacía resaltar la palidez que había adquirido su cara gracias a un *peeling* con ácidos. Un experto en belleza le había introducido en los misterios del maquillaje.

Finalmente, el doctor le había dicho que invirtiera en ropa el resto del dinero que le había caído del cielo, y le había mandado en compañía de un especialista a los talleres de los diseñadores de moda de la Séptima Avenida. Gracias al consejo de ese profesional, tenía el primer vestuario de corte moderno de su vida.

El doctor Smith también le había instado a que se trasladara a Nueva York y buscara un piso. Incluso se había interesado personalmente en todo ello examinando el piso que había encontrado. En último lugar le había dicho que volviera por su consulta una vez cada tres meses para un reconocimiento.

El año que había pasado desde que se mudó a Manhattan y comenzó a trabajar en Price y Vellone había sido vertiginoso. Vertiginoso pero emocionante. Barbara se lo estaba pasando de maravilla.

Sin embargo, en el momento en que dejaba atrás la manzana anterior a su casa, miró con inquietud por encima del hombro. La noche anterior había cenado con unos clientes en el hotel Mark. Cuando se disponían a salir, había visto al doctor Smith sentado a solas en una pequeña mesa situada no muy lejos de la puerta.

La semana anterior le había visto por un instante en el Oak Room del Plaza.

No le había dado importancia aquella vez, pero la noche del mes anterior en que había quedado con unos clientes en el Four Seasons, tuvo la impresión de que alguien la miraba desde un coche estacionado en la acera de enfrente en el momento en que ella llamaba a un taxi.

Barbara sintió una oleada de alivio cuando el portero la saludó y le abrió la puerta. Entonces volvió a mirar por encima del hombro.

En medio del tráfico, justo delante del edificio, había un Mercedes negro. La identidad del conductor era evidente, pese a que había vuelto la cara parcialmente, como si estuviera mirando al otro lado de la calle.

Se trataba del doctor Smith.

–¿Puedo ayudarle en algo, señorita Tompkins? –preguntó el portero–. Parece como si no se sintiera del todo bien.

–No, gracias. Me encuentro bien.

Barbara entró rápidamente en el vestíbulo. Mientras esperaba el ascensor, pensó: «Me está siguiendo, pero ¿qué puedo hacer?»

50

Aunque Kerry le había preparado a Robin una de sus comidas favoritas –pechugas de pollo al horno, patatas asadas, alubias verdes, ensalada con lechuga y bizcocho–, la cena estaba discurriendo prácticamente en silencio.

Desde el momento en que había llegado a casa y Alison, la canguro, le había susurrado: «Creo que Robin está preocupada por algo», Kerry se había mantenido a la espera.

Mientras preparaba la cena, Robin había estado haciendo los deberes en la encimera de la cocina. Kerry había aguardado a que llegara el momento más oportuno para hablar, pero la niña parecía estar extraordinariamente ocupada con sus tareas.

Kerry se había preocupado incluso de preguntar: «¿De veras que has terminado, Rob?, antes de servir la cena.

En cuanto empezó a comer, Robin se relajó visiblemente.

–¿Te has comido el almuerzo hoy? –preguntó su madre, rompiendo finalmente el silencio y tratando de parecer despreocupada–. Parece que tienes hambre.

–Sí, mamá. Me lo he comido casi todo.

–Ya.

«Se parece tanto a mí –pensó Kerry–. Si algo le hace daño, se enfrenta a ello sola. Tiene un carácter de lo más reservado.»

–Me cae bien Geoff. Es muy simpático –dijo entonces Robin.

Geoff. Kerry bajó la vista y se concentró en cortar el pollo. No quería pensar en el comentario irónico y desdeñoso con que Dorso se había despedido de ella la pasada noche: «Adiós, señoría.»

–Sí –respondió esperando transmitir la idea de que Geoff no tenía importancia en sus vidas.

–¿Cuándo va a volver? –preguntó la niña.

Ahora le tocaba a ella mostrarse esquiva.

–Oh, no lo sé. Sólo vino para hablar sobre el caso en que está trabajando ahora.

Robin parecía estar apurada.

–Creo que no debería habérselo dicho a papá.

–¿De qué estás hablando?

–Bueno, me dijo que cuando seas juez, lo más probable es que conozcas a muchos jueces y que acabes casándote con uno de ellos. No era mi intención contarle nada sobre ti, pero le dije que un abogado que me cae bien había venido a casa la otra noche por un asunto de trabajo. Papá me preguntó quién era.

–Y le dijiste que era Geoff Dorso. No hay nada malo en ello.

–No lo sé. Papá pareció enfadarse conmigo. Lo habíamos estado pasando muy bien, pero entonces él se quedó callado y me dijo que acabara los camarones, que ya era hora de volver a casa.

–Rob, a papá le da igual con quién salga yo y, desde luego Geoff Dorso no tiene ninguna relación ni con él ni con cualquiera de sus clientes. Papá está metido en un caso muy difícil en este momento. Tal vez habías conseguido que se olvidara de él y cuando estabais a punto de acabar la cena, se puso a pensar de nuevo en el asunto.

–¿Tú crees? –preguntó esperanzada y con expresión más animada.

–Sí, estoy segura –dijo Kerry firmemente–. Ya sabes lo atontada que suelo estar yo cuando tengo que encargarme de un juicio.

–Y que lo digas...

A las nueve en punto, Kerry se asomó a la habitación de Robin. La niña estaba leyendo en la cama.

–Hora de dormir –dijo con firmeza mientras se acercaba a arroparla.

–Vale –dijo la niña de mala gana. Mientras se arrebujaba bajo las mantas, añadió–: Mamá, estaba pensando... El que Geoff haya venido sólo por un asunto de trabajo no significa que no podamos volver a invitarle, ¿verdad? Tú le gustas. Se nota.

–Oh, Rob. Geoff es una de esas personas a las que les gusta la gente. Te puedo asegurar que no tiene ningún interés especial en mí.

–Cassie y Courtney lo vieron cuando fue a buscarme. Dicen que es guapo.

«Yo también lo creo», se dijo Kerry al apagar la luz.

Se dirigió a la planta baja para enfrentarse a la dura tarea de hacer el balance de su talonario. Sin embargo, cuando llegó al escritorio, se quedó mirando durante largo rato la gruesa carpeta del expediente Reardon que le había traído Joe Palumbo el día anterior. Movió la cabeza.

«Ni se te ocurra –se dijo–. No te metas en eso.»

«Aunque no haría daño a nadie si le echara un vistazo», pensó entonces. Lo cogió, se sentó en su butaca favorita, puso el expediente sobre el cojín que tenía a sus pies, lo abrió y empezó a leer el primer portafolio.

Según el primer documento, la llamada se había producido a las doce y veinte de la noche. Skip Reardon había llamado a la operadora y le había pedido a gritos que le pusiera con la policía de Alpine. «Mi esposa está muerta, mi esposa está muerta», había exclamado reiteradamente. La policía había informado que le habían encontrado arrodillado a su lado llorando. Él les había dicho que en cuanto había entrado en la casa había advertido que estaba muerta, por lo que no la había tocado. El jarrón en el que había puesto las rosas rojas estaba volcado. Las rosas estaban desperdigadas sobre su cuerpo.

A la mañana siguiente, en compañía de su madre, Skip había declarado que estaba seguro de que había desaparecido un alfiler con un diamante en la cabeza. Había dicho que se acordaba de él en concreto porque se trataba de una de las joyas que él no le había regalado a su esposa y que estaba convencido de que era el regalo de otro hombre. También había jurado que echaba en falta un marco miniatura con la fotografía de Suzanne que se encontraba en el dormitorio la mañana anterior.

A las once, Kerry llegó a la declaración de Dolly Bowles. Se trataba, en esencia, de la misma historia que le había contado cuando la había visitado ella.

Kerry aguzó la vista cuando vio que un tal Jason Arnott había sido interrogado en el curso de la investigación. Skip Reardon había mencionado su nombre. En su declaración, Arnott se describía a sí mismo como un experto en antigüedades que, a cambio de una comisión, acompañaba a mujeres a subastas como las de Sotheby's o Christie's y les aconsejaba sobre las pujas que debían hacer para obtener determinados objetos.

Decía que disfrutaba recibiendo a invitados en casa y que Suzanne acudía con frecuencia a los cócteles y las cenas que solía organizar, a veces en compañía de Skip, aunque por lo general sola.

En una nota adjunta del investigador se indicaba que éste habló con varios amigos de Suzanne y Arnott y que ninguno había notado que tuvieran interés alguno en comenzar una relación sentimental. De hecho, uno de ellos había comentado que Suzanne era una coqueta por naturaleza y que solía bromear sobre Arnott, llamándole: «Jason, el asexuado».

«Nada interesante», concluyó Kerry cuando hubo terminado de leer la mitad del informe. La investigación había sido exhaustiva. Un inspector del servicio público había oído a Skip gritar a Suzanne durante el desayuno.

«Ese hombre estaba fuera de sí», comentó.

«Lo siento, Geoff», pensó Kerry mientras cerraba el portafolio. Le picaban los ojos. Echaría una ojeada al resto al día siguiente y luego lo devolvería. Entonces se fijó en el siguiente informe. Se trataba de una conversación con un *caddie* del Palisades Country Club, del que Suzanne y Skip eran miembros. Un nombre le llamó la atención. Olvidándose repentinamente de la cama, cogió el portafolio y empezó a leer.

El *caddie* se llamaba Michael Vitti, y era una verdadera fuente de información sobre Suzanne Reardon.

«A todos los *caddies* nos gustaba ayudarla. Era muy simpática. Bromeaba con nosotros y nos daba unas propinas estupendas. Jugaba con muchos hombres. Era buena, buena de verdad. Muchas de las esposas de los jugadores se enfadaban porque les gustaba a todos los hombres.»

A Vitti se le había preguntado si creía que Suzanne había estado saliendo con otros hombres.

«Oh, no tengo idea –había dicho–. Nunca la vi a solas con nadie. Los equipos siempre volvían del campo juntos.»

Sin embargo, tras insistirle, había declarado que tal vez hubiera algo entre Suzanne y Jimmy Weeks.

Había sido el nombre de Jimmy Weeks el que le había llamado la atención a Kerry. A tenor de lo que ponía en las notas del investigador, el comentario de Vitti no había sido tomado en serio porque, si bien Weeks era conocido por su afición a las mujeres, cuando se le había preguntado sobre Suzanne, había negado tajantemente haberla visto fuera del club y había añadido que en aquel entonces mantenía una relación seria con otra mujer. Por añadidura, Weeks tenía una coartada perfecta para la noche del asesinato.

Kerry leyó la última parte de la conversación con el *caddie*. Admitía que el señor Weeks trataba a todas las mujeres más o menos de la misma manera y que utilizaba con ellas apelativos como «encanto», «chata» y «cielo».

Se le preguntó si Weeks utilizaba con Suzanne algún apelativo cariñoso. La respuesta había sido: «Bueno, en un par de ocasiones oí que la llamaba "corazón mío".»

Kerry dejó caer los papeles en su regazo. Jimmy Weeks. El cliente de Bob. ¿Sería ésta la razón por la que su ex marido había cambiado repentinamente de humor cuando Robin le había dicho que Geoff Dorso había estado en casa por un asunto de trabajo?

Muchas personas sabían que Geoff Dorso representaba a Skip Reardon y que llevaba diez años intentando, obstinada pero infructuosamente, que se celebrara un nuevo juicio. ¿Estaría Bob, en su calidad de abogado de Weeks, asustado de lo que un nuevo juicio pudiera acarrear a su cliente?

«En un par de ocasiones oí que la llamaba "corazón mío".»

Kerry no podía quitarse estas palabras de la cabeza.

Profundamente desconcertada, cerró el expediente y se fue a la cama. No se había llamado al *caddie* para declarar en el juicio. Tampoco a Jimmy Weeks.

«¿Llegó la defensa a interrogar al *caddie*? Si no lo hizo, debería haberlo hecho –pensó Kerry–. ¿Habló con Jason Arnott sobre la posibilidad de que Suzanne hubiera mostrado interés por algún hombre en alguna de sus fiestas? Voy a esperar a que lleguen las fotos del padrastro de Suzanne. Seguramente no tengan la menor importancia o, al menos, no más de la que les he dado hoy al hablar con Joe. Tal vez sea cierto que Suzanne fuera a un salón de belleza a cambiarse de imagen cuando vino a Nueva York. Contaba con el dinero de la póliza de seguros de su madre. Y el doctor Smith ha negado haberla sometido a cualquier clase de tratamiento. Será mejor que espere a ver qué sucede», se dijo.

Se trataba de un buen consejo, ya que era todo lo que podía hacer en ese momento.

JUEVES 2 DE NOVIEMBRE

51

El jueves por la mañana, Kate Carpenter llegó a la consulta a las nueve menos cuarto. El doctor no había aparecido todavía, pues no tenía operación alguna ese día y el primer paciente no llegaría hasta las diez.

La recepcionista estaba en su despacho con un gesto de preocupación en la cara.

–Kate, Barbara Tompkins quiere que la llames. Y ha dicho muy claramente que no quiere que el doctor Smith se entere de que ha llamado. Ha dicho que es muy importante.

–¿No habrá tenido alguna complicación por la cirugía? –preguntó Kate alarmada–. Hace ya un año de la operación.

–No ha comentado nada sobre eso. Le he dicho que llegarías pronto. Está en casa esperando a que la llames.

Sin quitarse el abrigo, Kate entró en el diminuto despacho que utilizaba el administrador, cerró la puerta y marcó el número de Barbara Tompkins.

La consternación de la enfermera fue aumentando a medida que Barbara le revelaba con la convicción más absoluta que el doctor Smith la estaba siguiendo de forma obsesiva.

–No sé qué hacer –dijo–. Le estoy sumamente agradecida al doctor. Usted ya lo sabe, señora Carpenter. Pero empiezo a sentir miedo.

–¿Ha hablado el doctor con usted?

–No.

–Entonces déjeme pensarlo y hablar con algunas personas. Le pido por favor que no se lo comente a nadie. El doctor Smith tiene una reputación magnífica. Sería terrible que la perdiera.

–Jamás podré demostrar al doctor lo agradecida que le estoy por lo que ha hecho conmigo –dijo Barbara con voz queda–. Pero, por favor, llámeme pronto.

52

A las once en punto, Grace Hoover llamó a Kerry y les invitó a ella y a Robin a cenar el domingo en su casa.

–Hace tiempo que no nos vemos –dijo–. Espero que podáis venir. Te aseguro que Celia se superará a sí misma.

Celia era la señora que se encargaba de la casa durante el fin de semana. Era mejor cocinera que la de los días laborables, y cuando sabía que Robin iba a visitarles, preparaba pastas de chocolate para que se las llevara a casa.

–Claro que iremos –contestó Kerry cariñosamente. «El domingo es un día tan familiar» pensó cuando colgó el auricular. Normalmente, los domingos por la tarde procuraba hacer algo especial con Robin, como ir a un museo, al cine o, de vez en cuando, a un espectáculo de Broadway.

«Si papá estuviera vivo... –pensó–. Seguro que él y mamá vivirían cerca de aquí, al menos parte del año. Y si Bob Kinellen hubiera sido el hombre que pensaba que era...»

Movió la cabeza para ahuyentar esta clase de pensamientos.

«Robin y yo somos muy afortunadas de tener a Jonathan y Grace –se recordó–. Siempre estarán a nuestro lado.»

Janet, su secretaria, entró en el despacho y cerró la puerta.

–Kerry, ¿no habrás concertado una cita con una tal señora Deidre Reardon y te has olvidado de decírmelo?

–¿Deidre Reardon? No, no he concertado una cita con ella.

–Está en la sala de espera y dice que no se moverá de ahí hasta que la veas. ¿Quieres que llame a los de seguridad?

«Dios mío –pensó Kerry–. ¡La madre de Skip Reardon! ¿Qué querrá?»

–No. Dile que entre, Janet.

Deidre Reardon no se anduvo por las ramas.

–No tengo costumbre de llamar a la puerta del despacho de nadie sin previo aviso, señora McGrath, pero este asunto es de vital importancia. Usted ha ido a la cárcel a ver a mi hijo y seguro que ha tenido sus buenos motivos para hacerlo. Algo le habrá hecho preguntarse si no hubo un error judicial en el juicio. Yo sé que lo hubo. Conozco a mi hijo y sé que es inocente. ¿Por qué ha decidido no ayudarle después de hablar con él? No lo entiendo, y menos aún sabiendo lo que se ha descubierto sobre el doctor Smith.

–No es que no quiera ayudarle, señora Reardon. Es que no puedo. No hay nuevas pruebas. Resulta extraño que el doctor Smith haya dado a otras mujeres la imagen de su hija, pero no es algo ilegal, y tal vez sólo sea su forma de aliviar el dolor que siente por la muerte de Suzanne.

La expresión de preocupación que Deidre Reardon tenía en el rostro se transformó en un gesto de ira.

–Señora McGrath, el doctor Smith no conoce el significado de la palabra «dolor». No traté mucho con él durante los cuatro años que Skip y Suzanne estuvieron casados. No quise hacerlo. Había algo verdaderamente enfermizo en la actitud que tenía hacia ella. Por ejemplo, me acuerdo de una vez que Suzanne tenía una mancha en la mejilla. El doctor se acercó a ella y se la limpió. Parecía como si estuviera quitándole el polvo a una estatua por la manera en que le examinó la cara para asegurarse de que se la había limpiado del todo. Que estaba orgulloso de ella, lo admito, pero ¿que la quería? No, de eso nada.

Geoff había comentado lo frío que se había mostrado el doctor al declarar en el juicio, pensó Kerry. Pero eso no probaba nada.

–Señora Reardon, comprendo cómo debe sentirse... –empezó a decir.

–No, lo siento, pero no lo comprende –le interrumpió Deidre Reardon–. Mi hijo es incapaz de ser violento. Hay tantas probabilidades de que cogiera deliberadamente el cinturón de Suzanne, le rodeara el cuello con él y la estrangulara como de que lo hiciéramos cualquiera de nosotras dos. Piense en la clase de persona que pudo cometer un crimen semejante. ¿Qué clase de monstruo será? Y es que el monstruo capaz de matar a otro ser humano de una manera tan cruel como ésa se encontraba en la casa de Skip aquella noche. Ahora piense en Skip. –Tenía los ojos anegados en lágrimas y exclamó–: ¿No logró usted ver en él algo de su naturaleza, algo de su bondad? ¿Está usted ciega y sorda, señora McGrath? ¿Realmente tuvo la impresión de que mi hijo puede ser un asesino?

–Señora Reardon, me interesé por este caso sólo porque me inquietó la obsesión del doctor Smith con la cara de su hija, no porque pensara que su hijo es inocente. Eso les corresponde decidirlo a los tribunales, y ya lo han hecho. Ya ha habido varias apelaciones. No hay nada que yo pueda hacer.

–Señora McGrath, usted tiene una hija, si no me equivoco.

–Sí, es cierto.

–Trate entonces de imaginársela encarcelada durante diez años y enfrentándose a la posibilidad de pasar veinte años más a la sombra por un crimen que no ha cometido. ¿Usted cree que su hija sería capaz de cometer un asesinato?

–No, no lo creo.

–Pues bien, mi hijo tampoco. Por favor, señora Mc-

Grath, usted tiene la posibilidad de ayudar a Skip. Por favor, no le deje en la estacada. Aunque no sé exactamente por qué el doctor Smith mintió sobre Skip, creo que empiezo a comprenderlo. Estaba celoso de él porque se había casado con Suzanne, con todo lo que eso significa. Piense en ello.

–Señora Reardon, como madre comprendo lo desesperada que se siente –dijo Kerry amablemente sin apartar la mirada de la expresión de cansancio y angustia de la mujer.

Deidre Reardon se puso en pie.

–Ya veo que no le importa mucho todo lo que le he dicho, señora McGrath. Geoff me ha dicho que va a ser jueza. Que Dios se apiade de las personas que acudan a usted pidiendo justicia.

Entonces, mientras Kerry la observaba, la mujer se puso terriblemente pálida.

–Señora Reardon, ¿qué le ocurre? –exclamó.

Con manos convulsas, la mujer abrió el bolso, sacó un frasco y extrajo una pastilla. Entonces se la puso bajo la lengua, se dio media vuelta y, sin decir una palabra más, salió del despacho.

Kerry se quedó mirando la puerta largo rato. Luego cogió una hoja de papel y escribió:

1. ¿Mintió el doctor Smith cuando dijo que no había operado a Suzanne?

2. ¿Vio el pequeño Michael un Mercedes sedán negro de cuatro puertas delante de la casa de los Reardon cuando Dolly Bowles estaba cuidando de él aquella noche? ¿Y el par de números de la matrícula que Dolly Bowles dice que vio?

3. ¿Mantuvo Jimmy Weeks relaciones con Suzanne? Si así fue, ¿sabe Bob algo al respecto? ¿Tiene miedo de que el asunto salga a la luz?

Observó las preguntas que acababa de escribir y se imaginó a Deidre Reardon mirándola acusadoramente con una expresión franca y afligida en su rostro.

53

Geoff Dorso había estado trabajando en un juicio en el palacio de justicia de Newark. En el último momento consiguió llegar a un acuerdo favorable para su cliente, un muchacho de dieciocho años que había cogido sin permiso el coche de su padre para dar una vuelta con sus amigos y chocó con una furgoneta. El conductor se había roto un brazo y una pierna.

El problema radicaba en que no había habido alcohol por medio y que el muchacho era buen chaval y estaba sinceramente arrepentido. El acuerdo al que había llegado con el fiscal consistía en una retirada de dos años del carnet de conducir y el cumplimiento de cien horas de servicio comunitario. Geoff estaba contento: mandar al muchacho a la cárcel en lugar de a la universidad habría sido un grave error.

Como era jueves y tenía la suerte de disponer de la tarde libre, una circunstancia que no ocurría todos los días, decidió pasarse por el juicio de Jimmy Weeks. Quería oír los alegatos preliminares, además, reconoció que deseaba ver a Bob Kinellen en acción.

Se sentó en la parte de atrás de la sala y se fijó en que había muchos periodistas presentes. Jimmy Weeks había logrado evitar que le condenaran tantas veces que en los medios de comunicación se le llamaba Jimmy, el Escurridizo, un remedo del sobrenombre que se le había dado a un capo de la mafia, Don, el Escurridizo, que había sido condenado a cadena perpetua.

Kinellen estaba exponiendo el primer alegato. «Habla

bien –pensó Geoff–. Sabe cómo enfrentarse al jurado, cuándo ha de mostrarse indignado, cuándo ha de escandalizarse, cómo ha de ridiculizar los cargos. Además, tanto su aspecto como su forma de expresarse son impecables.» Mientras tanto, trataba de imaginar a Kerry casada con él. Por alguna razón, no lograba verlos juntos. O tal vez no quisiera hacerlo, admitió. «Al menos –se dijo para consolarse–, no parece en absoluto que esté obsesionada con él. De todos modos, ¿qué me importa?», se preguntó en el momento en que el juez suspendía la sesión.

En los pasillos se le acercó Nick Klein, un periodista del *Star-Ledger.* Tras saludarse, Geoff comentó:

–Hoy habéis venido unos cuantos, ¿eh?

–Se espera que haya jaleo –contestó Nick–. He hablado con alguien de la fiscalía que me ha dicho que Barney Haskell está tratando de llegar a un acuerdo con la acusación. No está contento con lo que le han ofrecido y ha insinuado que puede involucrar a Jimmy en un asesinato por el que alguien está cumpliendo condena.

–Me encantaría tener un testigo así para uno de mis clientes –dijo Geoff.

54

A las cuatro en punto, Joe Palumbo recibió un paquete por correo urgente con remite de Wayne Stevens, Oakland, California. Lo abrió inmediatamente y cogió con gesto impaciente un par de montones de fotografías sujetos con sendas gomas. En uno de ellos había una nota que rezaba:

> Señor Palumbo:
>
> No me he sentido realmente conmocionado por la muerte de Suzanne hasta que he empezado a seleccionar estas fotos para usted. Estoy muy afectado. Susie no fue

una niña fácil de educar. Creo que viendo estas fotografías comprenderá por qué se lo digo. Mis hijas siempre han sido una preciosidad, desde que eran muy pequeñas. Susie no. A medida que mis hijas se hicieron mayores, Susie fue sintiéndose cada vez más celosa e infeliz.

La madre de Susie, mi esposa, lo pasó muy mal al ver que sus hijastras disfrutaban de sus años de adolescencia mientras que su propia hija se sentía tremendamente insegura y no conseguía hacer amigos. Me temo que la situación fue motivo de una gran tensión en nuestra casa. Creo que siempre abrigué la esperanza de que una Susie madura y equilibrada llamara algún día a nuestra puerta y el reencuentro fuera maravilloso. Tenía muchas cualidades que no supo valorar.

Espero que estas fotos le sirvan para algo.

Un saludo,

WAYNE STEVENS.

Veinte minutos más tarde, Joe entró en el despacho de Kerry y dejó caer las fotografías sobre su escritorio.

–Por si todavía piensas que fue en la peluquería donde Susie, perdón, Suzanne, se convirtió en una belleza –comentó.

A las cinco, Kerry llamó a la consulta del doctor Smith. Tal como había previsto, ya había salido, por lo que preguntó:

–¿Puedo hablar con la señora Carpenter?

Cuando la enfermera se puso al teléfono, Kerry dijo:

–Señora Carpenter, ¿cuánto tiempo lleva trabajando para el doctor Smith?

–Cuatro años, señora McGrath. ¿Por qué me lo pregunta?

–Bueno, por algún comentario que usted me hizo, tenía la impresión de que llevaría con él más tiempo.

–No.

–Me gustaría saber si ya trabajaba para él cuando el doctor o alguno de sus colegas operó a Suzanne. Sé qué aspecto tenía. Cuando fui a su consulta vi a dos pacientes y les pregunté sus nombres: Barbara Tompkins y Pamela Worth. Ambas tienen la misma cara de la hija del doctor Smith después de haberse sometido a una importante operación de cirugía estética.

Kerry oyó que la enfermera sofocaba un grito.

–No sabía que el doctor tuviera una hija –dijo la señora Carpenter.

–Murió hace casi once años, asesinada, según el veredicto del jurado, por su marido. Éste está todavía en la cárcel y sigue afirmando que es inocente. El doctor Smith fue el principal testigo de la acusación.

–Señora McGrath –dijo la enfermera–, tengo la sensación de estar siéndole terriblemente desleal al doctor, pero creo que es muy importante que hable con Barbara Tompkins inmediatamente. Le puedo dar su número de teléfono. –Entonces le explicó por qué la atemorizada mujer le había llamado.

–¡El doctor Smith está acosando a Barbara Tompkins! –exclamó Kerry, mientras consideraba rápidamente lo que ello podía significar.

–Bueno, la está siguiendo –dijo la enfermera en tono defensivo–. Tengo los números de teléfono de su despacho y de su casa.

Kerry los apuntó.

–Señora Carpenter, debo hablar con el doctor Smith, aunque dudo que él quiera verme. ¿Estará mañana en la consulta?

–Sí, pero tiene todas las horas ocupadas. No acabará hasta las cuatro.

–Iré a esa hora pero no se lo diga. –Entonces Kerry preguntó–: ¿Tiene coche el doctor Smith?

–Oh, sí. Vive en Washington Mews, en una cochera reformada. Tiene garaje, así que no le supone problema alguno tener un automóvil.

–¿Qué coche tiene?

–El mismo de siempre: un Mercedes sedán de cuatro puertas.

Kerry agarró con fuerza el auricular.

–¿De qué color es?

–Negro.

–Ha dicho usted «el mismo de siempre». ¿Se refiere a que siempre compra un Mercedes sedán negro cuando cambia de coche?

–Me refiero a que no ha cambiado de coche en los últimos doce años. Lo sé porque le he oído hablar sobre él con un paciente que también tiene un Mercedes.

–Gracias, señora Carpenter. –En el mismo momento en que colgaba el auricular, volvió a aparecer Joe Palumbo.

–Oye, Kerry, ¿no habrá venido a verte la madre de Skip Reardon?

–Sí.

–«Nuestro dirigente» la ha visto y la ha reconocido cuando salía a toda prisa para asistir a una reunión con el gobernador. Quiere saber qué puñetas estaba haciendo aquí preguntando por ti.

55

Cuando Geoff Dorso llegó a casa el jueves por la noche, se acercó a la ventana y se quedó mirando el perfil de Nueva York. Durante todo el día había tratado de no pensar en su tono sarcástico al llamar a Kerry «su señoría», pero ahora, a solas después de la jornada de trabajo, tenía que enfrentarse a él.

«Me he pasado de listo –pensó–. Kerry ha tenido la amabilidad de leer la transcripción y de hablar con el doctor Smith y Dolly Bowles. Además, fue hasta Trenton para conocer a Skip. No tiene por qué arriesgarse a perder el puesto de juez, sobre todo si piensa honradamente que Skip no es inocente.

»No tenía derecho a hablarle de esa manera. Le debo una disculpa, aunque comprendería perfectamente que colgara el auricular al oír mi voz. Reconócelo –se dijo–. Estabas seguro de que cuanto más supiera sobre el caso de las rosas rojas, más fácil le sería creer en la inocencia de Skip. Abrigaste demasiadas esperanzas. Kerry tiene todo el derecho del mundo a estar de acuerdo con el jurado y con el tribunal de apelación. Ha sido una bajeza insinuar que es una interesada.»

Se metió las manos en los bolsillos.

«Hoy es 2 de noviembre. Dentro de tres semanas será el día de Acción de Gracias. Otro día de Acción de Gracias que Skip va a tener que pasar en la cárcel. Y a la señora Reardon la van a internar para hacerle otra angioplastia. Los diez años que lleva esperando a que llegue el milagro han repercutido en ella.»

Al menos algo había sacado en limpio, se dijo. Tal vez Kerry no creyera en la inocencia de Skip, pero al menos le había proporcionado dos pistas que él podía investigar. La historia de Dolly Bowles acerca del «coche de papá», un Mercedes negro de cuatro puertas, era una de ellas; la otra era la extraña necesidad que tenía el doctor Smith de recrear la cara de Suzanne en otras mujeres. Ahora disponía de dos nuevos aspectos desde los que estudiar el caso, el cual se había convertido en una historia muy familiar.

El teléfono interrumpió sus pensamientos. Estuvo tentado de no contestar, pero los años que había pasado oyendo a su madre decirle en plan de broma: «¿Cómo es posible que no contestes al teléfono, Geoff? ¿Y si resulta que te ha tocado la lotería?», le llevaron a cogerlo.

Era Deidre Reardon, que le llamaba para decirle que había hablado con Skip y con Kerry McGrath.

–Deidre, ¿no le habrás dicho eso a Kerry? –preguntó él, sin tratar de ocultar cuánto le molestaba lo que había hecho.

–Sí, se lo he dicho. Y no me arrepiento –contestó la señora Reardon–. Geoff, lo único que mantiene vivo a Skip es la esperanza y esa mujer se la ha quitado de un plumazo.

–Deidre, gracias a Kerry ahora dispongo de nuevas pistas. Podrían ser muy importantes.

–Fue a ver a mi hijo, le ha mirado a la cara, le ha interrogado y ha llegado a la conclusión de que es un asesino –dijo la señora Reardon–. Lo siento, Geoff. Supongo que estoy cansada y que me he convertido en una vieja amargada. No me arrepiento de nada de lo que le he dicho a Kerry McGrath. –Colgó sin decir adiós.

Geoff respiró hondo y marcó el número de Kerry.

En cuanto Kerry llegó a casa y la canguro se hubo ido, Robin miró a su madre con gesto severo.

–Tienes aspecto de estar muy cansada, mamá.

–Lo estoy, hija mía.

–¿Has tenido un mal día?

–Digamos que sí.

–¿Te está dando la tabarra el señor Green?

–Me la va a dar. Pero vamos a dejarlo. Prefiero olvidarme de ese asunto por ahora. ¿Qué tal te ha ido el día?

–Bien. Creo que le gusto a Andrew.

–¡No me digas! –Kerry sabía que Andrew era considerado el chico más guapo de su clase–. ¿Y cómo te has enterado de eso?

–Le ha dicho a Tommy que aun con la cara llena de cicatrices soy más guapa que la mayoría de las tontas de nuestra clase.

Kerry sonrió.

–Bueno, eso sí que es un piropo.

–¿Verdad que sí? ¿Qué vamos a cenar?

–He pasado por el supermercado. ¿Qué te parece una hamburguesa con queso?

–Perfecto.

–No, no lo es, pero qué se le va a hacer. Me temo que va a ser difícil que llegue a darte motivos para que presumas de lo buena cocinera que es tu madre, Rob.

El teléfono sonó en ese momento y Robin contestó. Era para ella. Le pasó el auricular a su madre y dijo:

–Espera unos segundos para colgar, ¿vale? Voy a cogerlo arriba. Es Cassie.

Cuando oyó el eufórico «Ya lo he cogido» de Robin, Kerry colgó el auricular, llevó el correo a la cocina, lo puso en la encimera y empezó a mirarlo. Un sencillo sobre blanco con su nombre y dirección en letras de molde le llamó la atención. Lo abrió, sacó una fotografía, la miró y se quedó de piedra.

En la foto se veía a Robin saliendo de casa. Tenía los brazos llenos de libros y estaba vestida con el pantalón azul oscuro que había llevado el martes, el día en que se había asustado al pensar que un coche la iba a atropellar.

Kerry sintió que se le secaba la boca. Se inclinó levemente, como si le hubieran pegado un puñetazo en el estómago. No le llegaba el aire. Apenas podía respirar. «¿Quién ha hecho esto? ¿Quién ha sido capaz de sacar una foto de Robin, asustarla con un coche y mandarme la fotografía por correo?», se preguntó con la cabeza hecha un verdadero lío.

Oyó a Robin bajando a saltos por las escaleras y se metió rápidamente la foto en el bolsillo.

–Mamá, Cassie me ha dicho que debería estar viendo Discovery Channel. Están poniendo un programa sobre lo que estamos estudiando en la clase de ciencias. Esto no cuenta como una hora normal de televisión, ¿verdad?

–No, claro que no. Enciende la tele.

El teléfono volvió a sonar en el momento en que Kerry se dejaba caer en una silla. Era Geoff Dorso. Le cortó cuando empezó a disculparse y dijo:

–Geoff, acabo de abrir el correo. –Tras contarle lo de la fotografía, añadió–: Robin decía la verdad –musitó–. Había alguien en el coche que la estaba mirando. Dios mío, imagínate que la obliga a meterse en el coche. Habría desaparecido, como les ocurrió a esos chicos del norte de Nueva York hace un par de años. ¡Oh, Dios mío!

Geoff advirtió el miedo y la desesperación en la voz de Kerry.

–Kerry, no digas nada más. No dejes a Robin que vea esa foto o que note que estás disgustada. Salgo ahora mismo. Estaré allí dentro de media hora.

56

El doctor Smith había notado algo raro en la actitud que Kate Carpenter había tenido con él todo el día. La había sorprendido en varias ocasiones mirándole con gesto interrogativo. «¿Por qué?», se preguntó.

Esa noche en la biblioteca, mientras se bebía lentamente el habitual combinado después del trabajo sentado en su butaca favorita, pensó en los posibles motivos de su extraño comportamiento. Estaba seguro de que la señora Carpenter había notado los leves temblores que había sufrido en la mano durante la rinoplastia del otro día, si bien aquello no explicaba las miradas que le había lanzado. Fuera lo que fuese lo que tuviera la enfermera en la cabeza, se trataba de algo más preocupante que el temblor, de eso estaba seguro.

Había cometido un grave error al seguir a Barbara Tompkins la pasada noche. Al quedarse atrapado en el tráfico justo delante de su casa, había tratado de ocultarse, pero aun así tenía la impresión de que le había visto.

No obstante, el centro de Manhattan era el típico lugar donde la gente solía encontrarse con personas conocidas, de manera que el hecho de que se hallara allí no tenía realmente por qué haberle resultado tan extraño.

Con todo, no estaba satisfecho con echarle un vistazo fortuito. Quería volver a verla. Verla de verdad. Hablar con ella. Aún faltaban dos meses para su próximo reconocimiento. Tenía que verla antes. No podía esperar tanto tiempo a ver cómo sus ojos, tan luminosos ahora que su belleza no quedaba oculta por sus grandes párpados, le sonreían desde el otro lado del escritorio.

No era Suzanne. Nadie podía serlo. Sin embargo, al igual que ella, a medida que Barbara se acostumbraba a su nueva imagen, se sentía más segura de sí misma y resultaba más evidente su belleza. Se acordaba de la triste y vulgar muchacha que había acudido a su consulta el día de su primera cita: al cabo de un año de la operación, Suzanne había jalonado su transformación con un verdadero cambio de personalidad.

El doctor Smith esbozó una sonrisa al recordar la provocativa gestualidad de Suzanne, los sutiles movimientos con que lograba que todos los hombres se volvieran a mirarla. Entonces había empezado a ladear levemente la cabeza, de modo que fuera quien fuese la persona con quien estuviera hablando se creyera el centro del universo.

Incluso había aprendido a modular la voz para hablar con un tono quedo e íntimo. Con aire insinuante, solía pasar la yema de un dedo sobre la mano del hombre –ya que se trataba siempre de un hombre– con quien estuviera hablando.

Cuando él le había comentado el cambio de personalidad que había experimentado, ella le había dicho: «He tenido dos buenas profesoras: mis hermanastras. Le hemos dado la vuelta al cuento de hadas. Ellas eran las dos bellezas y yo, aun siendo Cenicienta, era fea. La diferencia consiste en que en lugar de tener un hada madrina, te tengo a ti.»

Hacia el final, sin embargo, su fantasía de Pigmalión había acabado convirtiéndose en una pesadilla. El respeto y el cariño que Suzanne parecía guardarle habían empezado a desvanecerse. Daba la impresión de haber perdido interés en sus consejos. Además, había ido más allá del simple coqueteo. ¿Cuántas veces le había advertido que estaba jugando con fuego, que Skip Reardon sería capaz de matarla si se enteraba de lo que se traía entre manos?

«Cualquier hombre casado con una mujer tan atractiva sería capaz de matar», pensó el doctor Smith.

Dando un respingo, miro con gesto airado su vaso vacío. Ya no volvería a tener la oportunidad de alcanzar la perfección a la que había llegado con Suzanne. Tendría que abandonar la cirugía antes de que ocurriera un desastre. Era demasiado tarde. Sabía que se encontraba en las primeras fases de la enfermedad de Parkinson.

Aunque Barbara no fuera Suzanne, al menos era de todas sus pacientes la muestra más sobresaliente de su genio. Cogió el auricular del teléfono.

El temblor que denotaba su voz no podía ser debido a los nervios, pensó cuando ella respondió y le saludó.

–Barbara, querida, ¿te pasa algo? Soy el doctor Smith.

Se oyó un grito sofocado. Entonces ella dijo rápidamente:

–Oh, no, claro que no. ¿Qué tal está, doctor?

–Bien. Quería pedirte un favor. Voy a pasar un momento por el hospital Lenox Hill para visitar a un viejo amigo que tiene una enfermedad terminal. Como seguramente no salga muy animado de allí, me preguntaba si tendrías la amabilidad de cenar conmigo. Podría pasar a buscarte alrededor de las siete y media.

–Bueno, no sé...

–Por favor, Barbara. –Intentó emplear un tono más distendido–. Me dijiste que me debías la vida. ¿No podías dedicarme un par de horas de ella?

–Cómo no.

–Estupendo. A las siete y medida, ¿de acuerdo?

–Muy bien, doctor.

Cuando colgó, el doctor arqueó las cejas. ¿Había sido resignación lo que había notado en la voz de Barbara?, se preguntó. Ni que le hubiera obligado a cenar con él.

De ser así, se trataba de otro aspecto más en el que empezaba a parecerse a Suzanne.

57

Jason Arnott no podía quitarse de encima la sensación de que algo iba mal. Había pasado el día en Nueva York con Vera Shelby Todd, siguiéndola en su incesante búsqueda de alfombras persas.

Vera le había llamado esa mañana y le había preguntado si tenía el día libre. Tenía cincuenta y dos años y pertenecía a la familia Shelby de Rhode Island; vivía en una de las elegantes casas solariegas del parque Tuxedo y estaba acostumbrada a salirse siempre con la suya. Tras la muerte de su primer marido, se había casado con Stuart Todd, pero había decidido quedarse con la casa del parque Tuxedo. Ahora, utilizando el talonario de su marido, que parecía ilimitado, se aprovechaba con frecuencia del infalible ojo de Jason para las ofertas y los hallazgos más insospechados.

Jason no había conocido a Vera en Nueva Jersey, sino en una fiesta de gala que los Shelby habían organizado en Newport. Les habían presentado los primos de Vera, y cuando ésta se enteró de que Jason vivía relativamente cerca de su casa del parque Tuxedo, empezó a invitarle a sus fiestas y a aceptar con sumo gusto las invitaciones que le enviaba él para sus veladas.

Al experto en antigüedades no dejaba de divertirle que Vera le diera todos y cada uno de los detalles de la investigación de la policía sobre el robo que él había cometido años atrás en Newport.

–Mi prima Judith estaba desconsolada –dijo en confianza–. No lograba comprender qué motivo podía tener alguien para robar el Picasso y el Gainsborough y dejar el Van Eyck, de manera que llamó a un experto en arte y éste le dijo que se trataba de un ladrón muy observador: el Van Eyck era falso. Judith se puso furiosa al oír esto; para nosotros, en cambio, que siempre habíamos tenido que aguantar sus fanfarronadas sobre sus inigualables conocimientos de arte, se ha convertido en una broma familiar.

Después de haber pasado el día examinando de modo exhaustivo unas alfombras escandalosamente caras y de que, pese a haber visto varias Turkomans y Safavids, Vera hubiera decidido que ninguna de ellas se ajustaba exactamente a lo que estaba buscando, Jason se moría por irse a casa y estar a solas.

Sin embargo, tras mucho insistir, Vera le convenció de que fuera a comer con ella a The Four Seasons. Tras la agradable comida, Jason se sintió mucho más animado; al menos hasta el momento en que la señora Shelby dijo:

–Oh, creo que he olvidado contarte algo, Jason. ¿Te acuerdas de que hace cinco años entraron a robar en la casa que Judith tiene en Rhode Island?

Jason apretó los labios y respondió:

–Sí, claro que me acuerdo. Una experiencia terrible.

Vera asintió con la cabeza.

–Eso digo yo. Pues bien, Judith recibió ayer una fotografía del FBI. Hace poco hubo un robo en Chevy Chase y una cámara oculta grabó la imagen del ladrón. El FBI piensa que tal vez se trate de la misma persona que ha desvalijado la casa de Judith y las de otras personas.

Jason sintió un escalofrío por todo el cuerpo. Había hablado con Judith Shelby en contadas ocasiones y apenas la había visto durante los últimos cinco años. Evidentemente, no le había reconocido. Todavía.

–¿Es nítida la fotografía? –preguntó con naturalidad.

Vera se echó a reír.

–No, en absoluto. Por lo que me ha dicho Judith, la luz es muy mala y la figura sale de perfil. El ladrón tiene una media subida sobre la frente, de manera que aunque se le ve la cara, la cabeza aparece tapada. Judith me ha dicho que como apenas se le distingue la nariz y la boca, la ha tirado.

Jason sofocó un involuntario suspiro de alivio, aunque era consciente de que no tenía nada que celebrar. Si los Shelby habían recibido la foto, lo más probable es que también les hubiera llegado a docenas de personas en cuyas casas había entrado a robar.

–De todas formas, creo que Judith ya se ha recuperado de lo del Van Eyck –prosiguió Vera–. Según la información que le han mandado con la fotografía, ese hombre es considerado peligroso. Le están buscando para interrogarle sobre el asesinato de la madre del diputado Peale. Por lo visto, el ladrón se encontró con ella cuando le estaba robando en la casa. Judith tenía la intención de regresar pronto la noche en que le robaron. Imagínate lo que hubiera pasado si se lo llega a encontrar dentro.

Presa de los nervios, Jason volvió a apretar los labios. Le habían relacionado con el asesinato de la madre de Peale.

Cuando salieron de The Four Seasons, fueron juntos en taxi hasta el garaje de la calle 57 Oeste, que era donde habían dejado ambos sus respectivos coches. Vera se despidió efusivamente haciéndole un desagradable anuncio: «Habrá que seguir buscando. La alfombra que quiero está esperándome en alguna parte», tras lo cual Jason consiguió por fin regresar a casa.

¿Sería muy borrosa la foto que había salido de la grabación de la cámara oculta?, se preguntó mientras se incorporaba al tráfico, de la tarde, que avanzaba ininterrumpidamente en dirección a la autovía Henry Hudson. ¿Reconocería alguien a Jason Arnott al ver la foto?

Tal vez debería salir huyendo, pensó mientras pasaba el puente de George Washington y entraba en la autovía Palisades. No había ninguna persona que supiera que tenía una casa en Catskills. La tenía registrada con un nombre falso. Además disponía de mucho dinero en valores negociables con otras identidades. Incluso tenía un pasaporte falso. Tal vez debería salir del país inmediatamente.

No obstante, si la fotografía era tan borrosa como le había parecido a Judith Shelby, incluso en el caso de que alguna persona encontrara cierto parecido entre la imagen y él, seguiría siendo un verdadero absurdo relacionarle con un robo.

Cuando salió a la carretera de Alpine, Jason ya había tomado una decisión. Estaba prácticamente seguro de que, exceptuando la fotografía, no había dejado ni rastro ni huellas dactilares. Había sido extremadamente cuidadoso, y el cuidado le había dado buenos resultados. No podía dejar su maravilloso estilo de vida por miedo a lo que pudiera pasar. No era ningún cobarde. Si lo fuera, no habría vivido como lo había hecho durante tantos años, de eso estaba seguro.

No, no iba a permitir que el pánico se apoderara de él. Se quedaría quietecito. Y dejaría de trabajar durante una temporada, se prometió. No le hacía falta el dinero. Lo que acababa de suceder era una advertencia.

Llegó a casa a las cuatro menos cuarto y recogió el correo. Un sobre le llamó la atención. Lo abrió, sacó el contenido (una hoja de papel), la leyó y se echó a reír.

Desde luego, sería difícil que alguien pudiera relacionarle con esa figura de aspecto casi cómico con una media sobre la frente y la granulada caricatura de perfil de la estatua, que apenas se parecía a la copia de la figurilla de Rodin que él había tenido en las manos.

–¡Viva la basura! –exclamó Jason.

Entonces se acomodó en el estudio con intención de echarse una siesta. La ininterrumpida cháchara de Vera le había dejado agotado. Cuando se despertó, estaba a punto de comenzar el informativo de las seis. Cogió el mando a distancia y encendió el televisor.

El titular era el rumor de que el otro acusado del juicio de Jimmy Weeks, Barney Haskell, quería llegar a un acuerdo con el fiscal.

«Si supieran el acuerdo al que podría llegar yo», pensó Jason. Resultaba consolador recordar aquello, aunque, claro, nunca llegaría a darse el caso.

58

Robin apagó el televisor en el preciso momento en que sonaba el timbre. Encantada de oír la voz de Geoff Dorso en el vestíbulo, salió corriendo a saludarle. Saltaba a la vista que tanto él como su madre estaban serios. Tal vez se hubieran peleado, pensó, y quisieran reconciliarse.

Durante la cena, Robin advirtió que su madre estaba mucho más callada que de costumbre. Geoff, en cambio, parecía de buen humor y contó historias sobre sus hermanas.

«Geoff es muy simpático», pensó. Le recordaba a Jimmy Stewart en la película que veía con su madre todas las Navidades, *¡Qué bello es vivir!* Titubeaba al hablar, tenía la misma forma de sonreír, cálida y tímida, y parecía estar siempre despeinado.

Sin embargo, su madre apenas estaba prestando atención a sus historias. Era evidente que ocurría algo y que tenían que hablar..., en cuanto ella saliera de la habitación. Así pues, decidió hacer el gran sacrificio de retirarse a hacer su proyecto para la clase de ciencias.

Tras ayudar a quitar la mesa, anunció sus planes y vio la expresión de alivio en la mirada de su madre.

«Quiere hablar con Geoff a solas –pensó ilusionada–. Tal vez sea una buena señal.»

Geoff se acercó a la escalera y cuando oyó que Robin cerraba la puerta de su habitación, volvió a la cocina y dijo:

–A ver esa foto.

Kerry metió la mano en el bolsillo, sacó la fotografía y se la entregó.

El abogado la observó con detenimiento.

–Tengo la impresión de que Robin no se equivocó en nada cuando nos contó lo ocurrido –dijo–. Ese coche debía de estar aparcado en la acera de enfrente justo delante de la casa. En la fotografía Robin aparece de cara saliendo por la puerta.

–Entonces es cierto que el coche fue directamente hacia ella –dijo Kerry–. Imagínate que no hace un giro de ciento ochenta grados... ¿Por qué lo han hecho, Geoff? ¿Por qué?

–No lo sé, Kerry. Lo que sí sé es que no se puede tomar este asunto a la ligera. ¿Qué tienes pensado hacer ahora?

–Le enseñaré la foto a Frank Green mañana por la mañana. Quiero averiguar si hay algún condenado por delito sexual en la zona. Llevaré a Robin al colegio en coche cuando vaya a trabajar. En lugar de que vuelva a casa andando con otros niños, diré a la canguro que vaya a recogerla. Luego notificaré al colegio lo que ha pasado para que sepan que cabe la posibilidad de que alguien la esté persiguiendo.

–¿Y se lo vas a decir a Robin?

–No estoy segura. Todavía no.

–¿Se lo has dicho ya a Bob Kinellen?

–Dios mío, ni se me ha pasado por la cabeza. Tengo que decírselo, por supuesto.

–Me gustaría saberlo si fuera mi hija –reconoció Geoff–. ¿Por qué no le llamas mientras preparo un poco de café?

Bob no estaba en casa. Alice se mostró amable pero fría con Kerry.

–Está todavía en el despacho –dijo–. Últimamente apenas sale de él. ¿Quieres que le diga algo?

«Sólo que su hija mayor está en peligro –pensó Kerry–, y no tiene la suerte de vivir con una pareja estable para sentirse protegida cuando su madre está trabajando.»

–Ya le llamo al despacho. Gracias, Alice.

Bob Kinellen cogió el auricular en cuanto sonó el teléfono. Palideció al oír el relato de lo que le había ocurrido a Robin. Sabía perfectamente quién había hecho la fotografía. Todo aquel asunto llevaba el sello de Jimmy Weeks. Era su forma de trabajar. Declarar una guerra de nervios y luego ir aumentando la tensión. La próxima semana sacaría una foto desde lejos. Ni amenazas, ni notas. Sólo una fotografía. El mensaje estaba claro: «Atiende a razones o de lo contrario...»

A Kinellen no le supuso ningún esfuerzo mostrarse preocupado y convenir con Kerry en que lo mejor sería llevarla e ir a recogerla al colegio en coche durante una temporada.

Cuando colgó, dio un puñetazo al escritorio. Jimmy se le estaba escapando de la manos. Ambos sabían que todo se habría acabado si Haskell conseguía llegar a un acuerdo con el fiscal.

«Weeks habrá pensado que Kerry me llamaría por lo de la fotografía –pensó Bob–. Es su forma de decirme que la mantenga alejada del caso Reardon y que me atenga a las consecuencias si no consigo que lo absuelvan. Lo que Weeks no sabe, sin embargo, es que a Kerry no hay quien la asuste. De hecho, como Kerry haya interpretado la foto como una advertencia, lo único que habrá conseguido Weeks será incitarla en lugar de disuadirla.

»El problema es que ella no sabe que cuando a Jimmy Weeks se le atraviesa una persona, no ceja hasta acabar con ella.»

Bob recordó el día en que, once años atrás, Kerry, que en aquel entonces estaba embarazada de tres meses, le había mirado con una mezcla de furia y perplejidad y le había dicho: «¿Vas a dejar la fiscalía para incorporarte a ese bufete? Pero ¿te has vuelto loco? Todos sus clientes tienen un pie en la cárcel. Y deberían tener los dos».

Se habían enzarzado en una acalorada discusión que había concluido con una desdeñosa advertencia de Kerry: «Sólo te digo una cosa, Bob, acuérdate del viejo refrán: cría cuervos y te sacarán los ojos».

59

El doctor Smith llevó a Barbara Tompkins a Le Cirque, un restaurante muy elegante y caro del centro de Manhattan.

–Aunque a algunas mujeres les gustan los sitios pequeños y poco conocidos, sospecho que tú prefieres los restaurantes de campanillas, donde uno puede ver y ser visto –dijo a la hermosa joven.

La había ido a recoger a su piso y no le había pasado inadvertido el hecho de que Barbara estuviera preparada para salir inmediatamente. Tenía el abrigo en una silla del pequeño vestíbulo y el bolso encima de la mesa que había al lado. No le había invitado a un aperitivo.

«No quiere quedarse a solas conmigo», había pensado.

En el restaurante, al tener a tanta gente alrededor y al atento *maître* a su lado, Barbara se relajó visiblemente.

–Esto es muy diferente a Albany –dijo–. Todavía me siento como si fuera una niña que cumpliera años todos los días.

El doctor se quedó atónito por un momento. Se parecía tanto a Suzanne. Ella se había comparado con una niña que tuviera siempre un árbol de Navidad lleno de regalos por abrir. Pero Suzanne había pasado de ser una niña encantada a ser una adulta desagradecida.

«Con lo poco que le pedí –pensó–. ¿No se debía permitir al artista que disfrutara de su obra? ¿Por qué la obra ha de echarse a perder entre las impúdicas heces de la sociedad cuando el artista sufre porque ni siquiera puede verla?»

Entonces se fijó en que, aun estando en una habitación llena de mujeres elegantes y atractivas, Barbara seguía siendo el centro de atención. El doctor se sintió lleno de orgullo. Cuando se lo indicó, ella movió la cabeza levemente como si quisiera restarle importancia.

–Es cierto –insistió el doctor Smith. Entonces la miró fríamente–. No te lo tomes a broma, Suzanne. Me estarías insultando si lo hicieras.

Sólo más tarde, cuando acabaron la tranquila cena y la acompañó a casa, el doctor se preguntó si la había llamado Suzanne. Y si así era, ¿en cuántas ocasiones lo había hecho?

Soltó un suspiro y se recostó cerrando los ojos. Mientras el taxi avanzaba hacia el centro, el doctor pensó en lo fácil que le había sido pasar por delante de la casa de Suzanne cuando no había podido aguantar más y había tenido que ir a verla. Cuando no estaba jugando a golf, la encontraba siempre sentada delante del televisor. Nunca se preocupaba de correr las cortinas del ventanal de su salón. Entonces se quedaba contemplándola acurrucada en su butaca favorita. En ciertas ocasiones, sin embargo, no le quedaba más remedio que verla sentada en el sofá al lado de Skip Reardon, tocándole el hombro, con las piernas estiradas sobre la mesilla, en la tranquila intimidad que él no podía disfrutar.

Barbara no estaba casada. Al parecer, no había nadie importante en su vida. Esa noche le había pedido que le llamara Charles. Pensó en la pulsera que llevaba Suzanne el día de su muerte. ¿Debería dársela a Barbara? ¿Se haría querer de esa manera?

A Suzanne le había regalado varias joyas. Joyas valiosas. Al cabo de un tiempo, sin embargo, ella había empezado a aceptar las joyas que le regalaban otros hombres y a pedirle que mintiera por ella.

El doctor sintió que la emoción que le había supuesto estar con Barbara empezaba a desvanecerse. Poco después oyó por segunda vez la impaciente voz del taxista: «Eh, señor, ¿está dormido? Ya hemos llegado».

60

Geoff no se entretuvo mucho tiempo en casa de Kerry después de que ésta llamara a Kinellen.

–Bob está de acuerdo –dijo entre sorbo y sorbo de café.

–¿No te ha sugerido alguna otra idea?

–No, claro que no. Me ha dicho lo de siempre. Algo así como: «Ocúpate tú, Kerry. Cualquier cosa que decidas estará bien». –Dejó la taza sobre la mesa–. Estoy siendo injusta. Parecía realmente preocupado y no sé qué otra idea podía sugerirme.

Estaban sentados en la cocina. Kerry había apagado la luz del techo pensando que irían a tomar el café al salón. La única luz que había encendida en ese momento era la de una lamparita que había en la pared.

Geoff observó con detenimiento la cara de preocupación que tenía Kerry, consciente de la expresión de tristeza que asomaba a sus ojos glaucos, de la determinación que mostraban su generosa boca y su hermoso mentón, de la vulnerabilidad que transmitía todo su cuerpo. Quería abrazarla y decirle que apoyara la cabeza sobre su hombro.

Sin embargo, sabía que no era eso lo que ella deseaba.

Kerry McGrath ni esperaba ni quería encontrar el apoyo de nadie. Intentó de nuevo disculparse por lo que le había dicho la otra noche, por haber insinuado que era una interesada y por la violenta visita que le había hecho Deidre Reardon.

–Me pasé de listo –dijo–. Sé que si creyeras de veras que Skip Reardon es inocente, no dudarías en ayudarle. Eres una persona íntegra, Kerry.

«¿De veras lo soy?, se preguntó ella. No era el momento adecuado para dar a Geoff la información que había encontrado en el expediente del fiscal sobre Jimmy Weeks. Tenía pensado decírselo, pero antes debía ver de nuevo al doctor Smith. Éste había negado airadamente haber tocado a Suzanne con el bisturí, pero no había dicho que no la hubiera mandado a otro especialista, lo que significaba que técnicamente no era un mentiroso.

Unos minutos más tarde, Geoff se levantó para irse. Cuando estaban en el vestíbulo, dijo:

–Me gusta hablar contigo. Y esto no tiene nada que ver con el caso Reardon. ¿Te apetece que vayamos a cenar a algún sitio el sábado por la noche con Robin?

–A ella le encantará.

Tras abrir la puerta, se dio media vuelta y le dio un beso en la mejilla.

–Ya sé que no hace falta que te diga que cierres la puerta con llave y que actives la alarma, pero déjame que te aconseje que no pienses demasiado en esa foto cuando te vayas a la cama.

Cuando se marchó Geoff, Kerry subió al piso de arriba para ver a su hija. Estaba ocupada con el proyecto para la clase de ciencias y no la oyó entrar. Kerry la observó desde el umbral de la puerta. Robin estaba de espaldas a ella, abstraída, con la cabeza inclinada y las piernas metidas entre las patas de la silla. Su larga melena de color castaño le caía en cascada sobre los hombros.

«Es la víctima inocente de la persona que sacó la foto –pensó–. Robin es como yo. Independiente. No le va a gustar nada que alguien la acompañe y la vaya a recoger al colegio, como tampoco le gustará no poder ir sola a casa de Cassie.»

Entonces le vino a la cabeza la imagen de Deidre Reardon rogándole que se preguntara a sí misma cómo se sentiría si a su hija la condenaran a diez años de cárcel por un crimen que no había cometido.

VIERNES 3 DE NOVIEMBRE

61

Las conversaciones que Barney Haskell estaba manteniendo con la fiscalía para alcanzar un acuerdo no estaban yendo bien. A las siete de la mañana del viernes, el acusado se reunió con el abogado Mark Young en su elegante despacho de Summit. Éste se encontraba a sólo media hora del palacio de justicia de Newark, aunque parecía estar separado de él por un abismo.

Young estaba al frente del grupo de abogados que se ocupaba de la defensa de Barney. Tenía aproximadamente la misma edad que él, cincuenta y cinco años, aunque ahí se acababan las semejanzas entre ellos, pensó Barney malhumoradamente. Pese a lo temprano que era, Young tenía un aspecto relajado y elegante y llevaba un traje a rayas que le quedaba como un guante. Sin embargo, Barney sabía que en cuanto se quitara la chaqueta, esa impresionante espalda desaparecería. Recientemente el *Star-Ledger* había publicado un reportaje sobre el célebre abogado en el que se indicaba que vestía trajes de mil dólares.

Barney no compraba ropa cara. Jimmy Weeks nunca le había pagado lo suficiente como para permitirse algo así. Ahora, si decidía apoyarle, se exponía a pasar varios años en la cárcel. Hasta ese momento los federales no habían dado su brazo a torcer. Si les entregaba a Jimmy, estaban dispuestos a reducir la pena, pero no a dejarle libre. Pensaban que podrían condenar a Weeks sin ayuda de Barney.

Tal vez sí; tal vez no, pensó Barney. Se imaginaba que se estaban tirando un farol. No era la primera vez que los abogados de Weeks conseguían la absolución. Kinellen y Bartlett era buenos, y siempre se las habían arreglado para sacar a su cliente de situaciones como ésa sin que sufriera perjuicios graves.

En esa ocasión, sin embargo, a juzgar por las primeras declaraciones que había hecho el fiscal, los federales disponían de abundantes pruebas concluyentes. Con todo, debían de temerse que Jimmy Weeks fuera a sacarse otro conejo de la chistera.

Barney se pasó la mano por su carnosa mejilla. Sabía que tenía la mirada inocente de un vulgar empleado de banco, algo que siempre le había sido de gran ayuda. La gente no solía acordarse de él. Ni siquiera las personas más cercanas a Jimmy Weeks le prestaban demasiada atención. Le consideraban un recadero. Ninguna de ellas estaba enterada de que era él quien había convertido el dinero negro en inversiones y quien se había ocupado de las cuentas bancarias que tenían por todo el mundo.

–Podemos meterte en el programa de protección de testigos –estaba diciendo Young en ese momento–. Pero a condición de que cumplas cinco años de condena.

–Eso es demasiado –farfulló Barney.

–Mira Barney, has insinuado que puedes relacionar a Weeks con un asesinato –dijo Young mientras examinaba la mellada punta de la uña de su pulgar–. Ya le he sacado a eso todo el partido que se le podía sacar. Una de dos: o hablas de una vez o te callas para siempre. Nada gustaría más al fiscal que acusar a Weeks de asesinato. De ese modo no tendrían que volver a lidiar con él. Si le encierran de por vida, lo más probable es que su organización se venga abajo. Eso es lo que pretenden.

–Puedo relacionarle con uno. Luego tendrán que probar que fue él. ¿No es cierto que el fiscal encargado de este caso está pensando en competir con Frank Green por el puesto de gobernador?

–Sí, siempre que los dos consigan que sus respectivos partidos los propongan para la candidatura –contestó Young mientras sacaba una lima de uñas de un cajón de su escritorio–. Barney, creo que deberías dejarte de vaguedades. Más vale que me digas claramente lo que estás insinuando, porque de lo contrario no podré ayudarte a tomar una decisión inteligente.

Tras fruncir el entrecejo por un momento, Barney volvió a mirar al abogado con su rostro de querubín y dijo:

–Muy bien. Te lo diré. ¿Te acuerdas del caso de las rosas rojas, el de esa joven tan atractiva que encontraron muerta cubierta de flores hace diez años? Fue el caso con que Frank Green se ganó su reputación.

Young hizo un gesto de asentimiento.

–Sí, me acuerdo. Green logró que declararan culpable al marido. A decir verdad, no fue un caso muy difícil, pero tuvo mucho eco y gracias a él se vendieron muchos periódicos. –El abogado entornó los ojos–. ¿Y qué tiene que ver ese caso con lo nuestro? ¿No me irás a decir que Weeks está relacionado con él?

–¿Te acuerdas de que el marido dijo que no había sido él quien le había regalado las rosas, sino un hombre con quien ella estaba liada? –Young asintió con la cabeza y él prosiguió–: Fue Jimmy Weeks quien envió esas rosas a Suzanne Reardon. Lo sé porque fui yo quien se las llevó a casa. Se las entregué a las seis menos veinte del día en que murió. Llevaban una tarjeta escrita por él mismo. Pásame un hoja de papel y te mostraré lo que ponía en ella.

Young le tendió el taco de papeles adhesivos en el que apuntaba los mensajes del teléfono. Barney cogió su bolígrafo y poco después le devolvió el taco.

–Jimmy Weeks llamaba a Suzanne «corazón mío» –explicó–. Tenía una cita con ella para esa noche. Esto es lo que puso en la tarjeta.

Young examinó el papel que le había entregado Barney. Había escrito seis notas en tono de do y cuatro palabras debajo: «Estoy enamorado de ti». Firmado: «J».

Young tarareó las notas y luego miró a Barney.

–Es el comienzo de la canción *Corazón mío* –dijo.

–Así es. Y las palabras corresponden al primer verso de la canción: «Estoy enamorado de ti».

–¿Dónde está la tarjeta?

–De eso se trata. Nadie dijo que estuviera en la casa cuando encontraron muerta a la joven. Y las rosas estaban desperdigadas sobre el cadáver. Yo me limité a entregarlas y luego seguí mi camino. Me dirigía a Pensilvania para reunirme con Jimmy. Poco tiempo después empecé a oír comentarios. Jimmy estaba loco por esa mujer y le sacaba de quicio que estuviera siempre coqueteando con otros hombres. Antes de mandarle las flores, ya le había dado el ultimátum de que se divorciara y se mantuviera alejada de otros hombres.

–¿Y cómo reaccionó ella?

–Oh, a ella le gustaba darle celos. Por lo visto, le hacía sentirse bien. Uno de los nuestros le advirtió que Jimmy podía ser peligroso, pero ella se echó a reír. Yo creo que aquella noche ella fue demasiado lejos. Arrojar las rosas sobre su cadáver es el tipo de cosa que haría Jimmy.

–¿Y la tarjeta?

Barney se encogió de hombros.

–No se hizo ninguna alusión a ella durante el juicio. Me ordenaron que no dijera nada sobre Suzanne. Al parecer, aquella noche hizo esperar a Jimmy o lo dejó plantado. Dos de los nuestros me comentaron que se puso como loco y que dijo que la mataría. Ya sabes que tiene muy mal humor. Y hay algo más. Jimmy le había comprado varias joyas de gran valor. Lo sé porque fui yo quien fue a pagarlas y me quedé con la copia de los recibos. Se habló mucho sobre joyas en el juicio. El marido de Suzanne afirmó que había piezas que él no le había regalado, pero el doctor juró que todas las que habían encontrado eran regalos suyos.

Young arrancó del taco el papel que había utilizado Barney, lo dobló y se lo metió en el bolsillo de la camisa.

–Barney, creo que no va a haber problema alguno para que te vayas a Ohio a disfrutar de una nueva vida. No sólo le has dado al fiscal la oportunidad de encerrar a Jimmy por asesinato, sino también la ocasión de aniquilar a Frank Green por haber hecho que se condenara a un hombre inocente.

Los dos hombres se sonrieron.

–Diles que no quiero vivir en Ohio –dijo Barney en plan de broma.

Salieron juntos del despacho y se dirigieron hacia los ascensores. Cuando llegó uno y empezaron a abrirse las puertas, Barney notó enseguida que sucedía algo raro. Las luces estaban apagadas. Instintivamente, se dio media vuelta para echar a correr.

Reaccionó demasiado tarde. Murió de inmediato, segundos antes de que Mark Young sintiera cómo la primera bala atravesaba la solapa de su traje de mil dólares.

62

Kerry se enteró del doble homicidio escuchando la emisora WCBS cuando iba a trabajar. Los cadáveres habían sido encontrados por la secretaria particular de Mark Young. Según el informativo, Young y su cliente, Barney Haskell, habían concertado una cita en el aparcamiento a las siete de la mañana y se suponía que Young había desactivado el sistema de alarma al abrir la puerta de abajo del edificio. El guarda de seguridad no entraba de servicio hasta las ocho de la mañana.

La secretaria se encontró la puerta de entrada abierta cuando llegó a las ocho menos cuarto, pero pensó que seguramente Young se habría olvidado de cerrarla, puesto que ya había ocurrido lo mismo en más de una ocasión. Entonces había cogido el ascensor para subir al despacho y fue cuando descubrió los cadáveres.

La crónica concluía con unas declaraciones de Mike Murkowski, el fiscal del condado de Essex. Según él, existía la posibilidad de que les hubieran robado. Les habrían seguido hasta el interior del edificio y habrían perdido la vida al ofrecer resistencia. Barney Haskell había recibido dos disparos, uno en la parte posterior de la cabeza y otro en el cuello.

El periodista de la CBS le había preguntado si se consideraba la posibilidad de que el móvil del asesinato fuera el hecho de que Barney Haskell pudiera estar intentando llegar a un acuerdo con la acusación encargada del caso de Jimmy Weeks y de que se rumoreara que fuese a relacionar a éste con un asesinato. El fiscal había respondido con brusquedad: «Sin comentarios».

«Parece un asesinato de la mafia –pensó Kerry mientras apagaba la radio–. Y Bob es el abogado de Jimmy Weeks. ¡Menudo lío!»

Tal como había previsto, había un mensaje de Frank Green sobre su escritorio. Era muy corto: «Ven a verme». Se quitó el abrigo, cruzó el vestíbulo y entró en su despacho.

Green no se anduvo con rodeos.

–¿Qué hacía la madre de Reardon por aquí preguntando por ti?

Kerry midió bien sus palabras.

–Vino a verme porque fui a la cárcel a visitar a Skip Reardon y éste adivinó que yo no había encontrado ningún motivo para presentar una nueva apelación.

La abogada vio que la expresión de Green se relajaba. Sin embargo, era evidente que seguía enfadado.

–Era algo que te podía haber dicho yo, Kerry. Si hubiera sospechado que existía el menor indicio de la inocencia de Skip Reardon, no habría descansado hasta encontrarla. Pero no la había. ¿No te has parado a pensar en el revuelo que levantarían los medios de comunicación si sospecharan que mi fiscalía está investigando ese caso ahora? No dejarían escapar la ocasión de describir a Skip Reardon como a una víctima. Eso vende y es la clase de publicidad negativa que les gusta publicar acerca de los candidatos políticos. –Entornó los ojos y golpeó el escritorio con las yemas de los dedos para recalcar sus palabras–. No sabes cómo lamento que no estuvieras en la fiscalía cuando investigamos el caso. No sabes cómo lamento que no vieras cómo quedó esa preciosa mujer cuando la estrangularon. Casi se le salían los ojos de las órbitas. Skip Reardon le soltó tales gritos por la mañana que el inspector que le oyó estuvo a punto de llamar a la policía para evitar que pasara algo grave. Eso fue lo que declaró bajo juramento cuando subió al estrado. Creo que, si tienes la oportunidad, serás una buena jueza, Kerry, pero un juez se vale de su buen juicio y en este momento creo que el tuyo deja mucho que desear.

«Si tienes la oportunidad.»

Kerry se preguntó si se trataba de una advertencia.

–Frank, siento haberte molestado. Si no te importa, pasemos a otro asunto. –Sacó la foto de Robin del bolsillo de su chaqueta y se la mostró–. Ayer me llegó por correo esta foto en un sobre blanco normal y corriente. Robin lleva la misma ropa que llevaba el martes por la mañana cuando dijo ver un coche aparcado en la acera de enfrente de nuestra casa y pensó que tal vez hubiera alguien vigilándola. Dijo la verdad.

La expresión de enfado desapareció del rostro de Green.

–Vamos a ver cómo podemos protegerla...

Estuvo de acuerdo con Kerry en que había que comunicar al colegio lo ocurrido y en que había que acompañarla e ir a recogerla todos los días.

–Voy a averiguar si hay alguien condenado por delito sexual que haya quedado en libertad o se haya mudado a esa zona recientemente. Sigo pensando que ese cerdo que condenaste la semana pasada puede tener amigos con ganas de desquitarse. Vamos a pedir al departamento de policía de Hohokus que vigile la casa. ¿Tienes un extintor de incendios?

–Tengo un sistema antiincendios.

–Hazte con un par de extintores por si acaso.

–¿Estás hablando de la posibilidad de que nos pongan una bomba incendiaria?

–No sería la primera vez. No quiero asustarte, pero hay que tomar precauciones.

Hasta que se dio media vuelta para marcharse, Green no mencionó los asesinatos de Summit.

–Aunque Jimmy Weeks se ha movido con rapidez, tu ex marido sigue teniéndolo muy difícil para ganar el juicio, incluso sin la colaboración de Haskell con el fiscal.

–Frank, hablas como si dieras por sentado que los asesinatos han sido obra de la mafia.

–Todo el mundo lo sabe, Kerry. Lo curioso es que Jimmy haya esperado tanto para acabar con Haskell. Puedes estar contenta de haberte librado del representante de Weeks cuando lo hiciste.

63

Bob Kinellen no se enteró de la noticia de la muerte de Barney Haskell y Mark Young hasta que entró en el palacio de justicia y los periodistas se abalanzaron sobre él. En cuanto oyó lo que había ocurrido, supo que en el fondo se lo esperaba.

¿Cómo había podido ser Haskell tan estúpido como para pensar que Jimmy le permitiría seguir con vida para testificar contra él?

El abogado se las arregló para mostrarse tan conmocionado como lo requería la ocasión y para parecer convincente cuando, al responder una pregunta, dijo que la muerte de Haskell no iba a cambiar en nada la estrategia de la defensa del señor Weeks.

–James Forrest Weeks es inocente de todos los cargos que se le imputan –afirmó–. En el juicio se habría acabado demostrando el carácter interesado y fraudulento de cualquier trato que el señor Haskell quisiera establecer con el fiscal. Lamento profundamente la muerte del señor Haskell y de mi compañero y amigo Mark Young.

Logró meterse en el ascensor y esquivar a otro grupo de periodistas que le aguardaba en la primera planta. Jimmy ya estaba en la sala.

–¿Te has enterado de lo de Haskell?

–Sí, sí me he enterado, Jimmy.

–Ya nadie está seguro. Estos ladrones están en todas partes.

–Tienes razón, Jimmy.

–De todos modos, ahora se puede decir que estamos en igualdad de condiciones, ¿no te parece, Bobby?

–Sí, supongo que sí.

–Aunque no me gusta estar en igualdad de condiciones.

–Ya lo sé, Jimmy.

–Por si acaso...

Bob midió sus palabras.

–Jimmy, alguien le ha enviado a mi ex mujer una fotografía de nuestra hija. Se la sacó un individuo cuando salía de casa el martes para ir al colegio. Se trata de la misma persona que conducía el coche que dio un repentino giro de ciento ochenta grados delante de ella. Robin pensó que iba a subir a la acera y atropellarla.

–Ya conoces las bromas que se gastan los conductores de Nueva Jersey, Bobby.

–Jimmy, más vale que no le pase nada a mi hija.

–Bobby, no sé de qué me estás hablando. ¿Cuándo van a sacar a tu ex mujer de la fiscalía y la van a nombrar juez? No debería andar metiendo las narices en donde no le llaman.

Bob comprendió que su pregunta ya había quedado formulada y contestada. Había sido uno de los secuaces de Jimmy quien había sacado la foto de Robin. Tendría que ocuparse él mismo de convencer a Kerry de que dejara el caso Reardon. Y debía conseguir que Jimmy Weeks quedara libre, por la cuenta que le traía.

–Buenos días, Jimmy. Hola, Bob.

Bob levantó la mirada y vio que su suegro, Anthony Bartlett, se sentaba en la silla que había al lado de Jimmy.

–Una lástima lo de Haskell y Young –musitó Bartlett.

–Una desgracia... –dijo Jimmy.

En ese momento, un funcionario hizo una señal al fiscal y a Bob y Bartlett para que entraran en el despacho del juez. El juez Benton alzó la mirada de su escritorio con gesto sombrío.

–Supongo que ya se habrán enterado de la tragedia que ha acabado con las vidas del señor Haskell y el señor Young.

Los abogados asintieron con la cabeza en silencio.

–A pesar de las dificultades, creo que, dados los dos meses que ya se han invertido en este juicio, el proceso debería continuar. Afortunadamente, los miembros del jurado están incomunicados y no se van a enterar de lo ocurrido, ni tampoco llegará a sus oídos el rumor de que el señor Weeks pueda estar involucrado en ello. Me limitaré a decirles que la ausencia del señor Haskell y el señor Young se debe a que su caso ha pasado a otras manos. Les pediré que no hagan conjeturas sobre lo ocurrido y que no permitan que afecte de ninguna manera a su juicio sobre el caso del señor Weeks. Muy bien. Continuemos.

Los miembros del jurado entraron en la sala y se sentaron en sus respectivos lugares. Bob se fijó en la expresión de perplejidad con que miraban los asientos vacíos de Haskell y Young; cuando el juez les pidió que no hicieran conjeturas sobre lo ocurrido, el abogado se dijo que eso era ni más ni menos lo que estaban haciendo.

«Creen que se ha declarado culpable –pensó–. Lo que nos faltaba.»

Mientras consideraba en qué medida iba a afectar la nueva situación a Jimmy Weeks, su mirada se posó en Lilliam Wagner, el miembro del jurado número diez. Sabía que Lilliam Wagner, con la reputación que tenía en su vecindario, lo orgullosa que estaba de su marido y de sus hijos universitarios y lo consciente que era de su posición social, suponía un problema. Algún motivo habría tenido Jimmy para exigirle que la aceptara.

Lo que Bob no sabía era que un «socio» de Jimmy Weeks había abordado discretamente a Alfred Wight, el jurado número dos, justo antes de que el conjunto de los miembros del mismo fuera incomunicado. Weeks se había enterado de que la esposa de Wight tenía una enfermedad terminal y que los gastos del tratamiento le habían llevado prácticamente a la ruina. El desesperado señor Wight había aceptado cien mil dólares a cambio de la garantía de que su voto fuera «inocente».

64

Kerry miró con consternación el montón de expedientes que había sobre la mesa de trabajo que tenía al lado de su escritorio. Sabía que pronto tendría que enfrentarse a ellos;

no podía retrasar más la asignación de los nuevos casos. Por añadidura, tenía que discutir varios acuerdos con Frank o con Carmen, la primera ayudante de la fiscalía. Había tanto que hacer... Debía procurar concentrarse.

Sin embargo, pidió a su secretaria que tratara de ponerse en contacto con el doctor Craig Riker, el psiquiatra que solía llamar a declarar como testigo de cargo en los juicios por asesinato. Riker era un especialista sensato y experimentado que tenía una filosofía que ella compartía. En su opinión, la vida propina algunos golpes realmente duros, por lo que las personas tienen que lamerse las heridas y luego seguir adelante. De todos modos, lo más importante para Kerry era que Riker sabía la manera de contrarrestar la confusa jerga que empleaban en sus peroratas los psiquiatras a los que llamaban a declarar los abogados defensores.

Kerry recordaba en particular un juicio en el que a la pregunta de si consideraba loco a un acusado el psiquiatra había constestado: «Creo que está chiflado, pero no loco. Sabía perfectamente lo que estaba haciendo cuando entró en la casa de su tía y la mató. Había leído el testamento».

–El doctor Riker está con un paciente –dijo su secretaria–. Me ha dicho que te llamará a las once menos diez.

Y fiel a su palabras, a las once menos diez en punto, Janet le dijo que el doctor Riker estaba al teléfono:

–¿Qué tal, Kerry?

La abogada le contó que el doctor Smith estaba operando a otras mujeres para darles la imagen de su hija.

–Sin dar ninguna explicación, ha negado que sometiera a su hija a algún tratamiento –explicó–, lo cual puede ser verdad, ya que podría haber sido un colega quien la operara. La cuestión es: ¿se puede considerar esa forma de actuar como una manera de expresar la tristeza que siente por la muerte de su hija?

–Es una manera bastante retorcida de expresar tristeza

–dijo Riker–. ¿Has dicho que no la veía desde que era pequeña?

–En efecto.

–¿Y entonces apareció en su consulta?

–Sí.

–¿Qué clase de persona es el doctor Smith?

–Es un individuo bastante raro.

–¿Un solitario?

–No me extrañaría que lo fuera.

–Kerry, necesito más información y, desde luego, me gustaría saber si el doctor operó o no a su hija, si le pidió a un colega que lo hiciera por él o si la chica se había operado antes de aparecer en la consulta de su padre.

–No había pensado en esa posibilidad.

–De todas formas, si, repito, si cuando se encontró con Suzanne después de todos esos años, vio a una joven vulgar o simplemente fea, la operó, creó una belleza y se quedó fascinado con su creación, creo que podemos hablar de un caso de erotomanía.

–¿Qué es eso? –preguntó la abogada.

–Es algo bastante complejo. Pero si un doctor solitario se reúne con su hija después de bastante tiempo, la convierte en una belleza y tiene la sensación de haber hecho algo magnífico, su caso se podría incluir en esa categoría. El doctor habría tenido una actitud posesiva hacia ella, incluso es posible que se enamorara. Se trata de la clase de trastorno mental que a veces sufren los acosadores sexuales, por ejemplo.

Kerry se acordó de que Deidre Reardon le había dicho que el doctor Smith trataba a su hija como un objeto. Entonces le dijo al psiquiatra que el doctor Smith le había limpiado a Suzanne una mancha que tenía en la cara y que luego le había echado un sermón sobre la necesidad de conservar la belleza. También le habló de la conversación que Kate Carpenter había mantenido con Barbara Tompkins y del miedo que tenía ésta de que el doctor la estuviera acosando.

Se produjo un silencio.

–Kerry, tengo que atender a un paciente ahora mismo. Manténme informado, ¿de acuerdo? Se trata de un caso sumamente interesante.

65

Kerry había pensado salir del despacho pronto para acercarse a la consulta del doctor Smith en cuanto éste acabara de atender a su último paciente, pero había cambiado de opinión, consciente de que sería mejor esperar a tener más datos acerca de la relación que el doctor había mantenido con su hija. Además quería ir a casa para estar con Robin.

Kerry pensó en que la señora Reardon creía que la actitud del doctor hacia su hija era «enfermiza». Y Frank Green había comentado que se había mostrado frío al declarar en el juicio. Por su parte, Skip Reardon había dicho que su suegro no iba mucho por su casa, y que cuando se reunía con Suzanne, era normalmente para estar a solas con ella.

«Tengo que hablar con alguien que conozca a todas estas personas y que no tenga ningún interés personal en el asunto –pensó la abogada–. También debería volver a hablar con más calma con la señora Reardon. Pero ¿qué le voy a decir? ¿Que un mafioso acusado de fraude fiscal llamaba "corazón mío" a Suzanne cuando jugaban a golf? ¿Que un *caddie* tenía la sensación de que estaban liados? Es posible que esas revelaciones sólo sirvan para cavar la tumba de Skip Reardon a más profundidad», razonó Kerry. «Como fiscal podría sostener que aunque quisiera divorciarse para volver con Beth, a Skip podría enfurecerle que Suzanne estuviera liada con un multimillonario al tiempo que le hacía pagar a él los miles de dólares que le costaban los vestidos de Saint Laurent que se compraba.»

En el preciso momento en que iba a salir del despacho llamó Bob. Kerry notó enseguida que estaba tenso.

–Tengo que verte un momento. ¿Vas a estar en casa dentro de una hora más o menos?

–Sí.

–Hasta entonces. –Sin decir nada más, colgó.

«¿Por qué querrá venir a casa a hablar conmigo? ¿Por lo de la foto de Robin? ¿O habrá tenido un mal día en el palacio de justicia? No sería de extrañar que se tratara de eso», se dijo recordando que Frank Green le había dicho que incluso sin el testimonio de Haskell cabía la posibilidad de que Jimmy Weeks fuera declarado culpable. Kerry cogió el abrigo y deslizó el brazo por el asa del bolso, pensando con una mezcla de tristeza e ironía en que, durante el año y medio que había durado su matrimonio con Bob Kinellen, siempre había salido ilusionada a toda prisa del trabajo para llegar a casa y pasar la noche con él.

Cuando llegó a casa, Robin la miró con gesto acusador.

–Mamá, ¿por qué ha ido Alison a recogerme al colegio? No me lo ha querido explicar y me he sentido como una tonta.

Kerry se volvió hacia la canguro.

–No hace falta que te quedes, Alison. Gracias.

Cuando se quedaron solas, se volvió nuevamente hacia Robin, que la miraba indignada.

–El coche que te asustó el otro día...

Cuando terminó de contarle todo lo que había sucedido, Robin estaba muy quieta.

–Es como para asustarse, ¿no crees?

–Sí, sí que lo es.

–¿Es ésta la razón por la que ayer parecías tan cansada y triste?

–No sabía que tenía tan mal aspecto, pero sí, estaba bastante deprimida.

–¿Y por eso vino Geoff a toda prisa?

–Sí, fue por eso.

–Podías habérmelo dicho ayer...

–No sabía cómo, Rob. Estaba demasiado nerviosa.

–¿Y ahora qué vamos a hacer?

–Vamos a tomar muchas precauciones. Tal vez sean una pesadez, pero tendremos que hacerlo hasta que averigüemos quién era la persona que estaba en la calle el pasado martes y por qué estaba allí.

–¿Crees que si vuelve a aparecer me atropellará?

A Kerry le entraron ganas de gritar: «No, claro que no». Pero lo que hizo fue acercarse al sofá donde estaba sentada su hija y abrazarla.

Robin apoyó la cabeza en el hombro de su madre.

–O sea, que si el coche se me echa de nuevo encima, adiós...

–Por eso no vamos a permitir que el coche tenga ocasión de hacerlo, Rob.

–¿Está papá enterado de todo esto?

–Le llamé anoche. Va a venir dentro de un rato.

Robin se irguió.

–¿Porque está preocupado por mí?

«Se ha puesto contenta –pensó–, como si Bob le hubiera hecho un favor.»

–Claro que está preocupado por ti.

–Qué bien. Mamá, ¿puedo contárselo a Cassie?

–No, por ahora no. Tienes que prometérmelo, Robin, hasta que sepamos quien ha...

–Y le echemos el guante –interrumpió la niña.

–Exacto. Cuando lo tengamos, podrás contárselo.

–Vale. ¿Qué vamos a hacer esta noche?

–Dormir. Podemos pedir una pizza. He alquilado un par de películas cuando venía del trabajo.

Robin puso la cara de niña mala que tanto le gustaba a su madre.

–Para mayores, espero.

«Está intentando tranquilizarme –pensó la abogada–. Está tratando de ocultarme que está asustada.»

A las seis menos diez llegó Bob. Kerry vio que Robin salía corriendo a abrazarle llena de alegría.

–Papá, ¿qué piensas de todo esto? –preguntó la niña.

–Voy a cambiarme mientras charláis –dijo Kerry.

Bob soltó a Robin.

–No tardes, Kerry –dijo él atropelladamente–. Sólo me puedo quedar unos minutos.

Kerry se fijó en la fugaz mueca de dolor que atravesaba el rostro de Robin y deseó poder estrangular a Bob. «Dale otro disgusto, para variar», pensó enfadada.

–Bajo ahora mismo –dijo, haciendo un esfuerzo por mantener el tono calmado.

Se puso apresuradamente un pantalón y un jersey, pero se entretuvo a propósito en la habitación durante diez minutos. Entonces, cuando se disponía a salir, oyó un golpe en la puerta y la voz de Robin:

–Mamá.

–Pasa –dijo, y añadió–: Ya estoy lista. –Entonces vio la expresión de tristeza que tenía su hija–. ¿Qué ocurre?

–Nada. Papá me ha dicho que espere aquí mientras habla contigo.

–Entiendo.

Bob estaba en el estudio. Era evidente que se sentía incómodo, que tenía ganas de irse.

«Ni siquiera se ha quitado el abrigo –pensó Kerry–. Me pregunto qué habrá hecho para disgustar a Robin. Seguramente pasar todo el rato diciéndole cuánta prisa tiene.»

Bob se dio media vuelta cuando oyó sus pasos.

–Kerry, he de regresar al despacho. Tengo mucho trabajo que hacer para la sesión de mañana, pero hay algo muy importante que debo decirte. –Sacó una pequeña hoja de papel del bolsillo–. Supongo que te habrás enterado de lo de Barney Haskell y Mark Young.

–Sí, claro.

–Kerry, Jimmy Weeks conoce la manera de conseguir información. No sé cómo, pero el hecho es que la consigue. Por ejemplo, sabe que el sábado fuiste a la cárcel a ver a Reardon.

–¿En serio? –Kerry miró fijamente a su marido–. ¿Y a él qué más le da?

–Kerry, no juegues. Estoy preocupado. Jimmy está desesperado y te acabo de decir que conoce la manera de conseguir información. Mira esto.

Bob le pasó un papel que tenía aspecto de ser la copia de una nota escrita en una hoja de seis por nueve pulgadas arrancada de un bloc. En él había seis notas musicales en tono de do y, debajo de éstas, varias palabras: «Estoy enamorado de ti. J.».

–¿Qué se supone que es esto? –preguntó Kerry mientras tarareaba mentalmente las notas.

Antes de que Bob tuviera tiempo de contestarle, comprendió lo que significaba y sintió que se le helaba la sangre. Eran las primeras notas de la canción *Corazón mío*.

–¿Dónde has conseguido esta nota y qué significa? –exclamó.

–Encontraron el original en el bolsillo de la camisa de Mark Young cuando registraron su ropa en el depósito de cadáveres. Es la letra de Haskell y el papel es del bloc de mensajes para el teléfono de Young. La secretaria dice que puso uno nuevo ayer por la noche, de manera que Haskell debió de utilizarlo en algún momento entre las siete y las siete y media de la mañana.

–¿Poco antes de morir?

–Exacto. Kerry, estoy seguro de que esto tiene que ver con el acuerdo que Haskell estaba negociando con el fiscal.

–¿El acuerdo? ¿Quieres decir que el homicidio con el que Haskell decía que podría relacionar a Jimmy Weeks era el caso de las rosas rojas? –Kerry no daba crédito a lo que estaba oyendo–. Jimmy estuvo liado con Suzanne Reardon, ¿verdad? Bob, ¿me estás diciendo que la persona que le sacó la foto a Robin y que estuvo a punto de atropellarla trabaja para Jimmy Weeks y que esto es una forma de asustarme?

–Kerry, lo único que te estoy diciendo es que dejes este asunto. Por el bien de Robin, déjalo.

–¿Sabe Weeks que has venido a verme?

–Sabe que, por el bien de Robin, iba a venir a avisarte.

–Un momento. –Kerry miró a su ex marido con un gesto de incredulidad–. A ver si lo entiendo. Has venido a hablar conmigo porque tu cliente, el matón y asesino al que representas, te ha encargado, de forma velada o como sea, que me amenaces de su parte.

–Kerry, estoy intentando salvar la vida de mi hija.

–¿Tu hija? ¿Cómo es que de repente se ha convertido en alguien tan importante para ti? ¿Sabes cuántas veces la has dejado sumida en la tristeza por no haber venido a verla? Esto es insultante. Fuera de aquí.

En el momento en que él daba media vuelta para irse, Kerry le arrebató el papel de la mano.

–Pero yo me quedo con esto.

–Devuélveme ese papel.

Bob la cogió de la mano, le abrió los dedos a la fuerza y le quitó el papel.

–¡Papá, suelta a mamá!

Ambos se dieron media vuelta y vieron a Robin en el umbral de la puerta. Las pequeñas cicatrices que tenía en la cara se destacaban sobre la palidez cenicienta de su piel.

66

El doctor Smith había salido de la consulta a las cuatro y veinte, tan sólo un minuto o dos después de despedirse de su último paciente, quien había ido a verle para hacerse una revisión tras una operación para quitarse los michelines.

Kate Carpenter se alegró de que se fuera. Últimamente le resultaba inquietante estar cerca de él. Ese día se había vuelto a fijar en el temblor de su mano mientras observaba cómo le quitaba los puntos de la cabeza a la señora Pryce, quien se acababa de someter a un tratamiento de *lifting* en las cejas. No obstante, la preocupación que sentía la enfermera no se limitaba a lo físico: estaba segura de que el doctor Smith también estaba rematadamente mal de la cabeza.

De todos modos, lo que más frustración le causaba a la enfermera era que no sabía a quién recurrir. Charles Smith era (o al menos había sido) un cirujano de primera. No quería verle caer en el descrédito o que le expulsaran de la profesión. Si las circunstancias hubieran sido diferentes, habría hablado con su mujer o con su mejor amigo. Pero en el caso del doctor Smith, no podía hacer eso: hacía tiempo que su esposa había muerto y no parecía que tuviera amigo alguno.

La hermana de Kate, Jean, era asistente social. Jean probablemente entendería el problema y podría aconsejarle a quién tenía que acudir para conseguir la ayuda que el doctor necesitaba. El problema era que su hermana se había ido de vacaciones a Arizona y Kate no habría sabido cómo ponerse en contacto con ella incluso si hubiera intentado hacerlo.

A las cuatro y media llamó Barbara Tompkins.

–Señora Carpenter, ya no aguanto más. El doctor Smith me llamó anoche y prácticamente me ordenó que saliera a cenar con él. No dejó de llamarme Suzanne y ahora quiere que yo le llame Charles. Además me preguntó si tenía novio formal. Lo siento; sé que le debo mucho, pero me da miedo y esta situación está empezando a afectarme. Incluso en el trabajo he empezado a mirar por encima del hombro por miedo a encontrármelo detrás de mí vigilándome. No lo puedo soportar. Esto no puede seguir así.

Kate Carpenter era consciente de que no podía seguir dándole evasivas. La única persona que se le ocurría que pudiera ser de confianza era la madre de Robin Kinellen, Kerry McGrath.

La enfermera sabía que aparte de ser la ayudante del fiscal de Nueva Jersey, Kerry era una madre agradecida: el doctor había tratado a su hija de forma urgente. Además la abogada conocía la vida personal del doctor mejor que ella o que cualquiera de las personas que trabajaban en la consulta. No sabía muy bien por qué había estado haciendo averiguaciones, pero no creía que fuera para nada malo. Kerry le había confiado que el doctor no sólo se había divorciado, sino que era el padre de una mujer que había sido asesinada.

Con la sensación de estar traicionando al doctor Smith, la enfermera le dio a Barbara Tompkins el número de teléfono de la casa de Kerry McGrath, la ayudante del fiscal del condado de Bergen.

67

Después de que se fuera Bob Kinellen, Kerry y Robin se quedaron sentadas en el sofá durante largo rato, en silencio, tocándose con los hombros y con los pies apoyados sobre la mesita del salón.

Entonces, midiendo bien las palabras, Kerry dijo:

–A pesar de lo que yo haya podido decir o de lo que haya podido significar para ti la escena que has presenciado hace rato, papá te quiere muchísimo, Robin. Está preocupado por ti. No me gusta que se meta en los aprietos en los que se mete, pero respeto lo que siente por ti incluso cuando me enfado hasta el extremo de echarle de casa.

–Te has enfadado con él cuando te ha dicho que estaba preocupado por mí.

–Oh, vamos, eso no eran más que palabras. A veces me saca de mis casillas. De todos modos, sé que cuando seas mayor no serás la clase de persona que permite que le metan en un lío y luego pide a los demás que comprendan sus circunstancias diciendo algo así como: «Esto está mal, pero no queda otro remedio», cuando es evidente que podría haber evitado acabar en esa situación.

–¿Es lo que está haciendo papá?

–En mi opinión, sí.

–¿Él sabe quién sacó la foto?

–Cree que lo sabe. La foto tiene que ver con el caso en que está trabajando Geoff Dorso. Geoff quiere que yo le eche una mano. Está intentando sacar a un hombre de la cárcel porque está convencido de que es inocente.

–¿Y tú le estás ayudando?

–Pues en realidad ya había llegado a la conclusión de que si me metía en este asunto iba a empezar a armar jaleo sin haber motivos para ello. Ahora empiezo a pensar que tal vez esté equivocada, que existen razones de peso para creer que, en efecto, el cliente de Geoff fue condenado de manera injusta. Por otro lado, no estoy en absoluto dispuesta a ponerte en peligro para demostrarlo. Te lo prometo.

Robin se quedó mirando al vacío por un momento y luego se volvió hacia su madre.

–Mamá, eso no tiene sentido. Es totalmente injusto. Primero criticas a papá por una cosa y luego tú haces lo mismo. Decir a Geoff que no puedes ayudarle cuando piensas que su cliente no debería estar en la cárcel ¿no es una manera de pedir que «comprendan tus circunstancias»?

–¡Robin!

–Lo digo en serio. Piensa en ello. ¿Pedimos la pizza ahora? Tengo hambre.

Sorprendida, Kerry se quedó mirando mientras su hija se levantaba y cogía la bolsa donde estaban las cintas de vídeo que tenían pensado ver. Robin leyó los títulos, eligió una y la metió en el vídeo. Antes de encenderlo, dijo:

–Mamá, estoy segura de que el hombre del coche del otro día sólo quería asustarme; no creo que tuviera intención de atropellarme. Y no me molesta que me lleves al colegio y que Alison me vaya a recoger. Para mí no tiene la menor importancia.

Kerry se quedó mirando a su hija por un momento y luego movió la cabeza.

–Para mí sí, porque estoy orgullosa de ti y avergonzada de mí misma.

La abogada abrazó a su hija, la soltó rápidamente y se fue a la cocina.

Poco después, cuando estaba sacando los platos para la pizza, sonó el teléfono. Cogió el auricular y oyó una voz titubeante que decía:

–Señora McGrath, soy Barbara Tompkins. Lamento molestarla, pero la señora Carpenter, la enfermera que trabaja en la consulta del doctor Smith, me ha aconsejado que la llame.

Sin dejar de escuchar, Kerry cogió un bolígrafo y empezó a tomar notas en el bloc donde apuntaba los mensajes del teléfono: «Barbara consultó al doctor Smith... Él le enseñó una foto... Le preguntó si quería tener el mismo aspecto que la mujer de la foto... La operó... Empezó a asesorarla... Le ayudó a elegir piso... Le presentó a un profesional de la moda para que fuera de compras... Ahora la llama "Suzanne" y la está acosando...»

Barbara Tompkins dijo entonces:

–Señora McGrath, le estoy muy agradecida al doctor Smith. Gracias a él, mi vida ha cambiado por completo. No quiero denunciarle a la policía y que por ello sufra alguna clase de castigo. No quiero hacerle daño, pero esto no puede seguir así.

–¿Ha llegado a tener la sensación de estar en peligro físico?

Tras un breve momento de titubeo, Barbara Tompkins respondió lentamente:

–No, realmente no. Nunca me ha obligado a hacer algo por la fuerza. En realidad, se ha mostrado muy cortés conmigo y me ha tratado como si pensara que soy algo frágil, como una muñeca de porcelana. Sin embargo, a veces he llegado a pensar que tiene una terrible ira contenida, una ira que podría descargar fácilmente, contra mí tal vez. Por ejemplo, cuando anoche vino a mi casa para llevarme a cenar, noté que le molestaba que estuviera lista para salir inmediatamente. Y por un momento pensé que iba a reaccionar violentamente. El problema es que yo no quería quedarme a solas con él y ahora tengo la sensación de que si le digo claramente que no quiero verle, él se enfurecerá. Además sé que la intervención de la policía podría perjudicar seriamente su reputación.

–Barbara, el lunes iré a ver al doctor Smith. Él no lo sabe, pero iré de todas formas. Por lo que usted me ha dicho y sobre todo por el hecho de que la llame Suzanne, puedo suponer que el doctor está sufriendo una grave depresión. Espero que podamos convencerle de que busque ayuda. De todos modos, no puedo aconsejarle que no hable con la policía de Nueva York si está asustada. De hecho, creo que debería hacerlo.

–Todavía no. Tengo que hacer un viaje de negocios el mes próximo, pero creo que puedo organizarme para salir la semana que viene. Me gustaría hablar con usted de nuevo cuando vuelva; entonces decidiré lo que he de hacer.

Kerry colgó el auricular y se dejó caer en una silla de la cocina. Tenía delante de sí las notas que había tomado durante la conversación. La situación se estaba complicando mucho. El doctor Smith estaba acosando a Barbara Tompkins. ¿Había acosado también a su hija? De ser así, era muy probable que fuera su Mercedes el que Dolly Bowles y el pequeño Michael habían visto aparcado delante de la casa de los Reardon la noche del asesinato.

Se acordó entonces de los números de matrícula que la señora Bowles decía haber visto. ¿Se preguntó si Joe Palumbo habría averiguado si eran los mismos que los del coche del doctor.

Sin embargo, si el doctor había tenido con Suzanne la misma reacción que Barbara temía que tuviera con ella y era el responsable de su muerte, ¿por qué estaba Jimmy Weeks tan asustado de que lo relacionaran con el asesinato de Suzanne Reardon?

«Antes de ir a verle..., antes de decidir qué preguntas voy a hacerle, he de conseguir más información acerca de la relación que tenía con Suzanne –pensó Kerry–. Ese experto en antigüedades, Jason Arnott..., quizá sea la persona con quien debo hablar. Según el expediente, aunque sólo fuera un amigo, solía acompañar a Suzanne con frecuencia a Nueva York para ir a subastas y cosas así. Es posible que el doctor Smith se encontrara con ellos en alguna ocasión.»

Telefoneó a Arnott y le dejó un mensaje en el contestador para que le llamara. Entonces se preguntó si debía hacer otra llamada.

¿Debía hablar con Geoff y pedirle que concertara una segunda entrevista con Skip Reardon en la cárcel?

Esta vez, en cambio, le gustaría que la madre de Skip y su novia, Beth Taylor, también estuvieran presentes.

68

Jason Arnott había planeado quedarse tranquilamente en casa el viernes por la noche y prepararse una sencilla cena para él solo. Así pues, había encargado a la asistenta que iba a su casa dos veces por semana que fuera a la compra, y ésta había vuelto con el filete de lenguado, los berros, los guisantes y la barra de pan francés recién hecho que él le había pedido. Sin embargo, cuando a las cinco de la tarde Amanda Coble le había llamado para invitarle a cenar en el Ridgewood Country Club con ella y con Richard, él había aceptado gustosamente.

Los Coble pertenecían a la misma clase de gente que él: aunque el dinero les salía por las orejas, eran divertidos, maravillosamente modestos y muy inteligentes. Richard trabajaba en un banco internacional y Amanda era decoradora de interiores. Como Jason tenía buena mano con su cartera de acciones, disfrutaba hablando con Richard sobre mercados extranjeros. Sabía que Richard respetaba sus opiniones y que Amanda valoraba sus conocimientos sobre antigüedades.

Pensó que le vendría bien entretenerse con ellos tras el inquietante momento que había pasado el día anterior en Nueva York en compañía de Vera Todd. Además, los Coble le habían presentado a gente muy interesante. De hecho, el conocerlos le había permitido dar un golpe de lo más fructífero en Palm Springs tres años atrás.

Llegó a la puerta principal del club en el preciso momento en que los Coble entregaban su coche al encargado del aparcamiento. Entró en el restaurante poco después de que ellos lo hicieran y luego esperó a que saludaran a una pareja de aspecto distinguido que se disponía a salir. Reconoció al hombre de inmediato. Se trataba del senador Jonathan Hoover. Jason había asistido a un par de cenas de políticos en las que el senador había hecho acto de presencia, pero nunca habían sido presentados.

Aunque la mujer iba en silla de ruedas, tenía un aspecto realmente distinguido. Llevaba un vestido de noche azul marino con una falda que le llegaba hasta la punta de los zapatos. Había oído decir que la señora Hoover era discapacitada, pero no la había visto hasta entonces. Con su capacidad para observar inmediatamente hasta el detalle más inapreciable, se fijó en la posición de sus manos. Las tenía entrelazadas, de manera que ocultaban parcialmente las hinchadas articulaciones de los dedos.

«Debió de ser una verdadera preciosidad de joven, antes de que le ocurriera esto», pensó mientras estudiaba con detenimiento sus facciones, que todavía no habían perdido su impresionante belleza, y sus ojos de color azul zafiro, que eran el rasgo dominante de su cara.

Amanda Coble levantó la mirada y lo vio.

–Jason, pero si ya estás aquí. –Le hizo una señal con la mano y les presentó–. Estábamos hablando sobre los terribles asesinatos que se han cometido esta mañana en Summit. El senador Hoover y Richard conocían al abogado Mark Young.

–Es evidente que ha sido obra de la mafia –dijo Richard Coble con gesto airado.

–Yo pienso lo mismo –comentó Jonathan Hoover–, y el gobernador también. Todos sabemos que se ha mostrado muy severo con el crimen durante estos ocho años. Ahora es necesario que Frank Green mantenga esa buena línea. Les diré una cosa: si Weeks estuviera siendo juzgado por un tribunal estatal, apuesto a que el fiscal general ya habría llegado a un acuerdo con Haskell y tendría su testimonio. De ese modo estos asesinatos no habrían ocurrido. Y ahora resulta que Royce, el responsable de toda esta chapuza, quiere ser gobernador. Bueno, no lo conseguirá si yo puedo evitarlo.

–Jonathan... –murmuró Grace Hoover con tono de reproche–. Se nota que estamos en período de elecciones, ¿verdad, Amanda? –Al ver que todos sonreían, agregó–: No queremos entretenerles más tiempo.

–Mi esposa me ha mantenido a raya desde que nos conocimos el primer año de universidad –explicó el senador

Hoover a Jason–. Encantado de volver a verle, señor Arnott.

–Señor Arnott, ¿no nos hemos visto en alguna otra ocasión? –preguntó de repente Grace Hoover.

Jason notó cómo saltaba su sistema de alarma interior. Le estaba dando un aviso urgente.

–Creo que no –respondió lentamente. «Estoy seguro de que me acordaría de ello –pensó–. ¿Por qué piensa entonces que ya nos hemos visto antes?»

–No sé por qué, pero he tenido la impresión de que le conocía. Bueno, seguramente me habré equivocado. Adiós.

Pese a que la conversación con los Coble fue tan interesante como de costumbre y la cena resultó deliciosa, Jason pasó la noche arrepintiéndose sinceramente de no haberse quedado en casa para comerse el filete de lenguado.

Cuando regresó a su casa a la diez y media y escuchó el mensaje que había grabado en el contestador automático, se encontró con una nueva razón para maldecir ese día. El mensaje era de Kerry McGrath, que se presentaba a sí misma como la ayudante del fiscal del condado de Bergen, le dejaba su número de teléfono y le decía que podía llamarla hasta las once de esa noche o a primera hora del día siguiente. También le explicaba que quería hablar con él de modo extraoficial acerca de su difunta vecina y amiga, víctima de asesinato, Suzanne Reardon.

69

El viernes por la noche, Geoff Dorso fue a cenar a casa de sus padres, en Essex Fells. Se trataba, por así decirlo, de una invitación de carácter obligatorio. Su hermana Marian, su cuñado, Don y sus sobrinos, gemelos de dos años de edad, habían llegado de Boston para pasar el fin de semana. Su madre se había puesto inmediatamente manos a la obra para reunir a los cuatro hijos restantes, junto con sus respectivas esposas e hijos, para dar la bienvenida a los visitantes. La noche del viernes era la única que los demás tenían libre, así que a Geoff no le quedaba otro remedio que ir.

–No te supone ningún problema aplazar los planes que tengas, ¿verdad, Geoff? –había preguntado su madre con un tono entre suplicante e imperativo cuando le había llamado esa tarde.

Geoff no tenía planes, pero a fin de poder guardarse las espaldas cuando surgiera otra «invitación obligatoria», le había contestado con evasivas:

–No sé qué decirte, mamá. Tenía que hacer una llamada, además...

Enseguida se arrepintió de haber elegido esa estratagema. Su madre le había interrumpido con tono de estar verdaderamente interesada:

–¡Oh, tienes una cita, Geoff! ¿Has conocido a alguna chica simpática? No anules la cita. Que venga contigo. Me encantará conocerla.

Geoff soltó un suspiro

–Era una broma, mamá. No tengo ninguna cita. Llegaré alrededor de las seis.

–Muy bien, cariño.

Evidentemente, la satisfacción que había sentido su madre al saber que iría había quedado entibiada por el hecho de que no fuera a conocer a una posible nuera.

Cuando colgó el auricular, Geoff admitió que si hubiera sido la tarde del día siguiente, se habría sentido tentado de proponer a Kerry que ella y Robin le acompañaran a cenar a casa de sus padres.

«Seguramente Kerry habría salido huyendo», pensó.

De pronto, se dio cuenta de algo inquietante: en el transcurso de ese día le había asaltado varias veces la idea de que Kerry le caería muy, pero que muy bien, a su madre.

A la seis de la tarde llegó a la elegante y laberíntica casa estilo Tudor que sus padres habían comprado hacía veintisiete años por una décima parte de su valor actual. «Era una casa familiar ideal cuando éramos pequeños –pensó–, como lo es ahora con todos los nietos.» Aparcó delante de la vieja cochera, donde vivía su hermana menor, que todavía estaba soltera. Todos habían pasado por el apartamento de la cochera una vez acabados los estudios universitarios o de posgrado. Él había vivido allí durante el tiempo que había ido a la Facultad de Derecho de Columbia y dos años más después de licenciarse.

«Cómo nos lo pasábamos», reconoció mientras aspiraba el frío aire de noviembre y se imaginaba el calor que haría en la acogedora e iluminada casa. Entonces se acordó de Kerry. «Me alegro de no ser hijo único –se dijo–. Menos mal que papá no murió cuando yo estaba en la universidad y mamá no se volvió a casar y se fue a vivir con otro hombre a miles de kilómetros de distancia. Seguro que no ha sido fácil para Kerry. Debería haberla llamado –pensó–. ¿Por qué no lo he hecho? Sé que no quiere que haya alguien pendiente de ella, pero aun así sigue sin tener a nadie a quien contarle sus problemas. Ella no puede proteger a Robin de la misma manera que esta familia protegería a uno de nuestros hijos si hubiera una amenaza.»

Se acercó a la puerta y se dejó envolver por la ruidosa calidez, tan característica de las ocasiones en que se reunían las tres generaciones del clan Dorso.

Tras saludar efusivamente a la rama bostoniana de la familia y decir hola con aire distraído a sus otros hermanos, a quienes veía regularmente, Geoff logró escaparse al estudio de su padre.

Repleto de libros de derecho y primeras ediciones firmadas, esa habitación era la única que quedaba fuera del alcance de los jóvenes exploradores. Edward Dorso sirvió un whiksy escocés para su hijo y otro para él. A sus setenta años de edad, ya estaba jubilado. Había sido abogado especialista en derecho mercantil y había representado a algunas de las empresas más ricas del país.

Edward había conocido a Mark Young y tenía un buen concepto de él, por lo que estaba impaciente por enterarse de cualquier dato acerca de su asesinato que su hijo pudiera haber oído en los tribunales.

–No puedo decirte gran cosa, papá –dijo Geoff–. Es demasiada casualidad que un ladrón hiciera una chapuza y matase a Young justo cuando la otra víctima, Haskell, estaba a punto de llegar a un acuerdo para testificar en contra de Jimmy Weeks.

–Estoy de acuerdo. Y ya que lo comentas, hoy he ido a Trenton a comer con Sumner French. Me ha dicho algo que tal vez te interese. Se tiene la seguridad de que hace diez años un miembro de una comisión planificadora de Filadelfia proporcionó a Weeks información confidencial sobre una autopista que se iba a construir entre Filadelfia y Lancaster. Weeks compró terrenos muy valiosos y sacó una buena tajada vendiéndolos a varios promotores cuando se hicieron públicos los planes para la autopista.

–Los casos de información privilegiada son siempre iguales –comentó Geoff–. Son una realidad. Resultan casi imposibles de controlar y, por añadidura, también suelen ser difíciles de probar.

–Te comento esto por una razón. Creo que a Weeks no le costó prácticamente nada comprar esos terrenos. Al parecer, la persona que tenía la opción de comprarlos necesitaba dinero desesperadamente.

–¿Alguien que yo conozca?

–Tu cliente favorito, Skip Reardon.

Geoff se encogió de hombros.

–Nos movemos en círculos muy próximos, papá, ya lo sabes. Se trata de un factor más que contribuyó a hundir a Skip Reardon. Me acuerdo de que Tim Farrell llegó a aludir al hecho de que Skip estuviera liquidando todo lo que tenía para costear su defensa. Sobre el papel, daba la impresión de que Skip se encontraba en una estupenda situación económica, pero la verdad era que tenía unos cuantos terrenos pendientes de pago, una importante hipoteca de construcción sobre una casa de precio exorbitante y una esposa que, por lo visto, debía de pensar que estaba casada con el rey Midas. Si Skip no hubiera ido a la cárcel, hoy sería rico, porque era un buen hombre de negocios. Pero, según recuerdo, vendió todos los terrenos que tenía pendientes de pago al precio que marcaba el mercado.

–No sería el precio que marcaba el mercado si el comprador disponía de información privilegiada –dijo su padre con causticidad–. Uno de los rumores que me han llegado es que Haskell, que ya entonces era el administrador de Weeks, estaba al tanto de dicha transacción. Sea como sea, se trata de la clase de información que, de alguna manera, podría llegar a serte útil algún día.

Antes de que Geoff pudiera hacer algún comentario, un coro de voces procedente del otro lado de la puerta del estudio exclamó:

–Abuelo, tío Geoff, la cena está lista.

–«Llegó la citación...» –dijo Edward Dorso al tiempo que se levantaba y estiraba los brazos.

–Ve tú primero, papá. Ahora mismo estoy con vosotros. Voy a llamar a casa a ver si tengo algún mensaje en el contestador. Cuando oyó la voz queda de Kerry, apretó el auricular contra la oreja.

¿Estaba diciendo realmente que quería ir con él a la cárcel para ver de nuevo a Skip? ¿Y que quería que les acompañaran la madre de Skip y Beth Taylor? «¡Aleluya!», exclamó.

Cogiendo a su sobrino Justin, a quien acababan de mandar a buscarle, Geoff salió a toda prisa hacia el comedor, donde su madre estaba aguardando con gesto impaciente a que todos se sentaran para bendecir la mesa.

Cuando su padre acabó de recitar las oraciones, su madre añadió:

–Y te agradecemos que Marian, Don y sus gemelos estén con nosotros.

–Madre, no vivimos en el Polo Norte –se quejó Marian guiñando un ojo a Geoff–. Boston está a tres horas y media de aquí.

–Si dependiera de tu madre, tendríamos una finca y viviríamos todos juntos –comentó su padre con expresión risueña–. Y no os quitaría el ojo de encima.

–Reíros, reíros –dijo la madre–, pero me encanta ver a la familia reunida. No sabéis lo feliz que me hace saber que mis tres hijas ya se han establecido y que Vickey tiene una relación formal con alguien tan agradable como Kevin.

Geoff observó a su madre mientras ésta lanzaba una radiante sonrisa a la pareja.

–Lo único que me falta es que mi único hijo encuentre a la chica adecuada...

Su voz fue perdiéndose mientras todos se volvían hacia Geoff con gesto de comprensión.

Geoff hizo una mueca y luego sonrió, tratando de no olvidarse de que cuando no se ponía en ese plan, su madre era un mujer muy interesante que había dado clases de literatura medieval en la Universidad de Drew durante veinte años. De hecho, a él le habían puesto Geoffrey debido a su gran admiración por Geoffrey Chaucer.

Entre plato y plato, Geoff volvió al estudio de su padre y llamó a Kerry. Al notar que la abogada se alegraba de que le llamara, se ilusionó.

–Kerry, ¿podrás ir a ver a Skip mañana? Sé que su madre y Beth dejarán cualquier cosa que tengan con tal de estar allí contigo.

–Me gustaría, Geoff, pero no puedo. No quiero separarme de Robin ahora. Estaría con los nervios de punta incluso si la dejara en casa de Cassie. Se pasan todo el día fuera, y Cassie vive en una zona desprotegida.

Geoff no se dio cuenta de que tenía la solución al problema hasta que se oyó decir:

–Tengo una idea estupenda. Iré a recogeros a las dos. Robin puede quedarse en casa de mis padres mientras estemos fuera. Como mi hermana, su marido y sus hijos han venido de visita, los demás nietos también están aquí. Robin estará muy bien acompañada. Y por si eso no fuera suficiente, mi cuñado es capitán de la policía estatal de Massachusetts. De veras, aquí estará segura.

SÁBADO 4 DE NOVIEMBRE

70

Jason Arnott pasó casi toda la noche en vela, consultando con la almohada cómo debía tomarse la llamada que le había hecho la ayudante del fiscal Kerry McGrath, pese a que ésta se hubiera puesto en contacto con él «de modo extraoficial», para expresarlo con la misma delicadeza que había empleado ella.

A las siete de la mañana ya había tomado una decisión. La llamaría y con un tono cortés y atento, pero distante, le informaría que sería un placer verla, siempre que no se entretuvieran mucho. La excusa que le daría era que estaba a punto de salir de viaje por un asunto de negocios.

«A las Catskills –se prometió Jason–. Me esconderé en la casa. Nadie me encontrará allí. Y entretanto, todo esto quedará olvidado. De todos modos, no debo causar la impresión de que estoy preocupado por algo.»

Una vez tomada la decisión, se quedó profundamente dormido, al igual que le ocurría cuando terminaba una misión con éxito y sabía que estaba sano y salvo en casa.

A las nueve y media, nada más despertarse, Jason llamó a Kerry McGrath. Ésta contestó de inmediato. Jason se sintió aliviado al oír que el tono de su voz parecía ser de verdadera gratitud.

–Señor Arnott, le agradezco de veras que me llame y le garantizo que esta conversación es extraoficial –dijo–. He leído que hace años usted fue amigo de Suzanne Reardon, a quien aconsejó en su calidad de experto en antigüedades. Hemos averiguado datos nuevos sobre el caso y le estaría muy agradecida si me permitiese hablar con usted sobre la relación que, en su opinión, mantenían Suzanne y su padre, el doctor Charles Smith. Le prometo que sólo le entretendré unos minutos.

Lo decía en serio. Jason sabía reconocer a un farsante enseguida; su carrera profesional se basaba en ello y la abogada no era una farsante. No sería difícil hablar sobre Suzanne Reardon, se dijo. Había ido de compras con ella con frecuencia, del mismo modo que había ido de compras con Vera Shelby Todd el día anterior. Por otro lado, ella había asistido a muchas de las fiestas que él había organizado, al igual que tantas otras personas, de modo que nadie sospecharía nada.

Jason no puso objeción alguna cuando Kerry le explicó que, como tenía un compromiso importante a la una, le agradecería que le permitiera pasar a verle dentro de una hora.

71

Kerry decidió ir con Robin a casa de Jason Arnott. Sabía que a su hija le había afectado la discusión que había tenido con Bob la noche anterior a causa de la copia de la nota que había escrito Haskell. La media hora de viaje hasta Alpine les daría ocasión de charlar. Se sentía culpable por el altercado que había tenido con Bob. Debió de adivinar que él no le permitiría que se quedara con la nota. Bueno, al fin y al cabo, sabía lo que ponía. Había apuntado su contenido para poder enseñárselo a Geoff cuando hablara con él.

Era un día fresco y soleado, la clase de día, pensó, que levanta el ánimo. Ahora que sabía que tenía que investigar seriamente el caso Reardon y llegar hasta las últimas consecuencias, estaba decidida a hacerlo rápidamente.

Robin aceptó ir con ella de buena gana, aunque con la condición de que regresarían antes del mediodía. Quería invitar a Cassie a comer a casa.

Kerry le habló entonces de la posibilidad de que se quedara con la familia de Geoff mientras ella iba a Trenton por un asunto de trabajo.

–¿Es porque estás preocupada por mí? –preguntó Robin con naturalidad.

–Sí –admitió Kerry–. Quiero que estés en un sitio donde yo sepa que vas a estar bien y sé que en casa de los Dorso va a ser así. El lunes, después de llevarte al colegio, voy a hablar con Frank Green sobre este asunto. Por cierto, Rob, cuando lleguemos a casa de Jason Arnott, entras conmigo, pero ya sabes que tengo que hablar con él en privado. ¿Has traído un libro?

–Sí. Me pregunto si estarán todos los sobrinos de Geoff en casa de sus padres. A ver, tiene cuatro hermanas. La más joven no está casada. La mayor tiene tres hijos: un chico de nueve años (casi tiene la misma edad que yo), una niña de siete y un niño de cuatro. La siguiente tiene cuatro hijos, pero son muy pequeños. Creo que el mayor tiene seis. La otra hermana es la de los gemelos de dos años.

–Por amor de Dios, Rob, ¿cuándo te has enterado de todo eso? –preguntó Kerry.

–La otra noche. Geoff nos estuvo hablando de ellos durante la cena. Creo que tú tenías la cabeza en otra parte; se notaba que no estabas escuchando... Bueno, creo que va a ser divertido ir allí. Geoff dice que su madre es una buena cocinera.

Cuando dejaron Closter y entraron en Alpine, Kerry consultó la dirección que tenía apuntada.

–Ya estamos llegando.

Cinco minutos más tarde, estaban en la sinuosa carretera que llevaba hasta la mansión de estilo europeo de Jason Arnott. Los brillantes rayos de sol se reflejaban en la construcción, una impresionante combinación de piedra, estuco, ladrillo y madera con enormes ventanales de cristales emplomados.

–¡Caramba! –exclamó Robin.

–Tras ver esto, habrá que aceptar que vivimos con bastante modestia –comentó Kerry mientras aparcaba en el camino semicircular por el que se llegaba a la casa.

Jason Arnott les abrió la puerta antes de que pudieran encontrar el timbre. Les saludó cordialmente.

–¿Señora McGrath y... su ayudante?

–Ya le dije que se trataba de una visita extraoficial, señor Arnott –dijo la abogada antes de presentarle a Robin–. Tal vez pudiera quedarse aquí mientras hablamos.

Kerry señaló una silla que había cerca de una estatua de bronce de tamaño natural que representaba a dos caballeros enfrentados.

–Oh, no. Estará mucho más cómoda en el estudio pequeño. –Jason señaló una habitación que había a la izquierda del vestíbulo–. Nosotros podemos ir a la biblioteca. Está detrás del estudio.

«Esta casa parece un museo», pensó Kerry mientras seguía a Arnott. Le habría encantado tener más tiempo para admirar los primorosos revestimientos de las paredes, los finos muebles, los cuadros y la total harmonía con que estaba decorado el interior.

«Concéntrate en lo que estás haciendo –se advirtió–. Le has prometido que sólo te ibas a quedar media hora.»

Cuando se sentaron el uno frente al otro en un par de elegantes sillones de tafilete, Kerry dijo:

–Señor Arnott, hace unas semanas Robin sufrió varias heridas en la cara como consecuencia de un accidente de tráfico y fue tratada por el doctor Charles Smith.

Arnott arqueó las cejas.

–¿El doctor Charles Smith? ¿El padre de Suzanne Reardon?

–En efecto. En las dos ocasiones en que volvimos para los reconocimientos, vi a una paciente en su consulta que se parecía extraordinariamente a Suzanne Reardon.

Arnott la miró de hito en hito.

–Por casualidad, espero. No irá a decirme que está recreando a Suzanne de forma deliberada.

–Ésa es una forma interesante de expresarlo, señor Arnott. He venido a verle porque, como le dije por teléfono, necesito tener más datos sobre Suzanne. Tengo que saber qué relación tenía realmente con su padre y, en la medida en que usted sepa algo al respecto, con su marido.

Jason Arnott se recostó, miró el techo y entrelazó los dedos bajo el mentón.

«Qué amanerado... –pensó Kerry–. Lo está haciendo para impresionarme. ¿Por qué lo hará?»

–Permítame que le hable en primer lugar de cómo conocí a Suzanne. Fue hace unos doce años. Un buen día llamó al timbre de mi casa. Debo decirle que era una muchacha extraordinariamente hermosa. Se presentó y me explicó que ella y su marido iban a construir una casa en el vecindario, que quería amueblarla con antigüedades y que había oído que yo acompañaba a mis amigos a subastas para ayudarles a pujar. Le dije que era cierto, pero que no me consideraba un decorador de interiores ni tenía la intención de dedicarme de forma exclusiva a ser consejero.

–¿Cobra usted por sus servicios?

–Al principio no lo hacía. Pero luego, cuando me di cuenta de lo bien que me lo pasaba acompañando a personas agradables en sus viajecitos, disuadiéndoles de que compraran ofertas malas y ayudándoles a adquirir piezas valiosas a precios excelentes, establecí una tarifa de comisión. En un primer momento no tenía la intención de liarme con Suzanne. Era realmente atractiva, ¿sabe?

–Pero ¿acabó liándose con ella?

Arnott se encogió de hombros.

–Señora McGrath, Suzanne conseguía todo lo que deseaba. De hecho, cuando advirtió que al coquetear de una manera tan escandalosa conmigo lo único que conseguía era molestarme, empezó a utilizar sus encantos de otro modo. Podía llegar a ser sumamente divertida. Al final nos hicimos muy buenos amigos y, si he de serle sincero, la echo mucho de menos. Era un verdadero aliciente para mis fiestas.

–¿Solía acompañarla Skip?

–Rara vez. Se aburría y, francamente, a mis invitados no les parecía muy simpático. No me malinterprete. Era un joven educado e inteligente, pero era distinto a la mayoría de la gente que conozco. Era la clase de hombre que se levanta temprano, trabaja de firme y no está interesado en hablar de frivolidades, tal como dijo públicamente a Suzanne una noche en que la dejó aquí y regresó a casa solo.

–¿Disponía ella de un coche esa noche?

Arnott sonrió.

–Suzanne nunca tenía problemas para volver a casa en coche.

–¿Cómo juzgaría la relación entre Suzanne y Skip?

–Se estaba yendo a pique. Me relacioné con ellos durante los dos últimos años de su matrimonio. Al principio daba la impresión de que estaban muy enamorados, pero luego se hizo evidente que ella estaba aburrida de él. Al final apenas hacían nada juntos.

–El doctor Smith dijo que Skip estaba loco de celos y que había amenazado a Suzanne.

–Si lo llegó a hacer, Suzanne no me lo dijo.

–¿Conocía usted bien al doctor Smith?

–Tan bien como a los otros amigos de Suzanne, supongo. Si iba a Nueva York con Suzanne los días en que tenía la consulta cerrada, se las arreglaba para acompañarnos. Al final, sin embargo, sus atenciones parecían molestarla. Suzanne empezó a decir cosas como: «Me lo tengo merecido por haberle dicho que íbamos a venir aquí hoy».

–¿Llegó a ponerle claramente de manifiesto que estaba molesta con él?

–De la misma manera que mostraba en público la indiferencia que sentía hacia Skip, no hizo esfuerzo alguno por ocultar el fastidio que le causaba el doctor.

–¿Sabía usted que Suzanne había pasado su infancia con su madre y su padrastro?

–Sí. Me dijo que en su infancia había sido muy desgraciada. Sus hermanastras estaban celosas de ella por lo hermosa que era. Una vez hizo una comparación con Cenicienta y me contó que, de alguna manera, ella había pasado por esa experiencia.

«Ésta era la respuesta a mi siguiente pregunta –pensó Kerry–. Evidentemente, Suzanne no le confesó a Arnott que durante su infancia ella había sido Susie, la hermanastra fea.»

De repente se le ocurrió otra pregunta.

–¿Cómo llamaba Suzanne al doctor Smith?

Arnott se quedó en silencio.

–Charles o doctor –dijo al cabo de unos segundos.

–¿No le llamaba papá?

–Nunca. Al menos que yo recuerde. –Arnott señaló enfáticamente su reloj.

–Sé que le he prometido no entretenerle mucho, pero hay una cosa más que debo saber. ¿Mantenía Suzanne relaciones con otro hombre? Concretamente, ¿Suzanne y Jimmy Weeks eran amantes?

Arnott se quedó pensativo y luego respondió:

–Le presenté a Jimmy Weeks en esta misma habitación. Ha sido la única vez que el señor Weeks ha estado en esta casa. Se quedaron muy impresionados el uno con el otro. Como seguramente sabrá, el señor Weeks siempre ha transmitido una fuerte sensación de poder, y eso atrajo a Suzanne de forma inmediata. Y, claro está, a él siempre le han gustado las mujeres hermosas. Suzanne alardeaba de que, después de haber sido presentados, Jimmy Weeks había empezado a ir con asiduidad al Palisades Country Club, donde ella pasaba mucho tiempo. Creo que él ya era miembro del club.

Kerry se acordó de lo que le había dicho el *caddie* y le preguntó:

–¿Y qué le pareció a Suzanne que él empezara a frecuentar el club?

–Oh, muy bien. Aunque no creo que se lo hiciera saber. Suzanne sabía que él salía con varias mujeres y disfrutaba dándole celos. ¿Se acuerda de una de las primeras secuencias de *Lo que el viento se llevó*, cuando Scarlett reúne a todos sus pretendientes?

–Sí.

–Nuestra Suzanne era igual, aunque se esperaba que dejara de hacer esa clase de cosas. Después de todo, se trata del típico recurso de los adolescentes, ¿verdad? Sin embargo, no había hombre que Suzanne no tratara de seducir, lo cual no le ganó una reputación muy buena entre las mujeres.

–¿Y cómo reaccionaba el doctor Smith ante sus coqueterías?

–Con indignación, diría yo. Creo que si hubiera sido posible, el doctor habría construido una baranda alrededor de ella para mantener a los hombres alejados, como las que se ponen en los museos para proteger las obras de arte más valiosas.

«No te imaginas lo cerca que estás del blanco», pensó Kerry. Se había acordado de lo que Deidre Reardon le había dicho sobre la relación que el doctor Smith tenía con su hija y sobre el hecho de que la tratara como a un objeto.

–Si su teoría es correcta, señor Arnott, ¿no diría que el doctor Smith tenía motivos para sentirse molesto con Skip Reardon?

–¿Sentirse molesto? Creo que era más grave que eso. Yo diría que lo odiaba.

–Señor Arnott, ¿llegó usted a pensar que a Suzanne le regalaba joyas algún hombre que no fuera su marido o su padre?

–Si así era, yo no me enteré. Lo que sí le puedo decir es que Suzanne tenía algunas joyas realmente valiosas. Skip le compraba varias piezas todos los años, tanto para su cumpleaños como para Navidad, siempre después de que ella le indicara exactamente lo que deseaba. También tenía varias joyas exclusivas de Cartier que, si no me equivoco, le había regalado su padre.

«O al menos eso es lo que él decía», pensó Kerry. Se levantó.

–Señor Arnott, ¿cree usted que Skip Reardon mató a Suzanne?

Él se puso en pie.

–Señora McGrath, me considero una persona muy entendida en antigüedades. Juzgar a las personas no se me da tan bien. De todos modos, ¿no es cierto que el amor y el dinero son los dos motivos más importantes para matar? Lamento tener que decirle que, al parecer, Skip tenía ambos motivos. ¿No está de acuerdo?

Desde la ventana, Jason vio desaparecer el coche de Kerry por el camino de entrada a su casa. Pensando detenidamente en la conversación que habían mantenido, llegó a la conclusión de que sus respuestas habían sido lo suficientemente detalladas como para que resultaran útiles y lo bastante imprecisas como para que la abogada, al igual que la defensa y la acusación diez años atrás, decidiera que no tenía sentido seguir interrogándole.

«¿Que si creo que Skip Reardon mató a Suzanne? No, no lo creo, señora McGrath –pensó–. Lo que creo es que, como muchísimos otros hombres, Skip habría sido capaz de matar a su mujer. El problema es que aquella noche hubo una persona que se le adelantó.»

72

Skip Reardon había pasado tal vez una de las peores semanas de su vida. El escepticismo que la ayudante del fiscal Kerry McGrath había mostrado durante su visita había sido la gota que colmó el vaso después de la noticia de que posiblemente ya no podría presentar más recursos.

Parecía como si un coro griego estuviera entonando incesantemente las mismas palabras en el interior de su cabeza: «Faltan veinte años para que exista al menos la posibilidad de que me den la libertad condicional». Una y otra vez. Durante toda la semana, en lugar de leer o ver la televisión, Skip había estado mirando fijamente las fotografías que tenía colgadas en las paredes de la celda.

Beth y su madre aparecían en la mayoría de ellas. Algunas ya tenían diecisiete años. Entonces él tenía veintitrés años y acababa de empezar a salir con Beth. No hacía mucho que ella se había incorporado a su primer trabajo de profesora y que él había puesto en marcha la Empresa de Construcción Reardon.

En los diez años que llevaba encarcelado, Skip había pasado muchas horas observando esas fotografías y preguntándose cómo era posible que todo hubiera salido tan mal. Si no hubiera conocido a Suzanne aquella noche, él y Beth llevarían catorce o quince años de matrimonio. Probablemente tendrían dos o tres hijos. ¿Qué se sentiría al tener un hijo?, se preguntó.

Le habría construido a Beth una casa que habrían planeado juntos y no esa fantasía de arquitecto que Suzanne le había pedido, aquella locura moderna y desproporcionada que él había acabado detestando.

Durante todos los años que había pasado en la cárcel, se había mantenido fuerte gracias a la fe que tenía en su inocencia, su confianza en el sistema judicial estadounidense y la convicción de que algún día esa pesadilla llegaría a su fin. En sus fantasías, el tribunal de apelación decidía que el doctor Smith era un mentiroso y Geoff aparecía en la cárcel y le decía: «Vamos, Skip. Eres un hombre libre».

Según las normas de la cárcel, a Skip se le permitía hacer dos llamadas a cobro revertido al día. Normalmente llamaba a su madre y a Beth dos veces por semana. Al menos una de ellas iba a visitarle el sábado o el domingo.

Esa semana Skip no había llamado a ninguna de ellas. Había tomado una decisión. No iba a permitir a Beth que volviera a visitarle. Tenía que seguir adelante con su vida. Iba a cumplir cuarenta años, pensó. Debería conocer a otra persona, casarse y tener hijos. A Beth le encantaban los niños, por ello había decidido ser profesora y luego consejera de educación en un colegio.

Skip también había decidido otra cosa: no iba a perder más el tiempo proyectando habitaciones y casas con la esperanza de que algún día fuera a tener la ocasión de construirlas. Cuando saliera de la cárcel (si es que llegaba a salir), tendría ya sesenta años y sería demasiado tarde para comenzar de nuevo. Además, incluso si pudiera, le daría igual, pues ya no le quedaría nadie.

De ahí que el sábado por la mañana, cuando le informaron que le llamaba su abogado, Skip fuera al teléfono con la firme intención de decirle a Geoff que se olvidara de él. Él también debía dedicarse a otros asuntos. La noticia de que Kerry McGrath iba a visitarle en compañía de su madre y Beth no hizo más que enfurecerle.

–¿Qué pretende la señora McGrath? –preguntó–. ¿Explicar exactamente a mamá y Beth por qué están perdiendo el tiempo tratando de sacarme de aquí? ¿Explicarles por qué todos los argumentos que tengo a mi favor siempre resultan ser argumentos en mi contra? Di a la señora McGrath que no tengo por qué volver a oír todo eso. Los tribunales han acabado por convencerme.

–Calla, Skip –dijo Geoff tajantemente–. El interés que Kerry está mostrando por ti y por este caso de asesinato le está causando un montón de problemas. Incluso la han amenazado con hacer daño a su hija de diez años si no lo deja.

–¿Que la han amenazado? ¿Quién?

Skip miró el auricular que tenía en la mano como si de pronto se hubiera convertido en un objeto extraño. Le resultaba incomprensible que la hija de Kerry McGrath hubiera sido amenazada por su causa.

–No sólo hemos de preguntarnos quién es el responsable, sino también por qué lo ha hecho. Estamos seguros de que ha sido obra de Jimmy Weeks. El motivo es que, por alguna razón, tiene miedo de que la investigación se reanude. Escúchame bien ahora, Skip: Kerry quiere estudiar detalladamente todos los aspectos de este caso con tu ayuda y con la de tu madre y Beth. También tiene varias cosas que decirte acerca del doctor Smith. No he de recordarte en qué medida te afectó su testimonio. Iremos a última hora, así que trata de mostrarte cooperativo. Ésta es la mejor ocasión que hemos tenido para sacarte de ahí. Y quizá también sea la última.

Skip oyó el ruido seco del teléfono al cortarse la comunicación. Un guarda le llevó de nuevo a su celda. Se sentó en el camastro y se tapó la cara con las manos. Se trataba precisamente de lo que había querido impedir. Sin embargo, a su pesar, la llama de esperanza que creía haber logrado extinguir se había vuelto a encender y ardía ahora por todo su ser.

73

Geoff fue a recoger a Kerry y Robin a la una en punto. Cuando llegaron a Essex Falls, acompañó a la abogada y su hija al interior de la casa y les presentó a toda su familia. La noche anterior, antes de que acabara la cena, había explicado a los adultos las circunstancias por las que iba a llevar a Robin a casa.

De forma inmediata, su madre había pensado instintivamente que la mujer que Geoff insistía en llamar «la madre de Robin» podría significar algo especial para su hijo.

–¡Cómo no!, que venga Robin a pasar la tarde –había dicho–. Pobre niña, ¿cómo es posible que a alguien se le haya ocurrido hacerle daño? Y Geoff, cuando tú y su madre (Kerry decías que se llamaba, ¿verdad?) volváis de Trenton, debéis quedaros a cenar.

Geoff sabía que el «Ya veremos» que había dicho equivalía a no decir nada. «A menos que ocurra alguna desgracia, lo más probable es que esta noche cenemos en casa de mi madre», se dijo.

Enseguida detectó el gesto de aprobación con que su madre miró a Kerry cuando llegaron. Kerry llevaba un abrigo de pelo de camello sobre un pantalón a juego y un jersey de cuello alto verde oscuro que acentuaba el tono esmeralda de sus ojos glaucos. Se había dejado la melena suelta y el único maquillaje que se había puesto era una pincelada de carmín y un leve toque de sombra de ojos.

Luego observó que su madre se sentía complacida con la forma, sincera aunque no efusiva, en que Kerry le expresaba su agradecimiento por acoger a Robin en su casa. Geoff recordó que su madre siempre había hecho hincapié en que había que modular bien la voz.

Robin se alegró mucho cuando se enteró de que los nueve nietos se encontraban en la casa.

–Don os va a llevar a ti y a los dos mayores a un parque de atracciones –dijo la señora Dorso.

Kerry movió la cabeza y murmuró:

–No sé si...

–Mi cuñado Don es capitán de la policía estatal de Massachusetts –informó Geoff con voz queda–. Se va a pegar a los chicos como una lapa.

Era evidente que Robin tenía ganas de pasárselo bien. En ese momento, los dos gemelos pasaron atropelladamente al lado de ellos seguidos por su primo de cuatro años. Sin quitarles la vista de encima, Robin comentó alegremente:

–Parece como si fuera la hora de salida de la guardería. Hasta luego, mamá.

Una vez dentro del coche, Kerry se recostó en el asiento y suspiró profundamente.

–No estás preocupada, ¿verdad? –se apresuró a preguntarle Geoff.

–No, en absoluto. Era un suspiro de alivio. Ahora déjame que te cuente todo lo que no te he podido contar antes.

–¿Como por ejemplo?

–Como por ejemplo la infancia de Suzanne y lo que veía cuando se miraba en el espejo. O lo que está haciendo el doctor Smith con una de las pacientes a las que ha dado la imagen de Suzanne. O lo que he averiguado esta mañana gracias a Jason Arnott.

Deidre Reardon y Beth Taylor ya estaban en la sala de espera reservada para los visitantes de la cárcel. Cuando los abogados hubieron conseguido el pase en la entrada, se acercaron a ellas y Geoff presentó Kerry a Beth.

Mientras esperaban a que les llamaran, Kerry procuró

que la conversación girara en torno a temas no personales. Sabía cuáles eran los asuntos de los que quería tratar cuando estuvieran con Skip, pero no deseaba adelantar acontecimientos. No quería que se perdiera la espontaneidad con que los tres se refrescarían la memoria conforme ella les fuera haciendo preguntas. Comprendiendo que la señora Reardon le saludara con cierta frialdad, se dedicó a charlar con Beth Taylor, quien le había caído bien desde el primer momento.

A las tres en punto fueron conducidos a la sala en que a los familiares y amigos se les permitía hablar con los prisioneros. Estaba más concurrida que el día de la semana anterior en que Kerry había ido a visitar a Skip. Consternada, Kerry pensó que tal vez hubiera sido mejor pedir oficialmente una de las salas de reuniones privadas que había a disposición del fiscal y el abogado defensor cuando realizaban una visita conjunta. Sin embargo, una petición así habría supuesto dejar constancia de que la ayudante del fiscal del condado de Bergen había visitado a un asesino convicto, algo que por el momento no quería que ocurriera.

No obstante, lograron sentarse en una mesa apartada, que por su posición impedía que les llegara todo el ruido de fondo. Cuando Skip entró en la sala, Deidre Reardon y Beth se pusieron en pie de un salto. Deidre le abrazó en cuanto el guarda que acompañaba a su hijo le quitó las esposas; mientras tanto Beth se mantuvo a distancia.

Kerry se fijó entonces en cómo Skip y Beth se miraban el uno al otro. Las expresiones de sus caras y el comedimiento de su beso eran una prueba de sus sentimientos mucho más convincente que el abrazo más efusivo. En ese momento, Kerry recordó vivamente el día en que había ido a los tribunales. Había visto la cara de angustia que ponía Skip Reardon al enterarse de que le sentenciaban a un mínimo de treinta años de cárcel y oído las estremecedoras palabras de protesta conque llamó mentiroso al doctor Smith.

Pensando en esto, se acordó de que, pese a lo poco que sabía en aquel entonces sobre el caso, había tenido la sensación de que las palabras de Skip Reardon eran sinceras.

Había llevado un cuaderno de notas en el que había escrito una serie de preguntas. Debajo de cada una había dejado un espacio en blanco para apuntar las respuestas. Brevemente les dio todas las razones que le habían llevado a hacer una segunda visita: el testimonio de Dolly Bowles sobre la presencia de un Mercedes delante de la casa de Skip la noche de la muerte de Suzanne; el hecho de que ésta no hubiera sido nada agraciada de pequeña; la extraña recreación que el doctor Smith había hecho de la cara de Suzanne al operar a otras pacientes; la atracción que el doctor sentía hacia Barbara Tompkins; el hecho de que el nombre de Jimmy Weeks hubiera surgido en la investigación; y, finalmente, la amenaza que le habían hecho a Robin.

Kerry pensó que era de agradecer que, tras la sorpresa con que habían reaccionado al enterarse de estas revelaciones, ninguno de ellos perdiera el tiempo comentándolas con los demás. Beth Taylor cogió a Skip de la mano y preguntó:

–¿Qué podemos hacer ahora?

–En primer lugar, quiero aclarar que tengo serias dudas de que Skip sea culpable. Si descubrimos la clase de cosas que espero encontrar, haré lo que pueda por ayudar a Geoff a conseguir que revoquen la sentencia –dijo Kerry–. Una cosa más, Skip, la semana pasada diste por supuesto después de nuestra conversación que yo no te había creído. Eso no es del todo correcto. La impresión que tuve, lo que pensé, fue que no había oído nada que no pudiera ser interpretado de dos formas diferentes: en tu favor y en tu contra. Desde luego, no oí nada que me diera motivo para presentar un nuevo recurso. ¿No es eso cierto, Geoff? –El abogado hizo un gesto de asentimiento–. El testimonio del doctor Smith es la principal razón por la que fuiste declarado culpable. Si queremos tener alguna esperanza, hemos de poner en tela de juicio ese testimonio. Y la única manera de hacerlo que se me ocurre es acorralándolo. Hay que demostrar la falsedad de sus palabras y echársela en cara para ver cómo se defiende. –Sin permitir que nadie hablara, Kerry añadió–: Ya tengo la respuesta a la primera pregunta que tenía pensado plantear. Suzanne nunca te dijo que se hubiera sometido a una operación de cirugía estética. A todo esto, basta de formalidades, me llamo Kerry.

Durante la siguiente hora y cuarto les acribilló a preguntas.

–En primer lugar, Skip, ¿llegó Suzanne a mencionarte el nombre de Jimmy Weeks en alguna ocasión?

–Sólo de manera fortuita –dijo él–. Sabía que era miembro del club y que Suzanne jugaba a veces en el mismo equipo que él. Siempre alardeaba de los resultados que conseguía jugando a golf. Sin embargo, cuando vio que yo sospechaba que se entendía con alguien, empezó a mencionar únicamente los nombres de las mujeres con que jugaba.

–¿No es Weeks el hombre al que están juzgando por evasión de impuestos? –preguntó Deidre Reardon.

Kerry asintió con la cabeza.

–Es increíble. Cuando me enteré de que el gobierno le estaba acosando, me pareció terrible. El año pasado me ofrecí a participar en la campaña contra el cáncer y él nos dejó organizarla en su finca de Peapack. Nos respaldó en todo y luego hizo un donativo muy generoso. Y ahora dices que se entendía con Suzanne y que ha amenazado a tu pequeña...

–Jimmy Weeks se ha asegurado de que a su imagen pública de hombre íntegro no le falte nada –dijo Kerry–. Usted no es la única persona que piensa que Jimmy Weeks está siendo víctima de los acosos del gobierno. Pero, créame, nada más lejos de la realidad. –Entonces se volvió hacia Skip–. Quiero que describas las joyas de Suzanne que, en tu opinión, fueron regalo de otro hombre.

–Una era una pulsera de oro con los signos del Zodíaco grabados en plata a excepción del signo de Capricornio. Éste era la figura central y tenía diamantes incrustados. Suzanne era Capricornio. Evidentemente, se trataba de una pulsera muy cara. Cuando le pregunté quién se la había regalado, me dijo que su padre. En cuanto lo vi, le agradecí su generosidad, pero, tal como me temía, me dijo que no sabía de qué le estaba hablando.

–Éste es el camino que quizá debemos seguir. Para empezar, podemos enviar un comunicado a todos los joyeros de Nueva Jersey y Manhattan –dijo Kerry–. Es sorprendente la capacidad que tienen algunos para identificar una joya que han vendido hace años o para reconocer el estilo de alguien cuando se trata de una pieza exclusiva.

Skip le habló entonces del anillo de esmeraldas y diamantes que parecía una alianza. Los diamantes y las esmeraldas estaban engastados de forma alternativa en una primorosa sortija de oro rojizo.

–¿También te dijo que se la había regalado su padre?

–Sí. Esa vez me contó que su padre quería compensarle por todos los años durante los cuales no le había regalado nada. Me dijo que algunas joyas pertenecían a la familia de su madre. La historia resultaba así más fácil de creer. También tenía un alfiler en forma de flor cuya antigüedad era evidente.

–Me acuerdo de ese alfiler –dijo Deidre Reardon–. Iba unido con una cadena a otro alfiler más pequeño en forma de capullo. Todavía conservo la fotografía que recorté de uno de los periódicos locales donde aparecía Suzanne en una fiesta para recaudar fondos. Llevaba puesto el alfiler. Skip, otra reliquia familiar era la pulsera de diamantes que Suzanne llevaba cuando murió.

–¿Dónde estaban las joyas de Suzanne aquella noche? –preguntó Kerry.

–A excepción de la que llevaba puesta, en el joyero que tenía encima del tocador –respondió Skip–. Se suponía que tenía que guardarlo en la caja fuerte que había en su vestidor, pero no solía molestarse en hacerlo.

–Skip, según el testimonio que diste en el juicio, aquella noche echaste en falta varios objetos de tu dormitorio.

–Estoy seguro de que al menos desaparecieron dos cosas. Una es el alfiler en forma de flor. El problema es que no estoy seguro de que estuviera en el joyero aquella noche. Sin embargo, sí que puedo jurar que había desaparecido el marco miniatura que había sobre la mesilla.

–¿Me lo puedes describir? –preguntó la abogada.

–Déjame que lo haga yo, Skip –interrumpió Deidre Reardon–. Mira, Kerry, ese marco era un primor. Se decía que lo había hecho un ayudante del joyero Fabergé. Mi marido formó parte del ejército de ocupación después de la guerra y lo compró en Alemania. Era un óvalo de esmalte azul con una orla de oro con perlas incrustadas. Fue mi regalo de bodas para Skip y Suzanne.

–Suzanne puso en él una fotografía suya –explicó Skip.

Kerry vio que el guarda que había al lado de la puerta miraba al reloj de la pared.

–Sólo nos quedan unos minutos –dijo apresuradamente–. ¿Cuándo fue la última vez que viste ese marco, Skip?

–Estaba sobre la mesilla por la mañana cuando me vestí. Me acuerdo porque lo miré cuando estaba metiendo las cosas que llevaba en el bolsillo en el traje que me acababa de poner. Aquella noche, cuando los detectives me dijeron que tenía que acompañarles al interrogatorio, uno de ellos subió conmigo al dormitorio para coger un jersey. El marco ya no estaba allí.

–Si Suzanne se entendía con otro hombre, ¿cabe la posibilidad de que ese mismo día le hubiera regalado esa foto?

–No. Era una de sus mejores fotos y le gustaba mirarla.

Además no creo que hubiera tenido el valor de dar a alguien el regalo de boda que nos había hecho mi madre.

–¿No volvió a aparecer? –preguntó Kerry.

–No. Sin embargo, cuando dije que tal vez lo hubieran robado, el fiscal afirmó que si se hubiese producido un robo, el ladrón se habría llevado todas las joyas.

El timbre anunció el final del horario de visita. En esta ocasión, Skip cogió a su madre y a Beth y las abrazó con fuerza. Mirando por encima de sus cabezas, lanzó una sonrisa a los abogados. Parecía haber rejuvenecido diez años.

–Kerry, si logras sacarme de aquí, te construiré una casa de la que no querrás salir en tu vida. –Entonces se echó a reír–. ¡Dios mío! –exclamó–, estando en este lugar, no me puedo creer que haya dicho eso.

En otro lado de la habitación, el recluso Will Toth estaba hablando con su novia, aunque su atención se centraba fundamentalmente en el grupo de Skip Reardon. Ya había visto a la madre de Skip, a su novia y al abogado en varias ocasiones. La semana pasada, sin embargo, había reconocido a Kerry McGrath mientras estaba de visita. La habría reconocido en cualquier parte. Por su culpa iba a pasar quince años en ese infierno. Ella se había encargado de la acusación en su juicio. Daba la impresión de que se llevaba bien con Skip; por lo que había podido ver, se había pasado todo el tiempo apuntando lo que él le decía.

Will y su novia se levantaron cuando sonó el timbre que anunciaba el final del horario de visita. Tras darle un beso de despedida, Will dijo:

–Llama a tu hermano en cuanto llegues a casa y dile que haga correr la noticia de que Kerry McGrath ha estado aquí tomando notas.

74

Si Morgan, el agente del FBI encargado de la investigación del robo de los Hamilton, se encontraba en su despacho de Quantico el sábado por la tarde examinando las impresiones de ordenador relacionadas con el caso y las que creía que pudieran serle de ayuda.

Había pedido a los Hamilton, y también a las víctimas de robos parecidos, que le dieran los nombres de todos los invitados que habían acudido a cualquier reunión o fiesta en sus casas durante los meses previos al golpe. El ordenador había creado un archivo maestro y luego había confeccionado una lista aparte con los nombres que aparecían con más frecuencia ordenados alfabéticamente.

«El problema –pensó Si– es que como muchas de estas personas se mueven en los mismos círculos, no es nada extraño que salgan ciertos nombres de forma regular, sobre todo en las grandes ocasiones.»

De todos modos, había una docena de nombres que aparecían constantemente. Si examinó la lista.

El primer nombre era Arnott, Jason.

Pero Arnott había sido objeto de una discreta investigación hacía un par de años. No se le había encontrado nada. Tenía una gruesa cartera de acciones y en sus cuentas personales no se habían hallado las repentinas entradas de dinero que se suelen asociar con los robos. Sus ingresos se correspondían con su estilo de vida y su declaración de renta reflejaba con exactitud las operaciones que había llevado a cabo en la bolsa. Era un respetado experto en arte y antigüedades. Organizaba con frecuencia fiestas en su casa y era una persona a la que se le tenía aprecio.

Si había una objeción que se le pudiera hacer a su retrato, era que tal vez fuera demasiado perfecto. Aparte de esto, sus profundos conocimientos de antigüedades y bellas artes encajaban con el carácter selectivo del ladrón:

sólo robaba obras de primera clase. Morgan pensó que si no aparecía nada más, sería conveniente volver a investigarle. De todas formas, el agente tenía mucho más interés en otra persona que aparecía en la lista de nombres más frecuentes: Sheldon Landi, el propietario de una empresa de relaciones públicas.

«Landi se codea con personas de alto nivel económico –pensó Si–. No tiene mucho dinero y aun así vive a lo grande.» Landi también respondía al retrato del hombre que el ordenador les había dicho que buscaran: de edad madura, soltero, con estudios universitarios y autónomo.

Había enviado seiscientos comunicados con la fotografía de la cámara de seguridad a los nombres que se habían seleccionado. Hasta ese momento habían recibido treinta respuestas. Una era la de una mujer que había llamado para decirles que, en su opinión, el culpable podría ser su ex marido: «Estuvo robándome sin que yo me diera cuenta durante todos los años que estuvimos casados, y luego, cuando nos divorciamos, no dejó de contar mentiras hasta que consiguió una satisfacción económica. Además, tiene la barbilla afilada como la que se ve en la fotografía –les había explicado acaloradamente–. Les aconsejo que le investiguen».

Recostado en el sillón de su despacho, Si pensó en esta llamada y sonrió. El ex marido de esa mujer era senador de Estados Unidos.

DOMINGO 5 DE NOVIEMBRE

75

Jonathan y Grace Hoover esperaban que Kerry y Robin llegasen en torno a la una. Ambos creían que pasar la tarde de domingo sosegadamente era una costumbre sana y relajante.

Por desgracia, el sol que había brillado el sábado no había durado mucho. El domingo había amanecido gris y frío. Sin embargo, a mediodía la casa ya estaba llena del suculento aroma a cordero asado, el fuego ardía en el hogar de su habitación favorita, la biblioteca, y ellos estaba sentados cómodamente a la espera de que llegaran sus invitadas.

Grace estaba absorta en el crucigrama del *Times* y Jonathan leía atentamente la sección de «Cultura y espectáculos» del periódico. Al oír que su esposa dejaba escapar un gruñido de contrariedad, levantó la mirada y vio que se le había caído el bolígrafo al suelo y había comenzado el penoso proceso que le suponía inclinarse para recuperarlo.

–Grace... –dijo el senador con tono de reprobación al tiempo que se levantaba para recogerlo.

Cuando se lo entregó, ella dejó escapar un ligero suspiro y dijo:

–De veras, Jonathan, ¿qué haría sin ti?

–Nunca tendrás que enfrentarte a ese problema, querida. Y déjame que te diga que el sentimiento es mutuo.

Le cogió de la mano y, por un momento, la tuvo apoyada sobre la mejilla.

–Lo sé, querido. Y créeme, es una de las cosas que me dan la fuerza necesaria para seguir adelante.

Camino de la casa de los Hoover, Kerry y Robin hablaron sobre la noche pasada.

–Fue mucho más divertido quedarnos en casa de los Dorso que ir a un restaurante –comentó Robin jubilosamente–. Me caen bien, mamá.

–A mí también –admitió Kerry sin ningún reparo.

–La señora Dorso me dijo que no es tan difícil llegar a ser una buena cocinera.

–Estoy de acuerdo. Me temo que te he decepcionado.

–Oh, mamá. –El tono de Robin era de reproche. Cruzó los brazos y miró fijamente la carretera, que se iba estrechando poco a poco. Estaban llegando a Riverdale–. Preparas una pasta muy buena –dijo en actitud defensiva.

–Cierto, pero eso es todo.

Robin cambió de tema.

–Mamá, la señora Dorso cree que le gustas a Geoff. Yo también lo creo. Estuvimos hablando sobre ello.

–¿Y qué?

–La señora Dorso me dijo que Geoff nunca lleva a casa a las chicas con las que queda y que tú eres la primera que lleva desde el instituto. También me dijo que sus hermanas solían gastarle bromas sobre las chicas con las que quedaba y que por eso es tan tímido.

–Es posible –contestó Kerry con aire despreocupado.

Estaba tratando de restarle importancia al hecho de que cuando volvían de la cárcel, se había sentido tan cansada que había cerrado los ojos por un momento y se había despertado poco después apoyada sobre el hombro de Geoff. Y le había parecido de lo más natural.

La comida con Grace y Jonathan Hoover fue, como era de esperar, sumamente agradable. Kerry sabía que hablarían del caso Reardon, pero que seguramente esperarían al café para abordar el tema. Era entonces cuando Robin podía levantarse de la mesa e irse a leer o a jugar con uno de los nuevos juegos de ordenador con que Jonathan siempre le obsequiaba.

Mientras comían, el senador les habló acerca de las sesiones legislativas y del presupuesto que el gobernador estaba intentando que se aprobase.

–¿Sabes, Robin? –explicó–. La política es como un partido de fútbol americano. El gobernador es el entrenador que organiza las jugadas y los dirigentes de su partido en el Senado y en la Asamblea Legislativa son los capitanes.

–Tú eres uno de ellos, ¿no? –le interrumpió Robin.

–En el Senado, sí, supongo que soy algo así –contestó Jonathan–. El resto de los miembros de nuestro equipo protege a la persona que lleva el balón.

–¿Y los demás?

–Los del otro equipo hacen todo lo posible por fastidiar el partido.

–Jonathan –murmuró Grace.

–Lo siento, querida. Pero durante esta semana ha habido más intentos de embaucamiento que los que yo haya podido ver en muchos años.

–¿Qué significa eso?

–Cuando digo «embaucamiento», me refiero a una costumbre muy antigua, aunque no necesariamente honrada, según la cual los legisladores añaden gastos innecesarios al presupuesto a fin de ganarse el favor de los votantes de sus distritos electorales. Algunas personas acaban convirtiéndolo en un verdadero arte.

Kerry sonrió.

–Robin, espero que te des cuenta de la suerte que tienes al aprender de alguien como el tío Jonathan los mecanismos con que funciona el gobierno.

–Todos son sumamente egoístas –aseguró Jonathan–. Cuando Kerry haya jurado el cargo en el Tribunal Supremo de Washington, Robin estará en la lista de candidatos para la Asamblea Legislativa y ya no habrá quien la pare.

«Ya empieza de nuevo», pensó Kerry.

–Robin, si has terminado, puedes ir a jugar con el ordenador.

–Vas a encontrar algo que seguro que te gusta, Robin –dijo Jonathan–. Te lo garantizo.

La asistenta había traído otra cafetera. Kerry sabía que le vendría bien una segunda taza.

«A partir de ahora ya no hay vuelta atrás», pensó.

Sin esperar a que el senador le preguntara acerca del caso Reardon, Kerry expuso a él y a Grace todos los datos de los que disponía sin ocultarles nada y concluyó diciéndoles:

–Está claro que el doctor Smith mintió. Ahora la cuestión es: ¿cuántas mentiras dijo? También está claro que Jimmy Weeks tiene motivos muy importantes para no querer que se vuelva a investigar el caso. De lo contrario, ¿por qué había de meter él o su gente a Robin en este asunto?

–¿Y dices que Kinellen ha llegado a amenazarte con que a Robin podría ocurrirle algo?

–Creo que «advertir» sería la palabra adecuada. –Kerry se volvió hacia Jonathan con gesto suplicante–. Por favor, trata de comprenderlo: no quiero complicarle las cosas a Frank Green. Estoy segura de que haría una gran labor como gobernador. Sé que cuando estabas explicando a Robin lo que sucede en la Asamblea también estabas hablándome a mí. Frank seguiría la política del gobernador Marshall. Jonathan, maldita sea, quiero ser juez y sé que puedo hacerlo bien. Sé que puedo ser justa y evitar mostrarme excesivamente blanda de corazón o dejarme convencer con facilidad. ¿Qué clase de juez sería si como fiscal cierro los ojos a lo que puede ser un escandaloso error judicial? –Se dio cuenta de que había subido la voz ligeramente–. Lo siento –dijo–. Me he estoy dejando llevar por las emociones.

–Supongo que uno acaba haciendo lo que piensa que es justo –musitó Grace.

–No tengo la intención de armar alboroto y convertirme en la protagonista del asunto. Si se ha cometido un error, me gustaría averiguarlo y luego dejar que Geoff Dorso se ocupe del asunto. Voy a ver al doctor Smith mañana por la tarde. La idea clave es poner en tela de juicio su testimonio. Con franqueza, creo que está a punto de venirse abajo. Acosar a una persona es delito. Si consigo que se derrumbe y admita que mintió cuando le llamaron a declarar, que no fue él quien regaló las joyas a Suzanne, sino que había otra persona por medio, entonces la situación cambia por completo. Geoff Dorso podría encargarse del caso y presentar una moción para que se celebre un nuevo juicio. Presentarla y estudiarla como es debido llevaría varios meses, y para entonces Frank ya sería gobernador.

–Pero tú, querida, podrías quedar fuera de la lista de candidatos para los puestos de juez. –Jonathan movió la cabeza–. Eres muy persuasiva, Kerry, y te admiro, pese a que me preocupa lo que este asunto puede llegar a costarte. En primer lugar, hay que pensar en Robin. Es posible que la amenaza no sea más que eso, una amenaza, pero no por ello debes dejar de tomártela en serio.

–Y no lo hago, Jonathan. Excepto el tiempo que ha pasado con la familia de Geoff Dorso, no le he quitado el ojo de encima en todo el fin de semana. No voy a permitir que se quede sola ni un segundo.

–Kerry, si en algún momento piensas que tu casa no es un lugar seguro, tráela aquí –le instó Grace–. Tenemos un dispositivo de seguridad excelente y mantendremos la puerta de fuera cerrada. Tiene sistema de alarma, así que nos enteraremos si alguien intenta entrar. Buscaremos a un policía jubilado que la lleve al colegio y vaya a recogerla.

Kerry apoyó la mano sobre los dedos de Grace y los apretó suavemente.

–Os quiero –dijo sencillamente–. Jonathan, por favor, espero que no te sientas defraudado por el hecho de que tenga que hacer esto.

–Estoy orgulloso de ti, supongo... –dijo el senador–. Haré lo que pueda para que tu nombre esté entre las candidaturas, pero...

–Pero no cuentes con ello –dijo Kerry lentamente–. Dios mío, elegir puede llegar a resultar realmente difícil, ¿verdad?

–Creo que será mejor que cambiemos de tema –dijo Jonathan rápidamente–. Manténme informado de todos modos, Kerry.

–Desde luego.

–Hablemos de algo más alegre. La otra noche Grace se sintió con fuerzas para salir a cenar –comentó el senador.

–Oh, Grace, cómo me alegro –dijo Kerry con sinceridad.

–Nos encontramos con una persona que no me he podido quitar de la cabeza desde entonces, sencillamente porque no logro acordarme de dónde lo he visto antes –dijo Grace–. Un tal Jason Arnott.

Kerry no había pensado que fuera necesario hablar sobre el experto en antigüedades. Decidió no hacer ningún comentario por el momento y se limitó a preguntar:

–¿Por qué tienes la impresión de que le conoces?

–No lo sé –contestó Grace–, pero estoy segura de que o bien he hablado con él en alguna otra ocasión o bien he visto su foto en el periódico. –Se encogió de hombros–. Ya me acordaré. Siempre acabo acordándome de todo.

LUNES 6 DE NOVIEMBRE

76

Aunque debido a su aislamiento el jurado del juicio de Jimmy Weeks no se había enterado del asesinato de Barney Haskell y Mark Young, los medios de comunicación se estaban encargando de que el resto de los ciudadanos lo hicieran. Durante el fin de semana, muchos periódicos habían dedicado sus columnas a la investigación y todos los informativos de televisión habían ofrecido reportajes especiales de duración aparentemente interminable desde el lugar del crimen.

Un testigo asustado, cuya identidad no fue revelada, había llamado finalmente a la policía. A las siete y diez, cuando se dirigía a sacar dinero de un cajero automático vio un Toyota azul marino entrando en el aparcamiento del pequeño edificio donde se encontraba el bufete de Mark Young. Al notar que la rueda delantera derecha de su coche estaba poco firme, se acercó a la acera para examinarla. Agachado al lado de la rueda, había visto que la puerta del edificio se abría y un hombre de unos treinta años volvía corriendo al Toyota. Aunque no pudo verle la cara con claridad, se había fijado en que llevaba un arma de gran tamaño.

El testigo había visto que el coche era de otro estado y se acordaba de parte de la matrícula. La buena labor que había llevado a cabo la policía había permitido saber que el coche había sido robado el jueves por la noche en Filadelfia. El viernes por la tarde se había encontrado su carrocería carbonizada en Newark.

Incluso la más remota posibilidad de que Haskell y Young hubieran sido víctimas de un robo fortuito se desvanecía a la luz de esta prueba. Era evidente que había sido obra de la mafia y que había sido Jimmy Weeks quien lo había organizado. Sin embargo, la policía no encontraba la manera de probarlo. El testigo no podía identificar al ejecutor del crimen. El coche había sido destruido. Las balas que habían matado a las víctimas pertenecían, sin ningún género de dudas, a un arma sin licencia que en esos momentos se encontraría en el fondo de algún río o que sería canjeada discretamente por un juguete cuando se acercara la Navidad.

El lunes, Geoff Dorso volvió a pasar varias horas en el juicio de Jimmy Weeks. La acusación estaba presentando sus argumentos poco a poco, con pruebas fundadas que daban la impresión de ser irrefutables. Royce, el fiscal que parecía decidido a disputar el cargo de gobernador a Frank Green, estaba resistiéndose a la tentación de acaparar la atención en el estrado. Era un hombre con aspecto erudito, poco pelo y gafas con montura metálica. Su estrategia consistía en presentar sus pruebas de forma que parecieran completamente verosímiles y no hubiera posibilidad de optar por otra alternativa que explicara por qué los negocios y las operaciones financieras que habían llevado a cabo Weeks Enterprises eran tan escandalosamente complicados.

El fiscal disponía de gráficos a los que hacía referencia con ayuda de un puntero, como los que utilizaban las monjas cuando él iba a la escuela, pensó Geoff. Llegó a la conclusión que Royce estaba haciendo una gran labor en su propósito de lograr que los asuntos de Weeks resultaran fáciles de comprender para los miembros del jurado. Uno no tenía que ser un mago de las matemáticas o tener un título en administración de empresas para entender sus explicaciones.

Royce llamó al piloto del avión privado de Jimmy Weeks al estrado y le acribilló a preguntas. «¿Cuántas veces ha rellenado la documentación correspondiente al avión de la empresa? ¿Cuántas veces lo ha utilizado el señor Weeks para sus fiestas privadas? ¿Cuántas veces ha permitido a sus amigos que lo usaran en sus momentos de ocio? ¿No es cierto que cada vez que los motores del avión se han puesto en marcha ha sido la empresa la que ha tenido que pagar los gastos? Todas las deducciones fiscales que el señor Weeks ha hecho por supuestos gastos de empresa corresponden en realidad a sus viajes de placer, ¿verdad?

Cuando Bob Kinellen tuvo que interrogar al testigo, Geoff observó que se servía de todo su encanto para hacer que el piloto se contradijera a sí mismo y se confundiera con las fechas de los viajes. Una vez más, Geoff pensó que Bob Kinellen era un buen abogado, aunque probablemente no lo suficiente. Si bien era consciente de que no había manera de saber lo que les estaba pasando por la cabeza a los miembros del jurado, Geoff no creía que se estuvieran tragando lo que Kinellen estaba diciendo.

Se fijó en el rostro impasible de Jimmy Weeks. Siempre acudía a la sala vestido con un traje de corte conservador, camisa blanca y corbata. Se diría que quisiera representar el papel de un hombre de negocios de edad avanzada y dueño de varias empresas que había sido víctima de una caza de brujas orquestada por Hacienda.

Ese día, sin embargo, Geoff lo estaba observando desde el punto de vista de su relación con Suzanne Reardon. ¿Qué clase de relación habían mantenido?, se preguntó el abogado. ¿Había sido seria? ¿Había sido Weeks la persona que le había regalado las joyas? Había oído hablar del trozo de papel encontrado en la chaqueta del abogado de Haskell. Tal vez en él estuviera escrito lo que ponía en la tarjeta que llevaban las rosas que le habían regalado a Suzanne el día de su muerte. Sin embargo, tras la muerte de Haskell y la desaparición de la nota, sería imposible probar la relación de Weeks con el asesinato.

«La pista de las joyas, sin embargo, puede resultar interesante –pensó–. Vale la pena investigarla. Me pregunto si Weeks irá a algún sitio en concreto a comprar caprichitos a sus chicas.» Entonces se preguntó: «¿Con quién tuve una cita hace un par de años que me dijo que había salido con Jimmy Weeks?» No lograba recordar el nombre. Tendría que repasar sus agendas de los dos o tres últimos años. Estaba seguro de que lo había apuntado en alguna parte.

En cuanto el juez suspendió las sesión, Geoff salió rápidamente de la sala. Cuando ya había recorrido la mitad del pasillo, oyó que alguien le llamaba. Era Bob Kinellen. Se detuvo y esperó a que le alcanzara.

–Parece que tienes un gran interés en mi cliente –dijo Kinellen con voz queda.

–Un interés de carácter general –respondió Geoff.

–¿Es éste el motivo por el que estás viendo a Kerry?

–Bob, creo que no tienes el menor derecho a hacer esa pregunta. No obstante, te la voy a contestar. Me alegro de haber estado a su disposición cuando le soltaste la bomba de que tu ilustre cliente había amenazado a su hija. ¿Te han propuesto ya para el premio del Padre del Año? Si no es así, no pierdas el tiempo esperando a que suene el teléfono. No sé por qué, pero me da la impresión de que no te lo van a dar.

77

El lunes por la mañana Grace Hoover se quedó en la cama más tiempo que de costumbre. Aunque la casa estaba a una temperatura agradable, el frío invernal parecía haber encontrado la manera de llegar hasta sus huesos y articulaciones. Sentía un dolor atroz en las manos, dedos, piernas, rodillas y tobillos. Cuando la Asamblea concluyera la legislatura, ella y Jonathan se trasladarían a su casa de Nuevo México. Allí se sentiría mejor, pensó. El clima cálido y seco siempre le sentaba bien.

Años atrás, cuando empezó a manifestarse la enfermedad, Grace había decidido que jamás sucumbiría a la autocompasión, ya que, en su opinión, era el sentimiento más deprimente de todos. Pese a ello, en los días más difíciles reconocía que, dejando aparte el creciente dolor, el hecho de tener que abandonar paulatinamente sus actividades había sido devastador.

Ella era una de las pocas esposas que había disfrutado yendo a los muchos actos públicos a los que un político como Jonathan tenía que acudir. No es que le gustara pasar el tiempo en ellos, sino que gozaba con las adulaciones de las que era objeto su marido. Dios sabía lo orgullosa que estaba de él. Debería haber sido gobernador. Siempre lo había pensado.

Entonces, después de que Jonathan hubiera hecho el obligatorio acto de presencia en cualquiera de esas recepciones, él y ella disfrutaban de una tranquila cena de última hora o decidían de improviso escaparse a alguna parte a pasar el fin de semana. Grace sonrió al recordar que, tras veinte años de matrimonio, una persona con la que habían entablado conversación en Arizona les había comentado que parecían estar de luna de miel.

Ahora el fastidio de la silla de ruedas y la necesidad de llevar a una enfermera que le ayudara a bañarse y vestirse hacían que la estancia en un hotel se convirtiera en una pesadilla para Grace. No estaba dispuesta a que Jonathan le prestara esa clase de ayuda; además estaba más cómoda en casa, atendida diariamente por una enfermera en prácticas.

La otra noche había disfrutado de la cena en el club. Había sido la primera vez que salía en muchas semanas. «Vaya con el señor Arnott... Qué raro que no pueda quitármelo de la cabeza», pensó mientras trataba impacientemente de doblar los dedos. Había vuelto a preguntar a Jonathan acerca de él, pero su marido le había contestado que seguramente lo habría visto en alguna función benéfica a la que hubiera asistido.

Hacía una docena de años que Grace no acudía a uno de esos acontecimientos. Ya entonces tenía que servirse de un par de bastones para desplazarse y le disgustaba tener que andar a codazos entre la muchedumbre. No, sabía que había sido otra cosa lo que le había hecho pensar en él. «Bueno –se dijo–. Ya me acordaré.»

La asistenta, Carrie, entró en el dormitorio con una bandeja.

–He pensado que le gustaría tomar una segunda taza de té.

–Sí, Carrie. Gracias.

Carrie dejó la bandeja y arregló las almohadas.

–Así está mejor. –Entonces metió la mano en el bolsilo y sacó una hoja de papel doblada–. Oh, señora Hoover. He encontrado esto en la papelera del estudio del senador. Como sé que él no lo quiere, quisiera preguntarle si podría quedármelo. Mi nieto no deja de decirme que de mayor quiere ser agente del FBI. Estoy segura de que le encantaría ver uno de los comunicados de la agencia. –Lo desdobló y se lo mostró a Grace.

Grace lo miró; entonces, cuando se disponía a devolvérselo, se quedó quieta. Jonathan se lo había enseñado el viernes por la tarde y le había preguntado en broma si se trataba de alguien que ella conociera. En la carta adjunta se informaba de que se había enviado el comunicado a todas las personas que habían sido invitadas a alguna fiesta en las casas que hubieran sufrido un robo poco tiempo después.

La fotografía, granulada y borrosa hasta tal punto que apenas se distinguía nada en ella, mostraba a un delincuente en el preciso momento en que cometía un robo. Se creía que era el autor de muchos delitos semejantes, la mayoría perpetrados poco después de que se hubiera celebrado una fiesta o acto social. Una de las teorías del FBI era que el ladrón tal vez fuera uno de los invitados.

La carta concluía con la promesa de que cualquier información que se proporcionara sería confidencial.

–Hace unos años entraron en la casa que los Peale tienen en Washington –había comentado Jonathan–. Un asunto muy feo. Estuve allí con motivo de la celebración de la victoria de Jock. Dos semanas más tarde su madre adelantó la fecha de regreso de sus vacaciones y debió de encontrase al ladrón dentro de la casa. La hallaron al pie de la escalera con el cuello roto; el cuadro de John White Alexander había desaparecido.

«Creo que el hecho de que me fijara tanto en esta fotografía se debió a que conozco a los Peale –pensó Grace sin soltar el comunicado–. Por la posición de la cara, la cámara debía de estar debajo de él.»

Examinó la borrosa imagen, el cuello estrecho, la nariz puntiaguda, los labios abultados. «No es esto lo que una persona ve cuando mira a alguien directamente a la cara –pensó–. Pero si se está sentado en una silla de ruedas, las caras se ven desde este ángulo. Juraría que se parece al hombre que nos encontramos la otra noche en el club. Jason Arnott. ¿Será posible que sea él?», se preguntó.

–Carrie, alcánzame el teléfono, por favor.

Poco después estaba hablando con Amanda Coble, la mujer que le había presentado a Jason Arnott en el club. Tras los saludos de rigor, le habló de él y le confesó que seguía teniendo la impresión de que no era la primera vez que lo veía. Le preguntó dónde vivía y a qué se dedicaba.

Cuando colgó, Grace bebió un trago de té, que ya estaba tibio, y volvió a examinar la fotografía. Según lo que le había dicho Amanda, el señor Arnott era un experto en arte y antigüedades y se movía en los círculos sociales más distinguidos que había entre Washington y Newport.

Grace llamó a Jonathan a su despacho de Trenton. Había salido. Cuando recibió su llamaba a las tres y media de la tarde, le dijo lo que creía haber averiguado: que Jason Arnott era el ladrón que estaba buscando el FBI.

–Se trata de una acusación muy grave, querida –dijo Jonathan cautelosamente.

–Ya sabes que tengo buena vista, Jonathan.

–Sí, es cierto –admitió él con voz queda–. Y, francamente, si no fueras tú, me lo pensaría dos veces antes de llamar al FBI y darles el nombre. No quiero poner nada por escrito, pero dame de todos modos el número que viene en el comunicado. Voy a llamar.

–No –dijo Grace–. Ahora que sé que crees que es buena idea hablar con el FBI, prefiero hacerlo yo. Si meto la pata, tú no tendrás nada que ver con este asunto. En cambio, si acierto, al menos tendré la sensación de que por fin he vuelto a hacer algo útil. Me cayó muy bien la madre de Jock Peale cuando la conocí hace años y me gustaría ser la persona que encuentre a su asesino. No debería permitirse que un solo asesinato quedase impune.

78

El doctor Smith estaba de muy mal humor. El hecho de no haber podido localizar a Barbara Tompkins no había hecho sino acentuar la sensación de soledad y frustración que había tenido durante todo el fin de semana. Como el sábado había sido un día hermoso, había pensado que tal vez a Barbara le apeteciera dar un paseo en coche por Westchester y parar a comer en alguna de las pequeñas hosterías que había a lo largo del Huston.

Le había respondido el contestador automático; si Barbara se encontraba en casa, había decidido no coger el auricular.

El domingo las cosas no habían ido mejor. Normalmente, los domingos el doctor Smith se obligaba a sí mismo a consultar la sección de «Cultura y espectáculos» del *Times* por si hubiera una obra de teatro fuera de Broadway, un recital o algún espectáculo en el Lincoln Center al que le apeteciera ir. Pero aquel domingo no había tenido ánimo para nada de eso y se había pasado la mayor parte del día tumbado en la cama, completamente vestido y mirando la fotografía de Suzanne que tenía colgada de la pared.

«Lo que he conseguido es verdaderamente increíble», se dijo. Había devuelto al vulgar y malhumorado vástago de unos padres agraciados su patrimonio..., y mucho más. Le había proporcionado una belleza tan natural y arrebatadora que inspiraba un sentimiento reverencial en las personas que la conocían.

El lunes por la mañana trató de localizar a Barbara en el trabajo, pero le dijeron que había ido a California por una cuestión de negocios y que tardaría dos semanas en regresar. Esto lo trastornó definitivamente. Sabía que era mentira. En el curso de la conversación que habían mantenido el jueves por la noche, Barbara le había mencionado algo relacionado con un almuerzo de trabajo que tenía el miércoles en La Grenouille. Se acordaba de ello porque le había dicho que nunca había ido a ese restaurante y que tenía muchas ganas de conocerlo.

Durante el resto del día, el doctor Smith tuvo dificultades para concentrarse. Y eso que no tenía un horario de visitas muy apretado. Parecía como si cada vez tuviera menos pacientes; los que venían para la primera consulta rara vez regresaban. Pero no era algo que le preocupara mucho, pues eran pocos los que tenían la posibilidad de alcanzar la verdadera belleza.

Además, había notado que la señora Carpenter le seguía

a todas partes con la mirada. Aunque la enfermera era muy eficiente, el doctor había decidido que había llegado el momento de despedirla. Hacía unos días, durante una rinoplastia, notó que le observaba como si fuera una madre preocupada ante la posibilidad de que su hijo cometiera un error al realizar una actividad en el colegio.

Cuando se enteró de que la paciente de las tres y media había anulado la cita, el doctor decidió volver a casa antes. Cogería el coche, iría a donde trabajaba Barbara y aparcaría delante del edificio. Aunque sabía que solía salir unos minutos después de las cinco, quería estar allí temprano por si acaso. La idea de que pudiese estar rehuyéndole deliberadamente le resultaba intolerable. Como se enterara de que era cierto...

En el preciso momento en que salía del vestíbulo del edificio a la Quinta Avenida, vio acercarse a Kerry McGrath. Miró rápidamente alrededor para hallar la manera de esquivarla, pero comprendió que era imposible. La abogada le estaba cerrando el camino.

–Doctor Smith, me alegro de llegar a tiempo –dijo Kerry–. He de hablar con usted urgentemente.

–Señora McGrath, la señora Carpenter y la recepcionista están todavía en la consulta. Ellas podrán prestarle toda la ayuda que necesite.

Dio un paso hacia un lado y echó a andar.

Kerry le siguió.

–Doctor Smith, la señora Carpenter y la enfermera de recepción ni pueden hablar conmigo sobre su hija ni son responsables de que un hombre inocente se encuentre en la cárcel.

Charles Smith reaccionó como un gato escaldado.

–Pero ¿cómo se atreve?

Se detuvo y la agarró por el brazo.

Kerry pensó que estaba a punto de pegarle. El doctor tenía el rostro crispado de ira y los labios apretados por la tensión. Entonces notó que le temblaba la mano con que la estaba agarrando.

Un hombre que pasaba cerca de ellos les miró con curiosidad y se detuvo.

–¿Se encuentra bien, señora?

–¿Me encuentro bien, doctor? –preguntó Kerry con calma.

El doctor Smith le soltó el brazo.

–Desde luego... –dijo, y echó a andar apresuradamente.

Kerry no tardó en alcanzarle.

–Doctor Smith, sabe perfectamente que tarde o temprano va a tener que hablar conmigo. Creo que le conviene escuchar lo que tengo que decirle antes de que la situación se desborde y ocurra algo desagradable.

El doctor no respondió.

Ella se mantuvo a su lado. Él respiraba entrecortadamente.

–Doctor, no le va a servir de nada correr. Puedo alcanzarle con facilidad. ¿Quiere que volvamos a su consulta o prefiere ir a algún sitio cercano donde podamos tomar una taza de café? Tenemos que hablar. De lo contrario, me temo que será arrestado y acusado de acoso.

–¿Acusado de... de qué?

El doctor volvió a detenerse súbitamente.

–Ha asustado a Barbara Tompkins con sus atenciones. ¿Asustó también a Suzanne, doctor? Estaba en su casa la noche en que murió, ¿verdad? Dos personas, una mujer y un niño, vieron un Mercedes negro delante de la vivienda. La mujer recuerda parte de la matrícula: un «3» y una «L». Hoy me he enterado de que su matrícula tiene un «8» y una «L». Los dos números se parecen lo suficiente como para creer que se trata de la misma, diría yo. Bien, ¿dónde quiere que hablemos?

Por unos segundos el doctor siguió mirándola fijamente con los ojos todavía brillantes de ira. Kerry vio entonces que la expresión de su cara iba transformándose poco a poco en un gesto de resignación y que su cuerpo parecía relajarse.

–Vivo aquí al lado –dijo él apartando la mirada.

Habían llegado al chaflán y el doctor había hecho una señal hacia la izquierda.

Kerry interpretó sus palabras como una invitación.

«¿Cometo un error si entro en su casa? –se preguntó–. El doctor parece estar a punto de venirse abajo. ¿Habrá portero en el edificio?»

Decidió que tanto si se quedaba a solas con él como si no, posiblemente no volviera a disponer de una ocasión como ésa. Dado su estado anímico, la conmoción que habría sentido al oír lo que le acababa de decir tal vez hubiera sido demasiado fuerte. Estaba segura de que aunque al doctor Smith no le importara que mandaran a otra persona a la cárcel, no le haría gracia la idea de enfrentarse a los tribunales en calidad de acusado.

Habían llegado al número 28 de Washington Mews. El cirujano sacó la llave y, con un movimiento preciso de la mano, la metió en la cerradura y abrió la puerta.

–Ya que insiste, señora McGrath, entre –dijo.

79

Las personas que habían sido invitadas a alguna de las casas que habían sufrido un robo seguían proporcionando datos al FBI. Aunque ya disponía de doce pistas, Si Morgan pensaba que la investigación había quedado encarrilada cuando el lunes por la tarde el principal sospechoso, Sheldon Landi, había reconocido que con su empresa de relaciones públicas estaba encubriendo las actividades a las que se dedicaba realmente.

El agente había llamado a Landi para un interrogatorio, y por un momento había pensado que iba a oír una confesión. El sospechoso, con la frente perlada de sudor y los dedos entrelazados por los nervios, había musitado:

–¿Ha leído alguna vez *Cuéntalo Todo*?

–Es una revistilla de supermercado, ¿no es así? –había preguntado Si.

–Sí. Una de las más importantes. Tiene una tirada de cuatro millones. –Por un momento el tono de Landi había sido de presunción. Entonces había bajado la voz hasta el punto de resultar prácticamente inaudible–. Lo que le voy a decir no debe salir de esta habitación. Soy el principal redactor de *Cuéntalo Todo*. Como se corra la voz, me quedo sin amigos.

«Este tipo no nos lleva a ninguna parte», pensó Si cuando Landi se marchó. Era tan sólo un chismoso; no tendría el valor suficiente para cometer esa clase de robos con éxito.

A las cuatro menos cuarto, uno de los investigadores entró en su despacho.

–Si, hay alguien en la línea confidencial del caso Hamilton que creo que quiere hablar contigo. Se llama Grace Hoover. Su marido es Jonathan Hoover, el senador del estado de Nueva Jersey. Cree que la otra noche vio al individuo que estamos buscando. Su nombre ya nos ha aparecido con anterioridad: Jason Arnott.

–¡Arnott! –Si cogió rápidamente el auricular–. Señora Hoover, Si Morgan al aparato. Gracias por llamar.

El agente no tardó en advertir que Grace Hoover pertenecía a la clase de testigos que los abogados se mueren por encontrar. Razonaba con lógica, hablaba con claridad y resultaba elocuente, pensó mientras ella le explicaba que, al alzar la mirada desde su silla de ruedas, sus ojos se encontraban probablemente en el mismo ángulo que tenía la lente de la cámara que había en la casa de los Hamilton.

–Si se mira al señor Arnott directamente, se tiene la impresión de que su cara es más redonda que cuando se le mira desde abajo –explicó–. Por otro lado, cuando le pregunté si nos conocíamos, apretó los labios con fuerza. Tal vez sea un gesto que hace cuando se concentra. Fíjese en lo tensos que los tiene en la foto. Yo creo que cuando le grabó la cámara, estaba observando detenidamente la estatuilla. Una amiga mía me ha dicho que es todo un experto en antigüedades.

–Sí, sí que lo es. –Si Morgan estaba entusiasmado. Por fin habían dado en el clavo–. Señora Hoover, no tengo palabras para expresarle lo mucho que le agradezco que haya llamado. Supongo que sabrá que si el sospechoso es declarado culpable como consecuencia de la información que nos ha proporcionado, recibirá una gratificación de más de cien mil dólares.

–Oh, eso me da igual –dijo Grace Hoover–. Entregaré el dinero a una institución benéfica.

Al colgar el auricular, Si pensó en los recibos de las matrículas universitarias de sus hijos para el semestre de primavera que le aguardaban encima del escritorio de su casa. Moviendo la cabeza, conectó el interfono y llamó a tres investigadores que estaban trabajando en el caso Hamilton.

Les dijo que quería que siguieran a Jason Arnott las veinticuatro horas del día. Si resultaba ser él el ladrón, se demostraría que había sido muy habilidoso a la hora de borrar sus huellas, a juzgar por la investigación de su caso que se había llevado a cabo dos años atrás. Lo mejor sería seguirle la pista durante una temporada. Tal vez les condujera él mismo al lugar donde tenía escondidos los objetos robados.

–Si conseguimos probar que no se trata de una pista falsa y que es el autor de los robos –dijo Si–, nuestro siguiente trabajo consistirá en acusarle del asesinato de la señora Peale. El jefe está impaciente por resolver ese caso. La madre del presidente solía jugar al bridge con la señora Peale.

Aunque el estudio del doctor Smith estaba limpio, Kerry se fijó en que tenía el aspecto desastrado de los lugares que han sufrido años de abandono. Las pantallas de seda de color marfil de las lámparas, que le recordaron a las que tenía su abuela en casa, estaban oscurecidas por el paso del tiempo. Una de ellas se había chamuscado y la seda que rodeaba la quemadura estaba rajada. Los butacones de terciopelo eran demasiado bajos, estaban raídos y daban la impresión de estar mal tapizados.

La habitación tenía el techo alto y podía haber sido muy bonita. Sin embargo, Kerry tuvo la sensación de que pertenecía a otra época, como si se tratara del escenario de una película en blanco y negro de los años cuarenta.

Cuando se había quitado el abrigo, el doctor Smith no había hecho ademán de cogérselo. Con su falta de amabilidad, parecía querer indicarle que, dado el poco tiempo que se iba a quedar, no tenía por qué molestarse en colgarlo. Kerry lo dobló y lo puso sobre el brazo del butacón donde se había sentado.

El doctor estaba sentado en posición erguida en una silla de respaldo alto que seguramente no habría elegido si hubiera estado solo.

–¿Qué quiere, señora McGrath?

Las gafas que llevaba le agrandaban los ojos. La mirada inquisitiva y hostil que le estaba dirigiendo era escalofriante.

–Quiero la verdad –contestó ella con calma–. Quiero saber por qué declaró que fue usted quien le regaló las joyas a Suzanne cuando en realidad fue otro hombre quien lo hizo. Quiero saber por qué mintió al hablar sobre Skip Reardon. Él nunca amenazó a Suzanne. Tal vez perdiera la paciencia y se enfadara con ella, pero nunca la amenazó, ¿no es así? ¿Qué le llevó a jurar que lo hizo?

–Skip Reardon mató a mi hija. La estranguló. La estranguló con tal crueldad que le salió sangre por los ojos..., con tal violencia que se le reventaron los vasos sanguíneos del cuello y se le quedó la lengua colgando como si fuera un animal...

Se interrumpió. Lo que había comenzado como un arrebato de ira había terminado casi como un gemido.

–Comprendo lo doloroso que debió de ser para usted ver aquellas fotos, doctor Smith –dijo Kerry con suavidad. Al ver que el doctor tenía la mirada perdida, entornó los ojos–, pero no entiendo por qué culpa siempre a Skip de la tragedia.

–Era su marido. Estaba celoso, loco de celos. Era algo evidente. Todo el mundo lo sabía. –Hizo una pausa–. Señora McGrath, no quiero seguir hablando sobre este asunto. Le exijo que me diga a qué se refiere cuando me acusa de acosar a Barbara Tompkins.

–Un momento, doctor. Hablemos primero sobre Skip Reardon. Está usted equivocado. Skip no estaba loco de celos. Sabía que Suzanne estaba saliendo con otra persona. –Kerry se interrumpió–. Al igual que lo estaba haciendo él.

Smith hizo un movimiento con la cabeza como si le hubieran propinado una bofetada.

–Eso es imposible. Estaba casado con una mujer exquisita a la que reverenciaba.

–Era usted quien la reverenciaba, doctor. –Kerry no había pensado en decir esto, pero al hacerlo, comprendió que era verdad–. Se ponía en su lugar, ¿no es cierto? Si usted hubiese sido su marido y se hubiera enterado de que se entendía con otro hombre, habría sido capaz de matarla, ¿verdad? –Le miró fijamente.

Él ni parpadeó.

–¡Cómo se atreve! ¡Suzanne era mi hija! –dijo fríamente–. Váyase de aquí ahora mismo.

Se levantó y se acercó a ella como si fuera a agarrarla y echarla de la casa.

Kerry se puso en pie de un salto y, cogiendo su abrigo, retrocedió. Echó un vistazo para asegurarse de que, en caso necesario, podría esquivarle para llegar a la puerta.

–No, doctor –dijo–. Susie Stevens era su hija. Suzanne fue una creación suya. Usted creía que era su dueño, de la misma manera que piensa que Barbara Tompkins le pertenece. Doctor, usted estaba en Alpine la noche en que murió Suzanne. ¿La mató?

–¿Matar a Suzanne? ¿Está loca?

–Pero usted estaba allí.

–¡No, no estaba allí!

–Oh, sí, claro que estaba, y vamos a demostrarlo, se lo prometo. Vamos a celebrar un nuevo juicio y a sacar de la cárcel al hombre que usted condenó. Usted estaba celoso de él, doctor Smith. Le castigó porque él podía estar con Suzanne cuando quisiera y usted no. Aun así, cómo se esforzó por cambiar la situación; de hecho, se esforzó tanto que ella acabó harta de que usted le exigiera que le prestara atención.

–Eso no es cierto.

Las palabras se le habían escapado entre los dientes apretados.

Kerry vio que al doctor le temblaba fuertemente la mano. Bajó la voz y empleó un tono más conciliador.

–Doctor Smith, si no fue usted quien mató a su hija, alguien tuvo que hacerlo. Pero no fue Skip Reardon. Creo que usted quería a su hija a su manera y deseaba que el asesino fuera castigado. Pero ¿sabe lo que ha hecho? Ha permitido que el asesino de Suzanne quede libre. Ahora debe de andar por ahí, riéndose de usted, cantándole alabanzas por haberle encubierto. Si consiguiéramos las joyas que, como asegura Skip, usted no le regaló, tendríamos la oportunidad de encontrarle y podríamos localizar a la persona que se las dio. Skip está convencido de que al menos una de las joyas desapareció y pudo ser robada aquella noche.

–Está mintiendo.

–No, no está mintiendo. Es lo que viene diciendo desde el principio. Y también robaron otro objeto aquella noche. Una fotografía de Suzanne con un marco miniatura. Estaba sobre su mesita de noche. ¿La cogió usted?

–Yo no estaba en esa casa la noche en que murió Suzanne.

–Entonces ¿quién le cogió prestado el Mercedes aquella noche?

El «¡Largo de aquí!» que profirió el doctor entonces fue un aullido gutural.

Kerry comprendió que sería mejor que se fuera. Le rodeó, pero antes de llegar a la puerta, se volvió hacia él.

–Doctor Smith, Barbara Tompkins ha hablado conmigo. Está alarmada. Ha adelantado un viaje de negocios con el único propósito de evitarle. Dentro de diez días, cuando regrese, voy a acompañarla personalmente al departamento de policía de Nueva York para presentar una denuncia contra usted. –Abrió la puerta de la vieja cochera y una ráfaga de aire frío entró en el vestíbulo–. A menos –agregó– que reconozca el hecho de que necesita asistencia médica y psicológica, que me convenza de que me ha dicho toda la verdad acerca de lo que ocurrió la noche en que murió su hija y que me entregue las joyas de Suzanne que crea que no fueron regalo ni de usted ni de su marido.

Cuando Kerry se ajustó el cuello del abrigo y se metió las manos en los bolsillos para recorrer las tres manzanas que la separaban de su coche, no se dio cuenta ni de la escrutadora mirada que le estaba dirigiendo el doctor desde detrás de la rejilla que tenía la ventana de su estudio, ni de la presencia del extraño que estaba sentado en un coche aparcado en la Quinta Avenida y que había cogido su teléfono celular para informar sobre su visita a Washington Mews.

81

El fiscal, en colaboración con las fiscalías de los condados de Middlesex y Ocean, había conseguido una orden para registrar el domicilio habitual y la residencia de verano del difunto Barney Haskell. Como vivía separado de su esposa la mayor parte del tiempo, Barney tenía una cómoda casa de dos plantas en una tranquila calle de Edison, una atractiva población de clase media. Sus vecinos habían dicho a los medios de comunicación que Barney nunca había molestado a ninguno de ellos y que si se lo encontraban en la calle, siempre se comportaba de forma educada.

Su otra casa, un edificio moderno de dos plantas con vistas al océano situado en Long Beach, era donde residía su esposa la mayor parte del año. Los vecinos del lugar habían contado a los investigadores que Barney solía pasar buena parte del verano allí, que dedicaba mucho tiempo a pescar en su Chris-Craft de siete metros de eslora y que su otro pasatiempo era la carpintería. Tenía el taller en el garaje.

Un par de vecinos habían comentado que su mujer les había invitado a pasar al interior de la casa para presumir del enorme aparador de roble blanco que Barney había construido el año pasado para utilizarlo como mueble bar. Por lo visto se sentía muy orgulloso de él.

Los investigadores sabían que Barney debía de tener pruebas concluyentes contra Jimmy Weeks con las que respaldar el trato que antes de morir estaba intentado cerrar con el fiscal. También sabían que si no las encontraban rápidamente, los secuaces de Jimmy Weeks darían con ellas y las destruirían.

Pese a las incesantes protestas de la viuda, que no dejó de decirles que Barney era una víctima y que, aunque estuviera a nombre del pobre Barney, ésa era su casa y no tenían ningún derecho a destruirla, los investigadores lo revolvieron todo, incluido el mueble bar de roble, que estaba clavado en la pared de la sala de estar.

Cuando arrancaron la madera, se encontraron con una caja de caudales lo bastante grande como para contener los archivos de una pequeña oficina.

Como los medios de comunicación se habían congregado en el exterior de la casa, las cámaras de televisión grabaron la llegada de un ladrón de cajas fuertes retirado que ahora trabajaba para el gobierno de Estados Unidos. Un cuarto de hora más tarde, la caja estaba abierta y, poco después, a las cuatro y cuarto de esa misma tarde, el fiscal Royce recibía una llamada telefónica de Les Howard.

Se había encontrado una copia de los libros de contabilidad de Week Enterprises, así como varias agendas de actividades diarias en las que Barney había registrado los compromisos que había tenido Jimmy durante los últimos quince años, junto con el objetivo de cada reunión y los asuntos tratados en ellas.

También se habían hallado varias cajas de zapatos con las copias de los recibos de los objetos de lujo, como pieles, joyas y coches, que Jimmy había regalado a sus diferentes amigas. Barney había apuntado en ellos: «No se pagó impuesto sobre ventas».

–Es una mina, un verdadero tesoro –aseguró Les Howard a un entusiasmado Royce–. Barney seguramente conocía el refrán: «Al enemigo no hay que darle ni agua». Debe de haber estado preparando la ruina de Jimmy desde el primer día para así poder negociar su libertad en el caso de que fueran procesados.

El juez había preferido suspender el juicio hasta la mañana siguiente a comenzar el interrogatorio de un nuevo testigo a las cuatro de la tarde. «Otra interrupción», pensó Royce. Tras colgar el auricular, continuó sonriendo mientras saboreaba las espléndidas noticias. Entonces dijo en voz alta:

–Gracias, Barney, estaba seguro de que acabarías confesando.

Luego se quedó en silencio y pensó en lo que iba a hacer a continuación.

Martha Luce, la administradora personal de Jimmy Weeks, estaba en la lista de los testigos de la defensa. Ya se disponía de la declaración jurada en la que afirmaba que los libros de contabilidad que tenía eran correctos y que eran los únicos que existían. Royce pensó que si se le ofrecía a la señora Luce la oportunidad de declarar como testigo de cargo a cambio de una atenuante y una rebaja de la larga pena de cárcel, no sería muy difícil convencerla de qué era lo que más le convenía.

82

El domingo por la mañana, Jason Arnott se había despertado tarde y con síntomas de gripe, por lo que había decidido no subir a su casa de las Catskills tal como tenía pensado. En lugar de ello, se había quedado en la cama la mayor parte del día y se había levantado únicamente para prepararse algo ligero para comer. Sólo en ocasiones así lamentaba no tener una asistenta a tiempo completo.

Con todo, le había sacado el mayor partido posible al hecho de disponer de toda la casa para él solo y de que nadie le molestara. Había llevado varios libros y periódicos a la habitación y se había pasado el día leyendo, con interrupciones para beber zumo de naranja y dormitar.

Cada pocas horas, sin embargo, había sacado el comunicado del FBI para cerciorarse de que era imposible que alguien relacionara la granulada caricatura de la fotografía con su persona.

La noche del lunes ya se sentía mucho mejor y se había persuadido de que el comunicado no suponía amenaza alguna. Incluso si un agente del FBI llamara a su puerta para someterle al interrogatorio que se hacía de forma rutinaria a las personas que habían sido invitadas a la fiesta de los Hamilton, jamás conseguirían relacionarle con el robo.

Ni con la fotografía. No, no hallarían nada. Ni aun realizando la inspección fiscal más escrupulosa o investigando sus llamadas de teléfono o cualquiera de las antigüedades y pinturas que tenía en casa. Ni siquiera haciendo averiguaciones acerca de la reserva de hotel que había hecho en Washington el fin de semana en que se había perpetrado el robo en la casa de los Hamilton, ya que había utilizado una de sus identidades falsas.

No había lugar a dudas. Estaba a salvo. Se prometió que al día siguiente, o el miércoles sin falta, subiría a las Catskills y pasaría unos días disfrutando de sus tesoros.

Jason no podía saber que los agentes del FBI ya habían conseguido el permiso de los juzgados para pinchar su teléfono y en ese mismo instante estaban vigilando discretamente su casa. Tampoco podía saber que a partir de ese momento no haría movimiento alguno sin ser observado y seguido.

83

Al salir de Greenwich Village en dirección norte, Kerry se encontró con la primera oleada de coches de la hora punta. A las cinco menos veinte sacaba el coche del garaje de la calle Doce y a las seis y cinco enfilaba hacia el camino de entrada de su casa y veía el Volvo de Geoff aparcado delante de una de las puertas de su garaje.

Había llamado a casa con el teléfono de su coche cuando salía de la calle Doce. Hablar con Robin y su canguro Alison sólo la había tranquilizado en cierta medida, por lo que les había dicho que no salieran bajo ningún concepto y que no abrieran la puerta a nadie hasta que ella llegara a casa.

Al ver el automóvil del abogado, se dio cuenta de que el coche de Alison había desaparecido. ¿Habría venido Geoff por algún problema? Kerry apagó el motor y las luces, salió del vehículo, cerró la puerta y echó a correr hacia la casa.

Evidentemente, Robin la había visto llegar. La puerta principal se abrió en el momento en que subía por los escalones.

–Rob, ¿ocurre algo?

–No, mamá, estamos perfectamente. Geoff ha venido y le ha dicho a Alison que se podía ir a casa, que ya esperaría él a que volvieras. –Robin puso entonces cara de preocupación–. Hemos hecho bien, ¿no? Me refiero a lo de dejar pasar a Geoff.

–Claro que sí. –Kerry abrazó a su hija–. ¿Dónde está?

–Aquí –dijo Geoff apareciendo en el umbral de la puerta de la cocina–. He pensado que si el sábado pudisteis con una comida típica de los Dorso, os atreveríais con otra esta noche. El menú es muy sencillo. Chuletas de cordero, ensalada de lechuga y patatas al horno.

Kerry notó que estaba tensa y cansada.

–Me parece estupendo –dijo ella con un suspiro mientras se desabrochaba el abrigo.

Geoff se apresuró a cogérselo. Le pareció natural que al tiempo que se ponía el abrigo sobre un brazo, la cogiera con el otro y le diera un beso en la mejilla.

–¿Un día agotador en la fábrica?

Por un breve momento, Kerry apoyó la cara sobre su cálido pecho.

–Los ha habido mejores.

Robin dijo entonces:

–Mamá, voy arriba a acabar los deberes. De todos modos, creo que como soy yo quien está en peligro, debería saber exactamente qué está pasando. ¿Qué te ha dicho el doctor Smith?

–Acaba los deberes y déjame que me relaje un momento. Te prometo que te lo contaré todo luego.

–De acuerdo.

Geoff había encendido la hoguera de gas del salón. Había comprado jerez y los vasos ya estaban dispuestos al lado de la botella sobre la mesita.

–Espero no haberme tomado muchas libertades –dijo en tono de disculpa.

Kerry se dejó caer en el sofá y se quitó los zapatos con la punta de los pies. Movió la cabeza en un gesto de negación y sonrió.

–No, claro que no –dijo.

–Tengo noticias para ti. Pero tú primero, ¿qué te ha dicho Smith?

–Será mejor que primero te cuente lo de Green. Le dije que iba a salir temprano esta tarde y le expliqué por qué.

–¿Y qué te dijo él?

–Lo interesante es lo que no me dijo. En honor a la verdad, he de admitir que, pese a que se le atragantaban las palabras, me ha dicho que confía en que no piense que prefiere ver a un hombre inocente en prisión a permitir que se le complique su carrera política. –Se encogió de hombros–. El problema es que no le creo.

–¿Y Smith?

–Ya le tengo, Geoff. Estoy segura. Ese hombre se está viniendo abajo. Como no se decida a contar la verdad, voy a sugerirle a Barbara Tompkins que lo denuncie por acoso. Cuando le he comentado esta posibilidad, se ha quedado de piedra. Creo que en lugar de arriesgarse a que lo hagamos, va a confesar y nos va a dar las respuestas que estamos buscando.

Kerry miró fijamente el fuego, observando cómo las llamas acariciaban los troncos artificiales. Entonces agregó lentamente:

–Geoff, he dicho a Smith que tenemos a dos testigos que vieron el coche aquella noche y luego he añadido que tal vez la razón por la que deseaba tanto que condenaran a Skip sea que fue él quien mató a Suzanne. Geoff, creo que estaba enamorado de ella, no como hija, quizá ni siquiera como mujer, sino como obra suya. –Entonces se volvió hacia él–. Imagínate la situación. Suzanne está harta de que su padre esté todo el día encima de ella o de que aparezca en todos los lugares a los que va. Esto es lo que me dijo Jason Arnott, y le creo. Así que la noche del asesinato, el doctor va a verla. Skip vuelve a casa pero luego se marcha, tal como declaró. Suzanne está en el vestíbulo, poniendo en un jarrón las flores que le ha regalado otro hombre. No hay que olvidar que aún no se ha encontrado la tarjeta. El doctor Smith se enfada, se siente dolido y está celoso. No sólo tiene que competir con Skip, sino también con Jimmy Weeks. En un arrebato de ira, estrangula a Suzanne y como siempre ha odiado a Skip, coge la tarjeta, se inventa la historia de que su hija temía a su marido y se presenta como el principal testigo de la acusación. De ese modo, mata dos pájaros de un tiro: Skip, su rival a la hora de conseguir las atenciones de Suzanne, es condenado a un mínimo de treinta años de cárcel y la policía no se preocupa de buscar a otro sospechoso.

–La historia encaja –dijo Geoff lentamente–. Pero entonces ¿por qué le preocupa a Jimmy Weeks que se vuelva a investigar el caso?

–También he pensado en eso. En realidad, también hay razones para defender la idea de que fuera él el asesino: se entendía con Suzanne, aquella noche se peleó con ella y la mató. Otra posibilidad sería que ella le hablara de los terrenos de Pensilvania que Skip tenía pendientes de pago. Tal vez Jimmy le contara por descuido que se iba a construir una autopista en esos terrenos y la matase para impedir que se lo dijera a Skip. Creo que los terrenos le costaron muy poco dinero.

–Pues sí que has pensado hoy, amiga mía –comentó Geoff–. Has presentado unos argumentos muy convincentes para cada situación. ¿No habrás escuchado las noticias al volver a casa?

–Mis neuronas necesitaban un descanso. He estado escuchando la emisora de clásicos; si no me hubiera vuelto loca con todo ese tráfico.

–Has hecho bien. De todos modos, si hubieras escuchado las noticias, te habrías enterado de que el fiscal ya tiene en su poder lo que Barney Haskell tenía pensado entregar para llegar a un acuerdo con él. Por lo visto, Barney llevaba las cuentas como nadie. Si Frank Green es listo, en lugar de obstaculizar tu investigación, mañana solicitará permiso para ver los documentos que hagan referencia a las joyas que Weeks compró durante los meses previos a la muerte de Suzanne. Si logramos averiguar que compró la pulsera con los signos del Zodíaco, por ejemplo, tendremos en nuestro poder la prueba de que Smith es un mentiroso. –Geoff se puso en pie–. Kerry McGrath, creo que se merece usted una buena cena. Quédate aquí. Ya te avisaré cuando esté todo listo.

Kerry se acurrucó en el sofá y bebió un trago de jerez. Sin embargo, a pesar del fuego, la habitación le parecía menos acogedora. Segundos más tarde, se levantó y fue a la cocina.

–¿Te importa si miro mientras haces de cocinero? Se está mejor aquí.

Geoff se fue a las nueve. Nada más irse, Robin preguntó a su madre:

–Mamá, tengo que preguntarte una cosa sobre el hombre al que defiende papá. Por lo que has dicho antes, papá no va a ganar el juicio, ¿verdad?

–No, si las pruebas que creemos que han encontrado son realmente lo que se dice que son.

–¿Y será eso malo para papá?

–A nadie le gusta perder un juicio. De todos modos, Robin, creo que lo mejor que le podría suceder a tu padre sería que condenaran a Jimmy Weeks.

–¿Estás segura de que Weeks es la persona que está intentando asustarme?

–Sí, bastante segura. De ahí que cuanto antes averigüemos qué clase de relación tuvo con Suzanne Reardon, mejor, porque así ya no tendrá razones para asustarte.

–Geoff es abogado defensor, ¿verdad?

–Sí.

–¿Defendería Geoff a alguien como Jimmy Weeks?

–No, Robin. Estoy segura de que no.

–Creo que yo tampoco lo haría.

A las nueve y media, Kerry se acordó de que había prometido a Jonathan y Grace contarles su conversación con el doctor Smith.

–¿Crees que se derrumbará y confesará que mintió? –preguntó Jonathan tras escuchar a Kerry.

–Creo que sí.

Grace había cogido el supletorio.

–Déjame que cuente a Kerry mi noticia, Jonathan. Una de dos, Kerry, o me he portado como una buena detective o he quedado como una estúpida.

Durante la cena del domingo, cuando había hablado a Jonathan y Grace sobre el doctor Smith y Jimmy Weeks, Kerry no se había parado a pensar que el nombre de Jason Arnott tuviera la suficiente importancia como para mencionárselo. Al oír decir a Grace lo que había descubierto, se alegró de que la pareja no pudiera ver la expresión de su cara.

Jason Arnott. El amigo que siempre acompañaba a Suzanne Reardon. A pesar de su aparente franqueza, Kerry había tenido la sensación de que su comportamiento era excesivamente amanerado para resultar sincero. Si Arnott era un ladrón y, según decía Grace, también era sospechoso de asesinato, ¿dónde encajaba en el enigma que rodeaba al caso de las rosas rojas?

84

El doctor Smith se quedó sentado durante varias horas después de echar a Kerry de su casa. «¡Acosador! ¡Asesino! ¡Mentiroso!» Las acusaciones que le había dirigido le hacían temblar de repugnancia. La misma repugnancia que sentía cuando veía una cara estropeada, fea o con cicatrices. En tales ocasiones había sentido cómo todo su ser se convulsionaba, llevado por el impulso de cambiarla, salvarla, corregirla; de darle la belleza que sus hábiles manos podían extraer de sus huesos, sus músculos, su carne...

La ira que se había apoderado de él cada vez que se había visto en esas situaciones la había encauzado para combatir los efectos del fuego, el accidente o la combinación injusta de genes que había causado semejante aberración. Ahora, en cambio, su ira iba dirigida hacia la joven que se había sentado en la habitación para juzgarlo.

«¡Acosador!» Le había llamado acosador porque se complacía al contemplar por un breve momento la perfección a la que se había aproximado en su creación. Ojalá hubiera sido más previsor y hubiese comprendido que ésa sería la forma como Barbara Tompkins le expresaría su agradecimiento. Entonces sí que le hubiera dejado con una cara nueva, una cara con la piel llena de arrugas, los ojos saltones y la nariz desproporcionada.

«Supongamos que la señora McGrath acompaña a Barbara a la policía para presentar una denuncia», pensó el doctor. Le dijo que lo haría y él era consciente de que se lo había dicho en serio.

Le había llamado asesino. ¡Asesino! Pero ¿de veras pensaba esa abogada que él podía hacer una cosa así a Suzanne? La congoja más intensa invadió todo su ser cuando revivió el momento en que había llamado al timbre de la casa de su hija, y tras mucho insistir, había girado la manilla y descubierto que la puerta no estaba cerrada.

Y allí había encontrado a Suzanne, en el vestíbulo, prácticamente a sus pies. Suzanne..., aunque en realidad no era ella. Aquella criatura deforme, con los ojos saltones y sanguinolentos, la boca abierta y la lengua colgando... no era la exquisitez que él había creado.

Incluso su cuerpo tenía un aspecto extraño y desagradable, retorcido como estaba, con una pierna doblada bajo la otra, el tacón del zapato izquierdo incrustado en la pantorrilla derecha y aquellas rosas rojas esparcidas sobre ella, como si fueran una ofrenda en honor a la muerte.

El doctor recordó que se había quedado mirándola con una sola idea en la cabeza, una idea incongruente: «Así es como se hubiera sentido Miguel Ángel si hubiera visto su *Pietà* rota y mutilada, tal como la dejó el lunático que arremetió contra ella hace unos años».

Se acordó también de cómo había maldecido a Suzanne por no haber prestado oído a sus advertencias. Había contraído matrimonio con Skip Reardon en contra de sus deseos.

«Espera –le había instado–. No está a tu altura.»

«Para ti, nunca habrá nadie que llegue a mi altura», había contestado ella a gritos.

Había tenido que aguantar que se lanzaran miradas, que se cogieran de la mano sobre la mesa, que se sentaran en el sofá, bien juntos el uno del otro, que Suzanne se subiera al regazo de Skip cuando éste se sentaba en su butaca. Todo esto había tenido que ver mientras miraba por su ventana por la noche.

Y por si ello no hubiera sido suficiente, Suzanne había perdido la paciencia y había empezado a verse con otros hombres, ninguno lo bastante digno para ella, y luego había recurrido a él para pedirle favores: «Charles, di a Skip que me has comprado esto..., y esto..., y esto...»

O si no le decía: «Charles, ¿por qué estás tan disgustado? ¿No me has dicho que me divierta para compensar todos los ratos buenos que me he perdido? Bueno, pues es lo que estoy haciendo. Skip trabaja demasiado. Es una pesadez. Tú corres riesgos cuando operas a alguien. Pues bien, yo soy como tú, también corro riesgos. Y ahora, doctor Charles, acuérdate de que siempre has sido un papá generoso». Entonces le daba aquellos impúdicos besos, coqueteando, segura del poder que tenía y de lo tolerante que era él.

¿Asesino? No, el asesino era Skip, no él. Mientras miraba el cuerpo de Suzanne, el doctor Smith había comprendido perfectamente lo que había ocurrido. El bruto de su marido había llegado a casa, había visto a Suzanne con las flores que le había regalado otro hombre y había explotado. «Como yo hubiera hecho», había pensado el doctor en el momento en que reparaba en una tarjeta que había quedado medio oculta por el cuerpo de Suzanne.

Entonces, sin quitarle la vista de encima, se había imaginado una situación hipotética. Skip, el marido celoso..., un jurado podía mostrarse indulgente con un hombre que ha matado a su mujer en un arranque de cólera. Skip podría ser condenado a una pena leve. Incluso cabía la posibilidad de que quedara en libertad.

«No lo permitiré», había jurado. El doctor Smith recordó que había cerrado los ojos para borrar el rostro, feo y deforme, que tenía delante y poder ver en su lugar a Suzanne en todo su esplendor. «¡Suzanne, te lo prometo!»

No le había sido difícil mantener su palabra. Todo lo que había tenido que hacer había sido coger la tarjeta que había venido con las flores, irse a casa y esperar la inevitable llamada que le comunicaría que Suzanne, su hija, había muerto.

Durante el interrogatorio que le había hecho la policía, había declarado que Skip estaba loco de celos y que Suzanne temía por su vida. Obedeciendo al último deseo de su hija, también había dicho que había sido él quien le había regalado todas las joyas cuya procedencia había sido puesta en tela de juicio por Skip.

La señora McGrath podía decir lo que quisiera, pero el asesino estaba entre rejas y ahí se iba quedar.

Eran casi las diez cuando Charles Smith se levantó. Todo había acabado. No podría volver a operar. Ya no quería ver a Barbara Tompkins. Le daba asco. Entró en el dormitorio, abrió una pequeña caja de caudales y sacó una pistola.

Sería sencillísimo. ¿Adónde iría?, se preguntó. Él era de los que creen que el espíritu pervive. ¿Se reencarnaría? Tal vez. Tal vez si volviese a nacer se trataría con Suzanne de igual a igual. Tal vez se enamoraran. En sus labios se dibujó una sonrisa.

Entonces, cuando iba a cerrar la caja, su mirada se posó en el joyero de Suzanne.

¿Y si la señora McGrath tuviera razón? ¿Y si no hubiera sido Skip, sino otra persona, quien le había arrebatado la vida a Suzanne? La abogada había dicho que esa persona estaría riéndose ahora, mostrándole burlonamente su agradecimiento por haber contribuido con su testimonio a que condenaran a Skip.

Había una manera de rectificar aquello. Si Reardon no era el asesino, lo mejor sería que la señora McGrath dispusiera de todo lo que le hiciera falta para encontrar a la persona que había matado a su hija.

El doctor Smith cogió el joyero, puso la pistola encima de él y llevó ambos objetos al escritorio de su estudio. Entonces, con movimientos precisos, cogió una hoja de papel y desenroscó la tapa de su pluma.

Cuando terminó de escribir, envolvió el joyero con la

hoja de papel y lo metió todo como buenamente pudo en uno de los sobres acolchados de correo urgente que solía tener en casa por comodidad. Entonces escribió en él: «Kerry McGrath, ayudante del fiscal de la fiscalía del condado de Bergen, Hackensack, Nueva Jersey». Se trataba de una dirección que recordaba bien.

Se puso el abrigo y la bufanda y recorrió las ocho manzanas que separaban su casa del buzón de correo urgente que utilizaba de vez en cuando.

Eran las once en punto cuando regresó a casa. Se quitó el abrigo, cogió la pistola, volvió al dormitorio y se estiró sobre la cama completamente vestido. Entonces apagó todas las luces excepto la que iluminaba la fotografía de Suzanne.

Acabaría el día con ella y empezaría la nueva vida cuando diera la media noche. Una vez tomada la decisión, se sintió tranquilo, incluso feliz.

A las once y media sonó el timbre. ¿Quién sería?, se preguntó. Molesto, intentó ignorarlo pero el dedo seguía apretando insistentemente el timbre de la puerta. Sabía de qué se trataba. En una ocasión en que había habido un accidente en el cruce, un vecino había acudido rápidamente a su casa en busca de ayuda. Al fin y al cabo, él era médico. Si era cierto que había ocurrido otra desgracia, sus conocimientos podrían ser útiles aunque fuera sólo una vez más.

El doctor Smith corrió el cerrojo y abrió la puerta. Acto seguido, se derrumbó con una bala alojada entre los ojos.

MARTES 7 DE NOVIEMBRE

85

El martes por la mañana, cuando Geoff Dorso llegó a las nueve a su despacho, Deidre Reardon y Beth Taylor ya estaban aguardándole en la sala de espera.

Beth se disculpó por las dos.

–Geoff, perdona que hayamos venido sin avisar –dijo–, pero a Deidre la ingresan mañana en el hospital para hacerle la angioplastia. Sé que se irá más tranquila si puede hablar contigo durante unos minutos y te da la fotografía de Suzanne de la que hablamos el otro día.

Deidre Reardon estaba mirando a Geoff con cara de inquietud.

–Vamos, Deidre –dijo Geoff cordialmente–, ya sabes que no tienes que darme ninguna excusa para venir a verme. ¿Acaso no eres la madre de mi cliente favorito?

–Ya, ya. Será por todas las horas que me vas a cobrar –murmuró Deidre Reardon con una sonrisa de alivio mientras Geoff le cogía de las manos–. Lo que pasa es que estoy avergonzadísima por la manera en que irrumpí el otro día en el despacho de Kerry McGrath, una mujer encantadora. Y no te imaginas cómo me sentí cuando me enteré de que habían amenazado a su pequeña porque está intentando ayudar a mi hijo.

–Kerry comprendió perfectamente cómo te sentías aquel día. Entrad en mi despacho. Seguro que el café ya está listo.

–Nos quedaremos sólo cinco minutos –prometió Beth cuando Geoff le sirvió una taza de café–. Y no creas que vamos a perder el tiempo diciéndote que el hecho de saber que finalmente podemos abrigar verdaderas esperanzas de que Skip quede libre ha sido como ver el cielo abierto. Sabes muy bien cómo nos sentimos y cuánto te agradecemos todo lo que estás haciendo.

–Kerry vio al doctor Smith ayer por la tarde –dijo Geoff–. Cree que ya lo tiene. Además han ocurrido otras cosas.

Entonces les contó que habían aparecido los libros de contabilidad de Barney Haskell.

–Es posible que por fin tengamos la oportunidad de seguir la pista de las joyas que pensamos que Weeks le regaló a Suzanne –dijo Geoff.

–Ésta es una de las razones por las que hemos venido –dijo Deidre Reardon– ¿Te acuerdas que comenté que conservaba una fotografía en la que Suzanne aparecía con un alfiler de anticuario con un diamante en la cabeza? El sábado por la noche, en cuanto regresé a casa de la cárcel, lo primero que hice fue ir a sacarla de la carpeta, pero no la encontré. Me pasé todo el domingo y el día de ayer revolviendo el apartamento para ver si la encontraba. No estaba allí, por descontado. Estúpida de mí, me había olvidado de que la había metido en unos de esos protectores de plástico y la había puesto entre mis papeles personales. Pues bien, al final la encontré. Con todo lo que habíamos hablado sobre la joyas, pensé que sería importante que la vieras.

Entonces le dio un sobre marrón de tamaño folio. Geoff sacó de él un página doblada del *Palisades Community Life*, un periódico semanal. Cuando la abrió, Dorso se fijó en la fecha, 24 de abril; la noticia era de hacía casi once años, apenas un mes antes de la muerte de Suzanne Reardon.

La foto de grupo del Palisades Country Club ocupaba un espacio de cuatro columnas. Geoff reconoció a Suzanne inmediatamente. Su deslumbrante belleza la hacía inconfundible. Aunque aparecía de costado, la cámara había captado con claridad los relucientes diamantes que llevaba en la solapa de la chaqueta.

–Ése es el alfiler que desapareció –explicó Deidre señalándoselo–. Pero Skip no sabe cuándo fue la última vez que se lo vio puesto.

–Me alegro de que me hayas traído la foto –dijo Geoff–. Cuando consigamos una copia de los documentos de Haskell, tal vez podamos localizar el alfiler.

Resultaba casi doloroso ver la expresión de esperanza y anhelo que tenían las dos mujeres en el rostro. «Que no les defraude...», rogó el abogado, mientras las acompañaba a la sala de espera. Al llegar a la puerta, abrazó a Deidre.

–Ahora ya sabes lo que tienes que hacer, has de recuperarte rápidamente de la operación y animarte, no vaya a ser que estés todavía en cama cuando le abran a Skip la puerta de la calle.

–Geoff, no he pasado por este infierno para acabar perdiéndome el final.

Después de responder las llamadas de varios clientes y hacer una serie de consultas, Geoff decidió telefonear a Kerry. Quizá le gustaría recibir un fax de la fotografía que le había dado Deidre.

O tal vez lo que ocurre es que quiero hablar con ella, se dijo.

Cuando su secretaria le puso con ella, la temblorosa voz de Kerry le hizo sentir un escalofrío.

–Acabo de abrir un sobre que me ha enviado el doctor Smith por correo urgente. Me manda una nota, el joyero de Suzanne y la tarjeta que debió de acompañar al ramo de flores. El doctor confiesa haber mentido acerca de Skip y las joyas y dice que cuando lea la carta, ya se habrá suicidado.

–Dios santo, Kerry, ¿fue él quien...?

–No, Geoff, no fue él. La señora Carpenter me acaba de

llamar de la consulta. Como el doctor Smith no se presentó para una cita que tenía a primera hora y no contestaba al teléfono, se acercó hasta su casa. La puerta estaba entreabierta. Ha entrado y ha encontrado su cuerpo en el vestíbulo. Le han pegado un tiro y han registrado la casa de arriba abajo. Geoff, ¿lo habrá hecho alguien que quería impedir que el doctor Smith cambiara su testimonio, alguien que está buscando las joyas? Geoff, ¿quién está detrás de todo esto? ¿No será Robin la siguiente?

86

A las nueve y media de esa mañana, Jason Arnott se asomó por la ventana, vio el cielo encapotado y se sintió vagamente deprimido. Aunque todavía se resentía de las piernas y la espalda, ya se había restablecido de la gripe que le había obligado a guardar cama durante el fin de semana. Sin embargo, no había logrado quitarse de encima la desasosegante sensación de que algo iba mal.

Todo se debía al maldito comunicado del FBI, cómo no. Se trataba de la misma sensación que había tenido después de cometer el robo de la casa del diputado Peale. Al llegar, se había encontrado encendidas algunas de las lámparas del piso de abajo, que estaban conectadas a un interruptor automático; las habitaciones del piso de arriba, en cambio, estaban a oscuras. Cuando avanzaba por el pasillo con el cuadro y la caja de caudales que había arrancado de la pared, oyó unos pasos. Apenas había tenido tiempo para cubrirse la cara con el cuadro cuando la luz inundó el pasillo.

Entonces había oído un gemido tembloroso: «¡Oh, Dios santo!». Se trataba de la madre del diputado. No había sido su intención hacerle daño. Instintivamente, se abalanzó hacia ella, sosteniendo el cuadro como si fuera un escudo, sólo quería derribarla, arrebatarle las gafas y salir huyendo. Había pasado un buen rato hablando con ella en la fiesta de la toma de posesión del diputado, por lo que sabía que sin ellas estaba más ciega que un topo.

Sin embargo, le había golpeado la cabeza con el pesado marco del retrato con más fuerza de la que quería y la mujer se había caído de espaldas por las escaleras. Por el sonido ronco que salió de su garganta antes de quedarse inerte, Jason supo que había muerto. Durante los meses siguientes, no había dejado de mirar por encima del hombro por temor a encontrarse a alguien que fuera a ponerle las esposas.

Ahora, por mucho que intentara olvidarse de ello, el comunicado del FBI le causaba el mismo desasosiego.

Tras el caso Peale, su único consuelo había sido regalarse con el cuadro que había robado aquella noche, *Descanso*, la obra maestra de John White Alexander. Lo había colgado en el dormitorio de la casa de las Catskills, siguiendo el ejemplo de Peale, que también lo tenía en su habitación. Le hacía gracia saber que miles de personas acudían en tropel al Museo Metropolitano de Nueva York para contemplar su pareja, *Reposo*. De los dos cuadros, él prefería *Descanso*. Aunque la figura yacente de la hermosa mujer que aparecía en él tenía la mismas líneas largas y sinuosas que *Reposo*, sus ojos cerrados y la sensualidad de su rostro le recordaban a Suzanne.

Sobre la mesita tenía el marco miniatura con su fotografía. Le gustaba tener ambos objetos en la habitación, pese a que la imitación del marco Fabergé no era digno de la gloriosa imagen que encuadraba. La mesita, que era de mármol y oro, era una primorosa muestra de neogótico y formaba parte del cuantioso botín que se había llevado con ayuda de una furgoneta de la casa de los Merriman.

Llamaría antes. Le gustaba llegar a la casa y encontrarse con la calefacción encendida y el frigorífico bien aprovisionado. En lugar de utilizar el teléfono de la casa, llamaría a la asistenta con el teléfono celular que había dado de alta con uno de sus sobrenombres.

En el interior de lo que parecía una camioneta de reparaciones del Servicio Público de Gas y Electricidad sonó la señal que indicaba que Jason Arnott estaba haciendo una llamada telefónica. Mientras los agentes escuchaban, se sonrieron el uno al otro con aire triunfal.

–Creo que el zorro del señor Arnott nos va a llevar hasta su madriguera –comentó el agente que dirigía la operación. Entonces guardó silencio y escuchó cómo Jason acababa la conversación: «Gracias, Maddie. Saldré de casa dentro de una hora. Estaré allí antes de la una».

Maddie respondió con voz grave y monótona:

–Lo tendrá todo preparado. No se preocupe.

87

Frank Green se encontraba en un juicio, por lo que Kerry tuvo que esperar hasta el mediodía para informarle sobre el asesinato del doctor Smith y el paquete que le había enviado esa misma mañana por correo urgente. Ya se había serenado del todo y se preguntaba cómo había podido perder los nervios cuando había hablado con Geoff. El análisis de sus sentimientos era algo que tendría que dejar para más tarde. Por el momento saber que Joe Palumbo se encontraba apostado con su coche delante del colegio de Robin, esperando a que saliera para llevarla a casa, y que se quedaría vigilando hasta que ella regresara de la fiscalía, le bastaba para ahuyentar los temores que más le angustiaban.

Green examinó con detenimiento el contenido del joyero y comparó cada pieza con las que el doctor Smith mencionaba en la carta que había adjuntado en el paquete.

–«Una pulsera con los signos del Zodíaco» –leyó–. Aquí está. «Un reloj con los números de oro, la esfera de marfil y la correa de oro y diamantes.» Muy bien. Aquí está. «Una sortija de oro rojizo con diamantes y esmeraldas.» Ésta es. «Una antigua pulsera de diamantes. Tres brazaletes de diamantes unidos por broches, también de diamantes.» –Se lo mostró–. Una preciosidad.

–Sí. Seguramente recuerdes que Suzanne llevaba esa pulsera cuando fue asesinada. Skip también describió otra pieza, un alfiler o juego de alfileres con un diamante en la cabeza. El doctor Smith no lo menciona; por lo visto no lo tenía. Geoff me acaba de mandar por fax el recorte de un periódico local en el que aparece Suzanne con el alfiler. La fotografía fue sacada pocas semanas antes de que muriera. Como verás, se parece mucho a la pulsera y es también una pieza de anticuario. Las otras joyas son igualmente hermosas, pero tienen un diseño muy moderno.

Kerry miró con detenimiento la borrosa reproducción y comprendió por qué Deidre Reardon había descrito el alfiler como una imagen de la relación entre la madre y el hijo. Tal como le había explicado, la pieza tenía dos partes: la más grande era una flor y la más pequeña un capullo. Ambas estaban unidas por una cadena. Lo observó durante unos segundos con gesto de perplejidad, pues le resultaba extrañamente familiar.

–Estaremos atentos por si aparece alguna referencia a este alfiler en los documentos de Haskell –prometió Green–. Ahora a ver si nos aclaramos. Según dices, las joyas que el doctor menciona, excluyendo este broche, son todas las que el doctor Smith, a petición de Suzanne, dijo a Skip que él le había regalado a su hija.

–Es lo que indica el doctor en la carta. Además coincide con lo que Skip Reardon me dijo el sábado.

El fiscal dejó la carta del doctor sobre el escritorio.

–Kerry, ¿crees que alguien te pudo seguir ayer cuando fuiste a visitar al doctor Smith?

–Ahora creo que sí. Por eso estoy tan preocupada por la seguridad de Robin.

–Voy a ordenar que una patrulla vigile tu casa toda la noche, aunque, ahora que se acerca el momento de la verdad, estaría más tranquilo si tú y Robin os trasladaseis a un lugar más seguro. Jimmy Weeks es un animal acorralado. Es posible que Royce consiga que le condenen por fraude fiscal, pero con lo que tú has descubierto, tal vez podamos acusarle de asesinato.

–¿Te refieres a la tarjeta que Jimmy Weeks envió con las flores?

Un equipo de grafólogos ya estaba analizando la tarjeta y Kerry había mencionado a Green el papel que habían encontrado en el bolsillo del abogado de Haskell después de que ambos hombres fueran asesinados.

–En efecto. Esas notas no son obra de ningún dependiente de floristería. Imagínate dictando una tarjeta de esas características por teléfono. Según tengo entendido, Weeks es un músico aficionado bastante bueno. Ya sabes, la clase de persona que se convierte en el alma de la fiesta cuando se pone a tocar el piano. Con esa tarjeta, y si los recibos que han encontrado son los de las joyas, el caso Reardon cambia por completo.

–Y si se acepta el recurso y se celebra otro juicio, Skip tendrá derecho a quedar en libertad bajo fianza hasta el día del juicio o incluso podría ser absuelto –dijo Kerry con calma.

–Si se confirma nuestra hipótesis, eso será lo que recomiende –asintió Green.

–Frank, hay otro asunto que te quería comentar –dijo Kerry–. Sabemos que Jimmy Weeks está intentando asustarnos para que dejemos la investigación, pero tal vez sea por una razón distinta a la que nos imaginamos. Me he enterado de que Weeks compró unos valiosos terrenos en Pensilvania que Skip Reardon tenía pendientes de pago. Por lo visto, disponía de información privilegiada, así que cabe la posibilidad de que la transacción fuera ilegal. Desde luego, no es un delito tan grave como un asesinato y, claro, aún no sabemos nada seguro; es posible que sea el asesino de Suzanne, pero si Hacienda cuenta con esa información y a ésta se le añaden los cargos por evasión fiscal y demás, Weeks podría pasarse una buena temporada a la sombra.

–¿Y tú crees que está preocupado porque la investigacion del caso Reardon puede poner al descubierto esos otros delitos? –preguntó Green.

–Sí, es muy posible.

–Pero ¿piensas realmente que sólo por eso es capaz de llegar al extremo de amenazar a Robin? Me parece un tanto excesivo.

El fiscal movió la cabeza en un gesto de negación.

–Frank, según lo que me ha dicho mi ex marido, Jimmy Weeks es lo suficientemente imprudente y arrogante como para hacer lo que sea por protegerse. Le da igual de qué cargo se trate; puede ser asesinato o el robo de un periódico. Aparte de esto, hay otra razón que podría desbaratar nuestra hipótesis, incluso en el caso de que pudiéramos acusar a Weeks del asesinato de Suzanne.

Entonces le habló sobre la relación de Jason Arnott con Suzanne y le dijo que Grace Hoover tenía la teoría de que Arnott era un ladrón profesional.

–Incluso si lo es, ¿crees que puede estar relacionado con el asesinato de Suzanne? –preguntó Green.

–No estoy segura –dijo Kerry lentamente–. Depende de si está involucrado en los robos o no.

–No te vayas. Podemos pedir al FBI que nos envíe ese comunicado por fax inmediatamente –dijo Green mientras apretaba el botón del intercomunicador–. Nos enteraremos de quién está encargado de la investigación.

Al cabo de menos de cinco minutos, su secretaria apareció con el comunicado. Green le señaló el número confidencial.

–Diles que me pongan con la persona que está encargada de este asunto.

Un minuto más tarde, el fiscal estaba hablando con Si Morgan. Conectó el altavoz del teléfono para que Kerry también pudiera oír la conversación.

–Estamos a punto de pillarle –dijo Morgan–. Arnott tiene otra casa en las Catskills. Vamos a llamar al timbre para intentar hablar con la asistenta. Te mantendremos informado.

Kerry se apoyó en los brazos de la silla y se arrimó al aparato del que salía la distante voz del investigador.

–Señor Morgan, este asunto es de suma importancia. Si todavía puede ponerse en contacto con su agente, pídale que pregunte por un marco miniatura de forma ovalada. Es de esmalte azul y tiene aljófares incrustados. Es posible que lleve la fotografía de una hermosa mujer de pelo oscuro. Si el marco está en la casa, podremos relacionar a Arnott con un caso de asesinato.

–Todavía puedo hablar con él. Le diré que haga esas averiguaciones y luego les volveré a llamar.

–¿Qué importancia tiene ese marco? –preguntó Green al tiempo que desconectaba el altavoz.

–Skip Reardon siempre ha jurado que el día en que murió Suzanne desapareció de su dormitorio una copia de un marco Fabergé. El marco y el alfiler son los dos únicos objetos que no hemos localizado todavía. –Kerry se inclinó y cogió la pulsera de diamantes–. Mira esto. No tiene nada que ver con las otras joyas. –Entonces volvió a mirar la fotografía en la que aparecía Suzanne con el alfiler–. Qué raro. Tengo la impresión de haber visto ese broche antes... Me refiero a los alfileres unidos por la cadena. Supongo que es porque Skip y su madre lo mencionaron repetidas veces en las declaraciones que hicieron durante la investigación. He leído ese expediente tantas veces que la cabeza ya me da vueltas. –Dejó la pulsera en su estuche y añadió–: Jason Arnott pasaba mucho tiempo con Suzanne. Tal vez no fuera tan asexuado como pretendía. Veamos, Frank. Imaginemos que Arnott también se entendía con Suzanne y que le regaló el alfiler y la pulsera. Son la clase de joyas que él elegiría. Entonces descubrió que ella estaba tonteando con Jimmy Weeks. Cabe la posibilidad de que aquella noche fuera a su casa y viera las flores y la tarjeta que creemos que le envió Jimmy.

–¿Quieres decir que la mató y se llevó el alfiler?

–Y la fotografía. Según lo que me ha dicho la señora Reardon, se trata de un marco precioso.

–¿Y por qué no se llevó la pulsera?

–Mientras esperaba a que llegaras esta mañana, he estado viendo las fotografías que sacaron del cadáver antes de que se lo llevaran. Suzanne lleva una pulsera de oro en la muñeca izquierda. La pulsera de diamantes, que llevaba en la otra muñeca, no aparece en las fotos. He consultado el informe: la pulsera estaba oculta bajo la manga de la blusa. Según el informe del médico que la examinó, tenía un cierre nuevo y muy duro. Tal vez Suzanne ocultó la pulsera debajo de la manga porque no quería llevarla y no conseguía quitársela, o porque sabía que el atacante había venido a recuperarla, probablemente debido a que se la había regalado él, y quería esconderla. El hecho es que funcionó, porque el asesino no se la llevó.

Mientras esperaban a que Morgan llamara, Green y Kerry prepararon un comunicado con las fotografías de las joyas desaparecidas para distribuirlo entre los joyeros de Nueva Jersey.

–Kerry –comentó el fiscal–, ¿te das cuenta de que si la señora Hoover tiene razón, el asesinato de la madre del diputado Peale quedará resuelto gracias a una pista proporcionada por la mujer de nuestro senador? Entonces, si Arnott está relacionado con el caso Reardon...

«Frank Green, candidato a gobernador, –pensó Kerry–. Ya está pensando en la manera de restar importancia al hecho de haber condenado a un hombre inocente. Bueno, supongo que es cosa de políticos...», se dijo.

88

Maddie Platt no era consciente de que un coche la estaba siguiendo cuando se detuvo en el mercado para elegir con cuidado todos los alimentos que le habían encargado que comprara. Tampoco se dio cuenta de que la seguían cuando salió de Ellenville y recorrió la estrecha y sinuosa carretera que llevaba a la casa del hombre que ella conocía con el nombre de Nigel Grey.

Entró en la casa y al cabo de diez minutos se sobresaltó al oír el timbre. Nadie llamaba a esa casa. Además, el señor Grey le había dado órdenes estrictas de no dejar pasar a nadie. No iba a abrir la puerta sin saber de quién se trataba.

Cuando se acercó a la ventana a echar un vistazo, vio en el escalón superior a un hombre vestido elegantemente. Al verla, éste le mostró una insignia que le identificaba como agente del FBI y dijo:

–Buró Federal de Investigación, señora. ¿Le importaría abrirme la puerta? Me gustaría hacerle unas preguntas.

Presa de los nervios, Maddie abrió la puerta y se encontró a pocos centímetros de su rostro con el inconfundible sello del FBI y la fotografía de identidad del agente.

–Buenas tardes, señora. Soy el agente del FBI Milton Rose. No es mi intención molestarla, pero es de suma importancia que hable con usted sobre el señor Jason Arnott. Usted es su asistenta, ¿no es cierto?

–Señor, no conozco a ningún señor Arnott. Esta casa

pertenece al señor Nigel Grey y llevo muchos años trabajando para él. Vendrá está tarde; bueno, en realidad debe de estar a punto de llegar. Déjeme que le diga que tengo órdenes estrictas de no dejar pasar a nadie al interior de la casa.

–Señora, no le he pedido que me deje pasar. No tengo una orden de registro. De todos modos, he de hablar con usted. El señor Grey es en realidad Jason Arnott, sospechoso de haber cometido varios robos de obras de arte y otros objetos de valor. Incluso es posible que sea también el responsable del asesinato de la anciana madre de un diputado, quien seguramente le sorprendió mientras estaba robando en su casa.

–¡Oh, Dios mío! –exclamó Maddie.

Desde luego, el señor Grey siempre había ido solo a la casa, pero ella había supuesto que era el lugar adonde escapaba para aislarse y estar tranquilo. Ahora comprendía que tal vez hubiera estado «escapando» por razones de un carácter muy diferente.

El agente Rose pasó a describirle los muchos objetos y obras de arte que habían desaparecido de las casas a las que Arnott había acudido con motivo de algún acto social. Con tristeza, la asistenta confirmó que prácticamente todos esos objetos se hallaban en la casa. Y, en efecto, el marco ovalado azul con aljófares incrustados que encuadraba el retrato de una mujer se encontraba sobre la mesilla de su dormitorio.

–Señora, sabemos que llegará dentro de poco. Debo pedirle que nos acompañe. Estoy seguro de que usted no sabía lo que estaba sucediendo y que no está comprometida en este asunto. Vamos a solicitar por teléfono una orden de registro para entrar en la casa del señor Arnott y arrestarle.

Amablemente, el agente Rose condujo a la perpleja Maddie al coche que les aguardaba.

–No me lo puedo creer –gimió–. No sabía nada de esto.

89

A las doce y media, una asustada Martha Luce, que había trabajado durante veinte años de administradora para James Forrest Weeks, se encontraba en el despacho del fiscal Brandon Royce retorciendo un pañuelo húmedo con las manos.

Le acababan de leer en voz alta la declaración jurada que había entregado a Royce varios meses atrás.

–¿Mantiene usted lo que nos dijo aquel día? –preguntó Royce al tiempo que golpeaba los folios que tenía en la mano.

–Les dije todo lo que sabía –dijo Martha en una voz tan baja que prácticamente resultaba inaudible. Lanzó una mirada de soslayo al taquígrafo y luego otra a su sobrino, un joven abogado a quien había llamado presa del pánico al enterarse del fructífero registro que la policía había llevado a cabo en la casa de Barney Haskell.

Royce se inclinó.

–Señora Luce, permítame que haga hincapié en lo grave que es la situación en la que se encuentra. Espero que sea consciente del riesgo que corre si decide continuar mintiendo bajo juramento. Tenemos suficientes pruebas como para encerrar a Jimmy Weeks. Ya le he mostrado mis cartas. Como por desgracia a Barney Haskell le han arrebatado la vida de forma repentina, nos sería de gran ayuda que usted se presentara como testigo vivo –el fiscal subrayó la palabra «vivo»–, para corroborar la exactitud de sus documentos. Si no lo hace, Jimmy Weeks será condenado igualmente, pero entonces, señora Luce, dirigiremos toda nuestra atención hacia su persona. El perjurio es un delito muy grave, como lo es la colaboración en la evasión de impuestos sobre la renta.

El semblante, siempre tímido, de Martha Luce se demudó y la mujer echó a llorar. Sus ojos azul pálido enrojecieron de inmediato y las lágrimas que los arrasaban empezaron a caer por sus mejillas.

–El señor Weeks pagó todas las facturas que tuvimos durante la larga enfermedad de mi madre.

–Eso está muy bien –dijo Royce–, pero las pagó con el dinero de los contribuyentes.

–Mi cliente tiene derecho a guardar silencio –intervino el abogado.

Royce le lanzó una mirada fulminante.

–Eso ya ha quedado claro, señor abogado. Pero dígale a su cliente que no nos gusta enviar a mujeres de edad madura a la cárcel por el hecho de equivocar el objeto de su lealtad. Por esta vez, y sólo por esta vez, estamos dispuestos a ofrecer a su cliente la inmunidad absoluta a cambio de su total colaboración. Dicho esto, ahora todo depende de ella. Eso sí, recuérdele –el tono de Royce era de profundo sarcasmo– que Barney Haskell tardó tanto tiempo en decidir si quería aceptar el trato que al final no pudo cerrarlo.

–¿Inmunidad absoluta? –preguntó el abogado.

–Absoluta. Además detendremos a la señorita Luce de forma preventiva. No queremos que le suceda nada.

–Tía Martha... –empezó a decir el joven con voz entrecortada.

Ella dejó de gimotear.

–Lo sé, querido. Señor Royce, quizá llegara a sospechar en algún momento que el señor Weeks...

90

La noticia de que en la residencia de verano de Barney Haskell se había descubierto una caja de seguridad llena de documentos significó para Bob Kinellen el anuncio de que todas las esperanzas de absolución que le pudieran quedar a Jimmy Weeks se habían evaporado. Incluso el suegro de Kinellen, Anthony Bartlett, cuya ecuanimidad era proverbial, había empezado a reconocer sin tapujos lo que ya era inevitable.

El mismo martes por la mañana, el fiscal Royce había solicitado que la pausa para el almuerzo se prolongara una hora más. El juez había accedido. Bob sospechaba cuál era el significado de esa maniobra. Martha Luce, una de los testigos de la defensa que gozaba de mayor credibilidad debido a su carácter tímido y serio, estaba recibiendo presiones.

Si Haskell había hecho copias de los libros de contabilidad, el documento en el que Luce había jurado que las cuentas de Weeks eran correctas colgaría ahora sobre su cabeza como una espada de Damocles.

Si Martha Luce accedía a declarar como testigo de cargo a cambio de que la acusación le concediese la inmunidad, todo se habría acabado.

Bob Kinellen estaba sentado en su despacho en silencio, mirando cualquier cosa que no fuera su cliente. Sentía un cansancio terrible, como si un peso le estuviera aplastando, y se preguntaba en qué momento le había invadido. Pensando en lo que había hecho durante los últimos días, de pronto se acordó: había sido al comunicar a Kerry la amenaza que se cernía sobre su hija. Había conseguido trabajar de abogado durante once años sin faltar a las leyes escritas. Jimmy Weeks tenía derecho a defenderse, y su tarea era impedir que lo condenaran. Lo hacía por medios legales. Si se empleaban otros recursos, él ni lo sabía ni quería saberlo.

Sin embargo, en ese juicio él había pasado a formar parte del proceso que se había puesto en marcha para burlar la ley. Weeks le acababa de explicar la razón por la que había insistido en que la señora Wagner fuera miembro del jurado: su padre estaba en una cárcel de California. Treinta años atrás había asesinado a una familia entera de campistas en el parque nacional de Yosemite. Kinellen sabía que tenía que ocultar esta información y presentarla luego como parte de la apelación de Weeks. También sabía que no era algo ético. La etapa en que había estado pisando terreno peligroso había llegado a su fin. Había dado un paso adelante. Todavía le consumía la terrible vergüenza que le había embargado al oír el grito de terror que había proferido Robin mientras él forcejeaba con Kerry. ¿Cómo le había explicado Kerry lo que ocurría? «Tu padre me acaba de decir que su cliente le ha hecho una amenaza que te afecta a ti... El cliente de tu padre es la persona que ordenó al individuo que viste la semana pasada que te diera un susto...»

Jimmy Weeks le tenía pánico a la cárcel. La idea de estar encerrado le resultaba insufrible. Haría cualquier cosa con tal de evitarlo.

Evidentemente, Jimmy estaba fuera de sí. Habían almorzado en una mesa privada de un restaurante situado a pocos kilómetros de los tribunales. Tras pedir los platos, Jimmy le había dicho bruscamente:

–No quiero ni que mentéis la posibilidad de llegar a un trato con el fiscal, ¿entendido?

Bartlett y Kinellen aguardaron sin decir nada.

–Por lo que respecta a los miembros del jurado, me temo que ya podemos olvidarnos de que el debilucho ése que tiene a la mujer enferma vaya a apoyarnos.

«Eso te lo podría haber dicho yo», pensó Kinellen. No quería hablar de ello. Si su cliente había estado sobornando a los miembros del jurado, lo había hecho sin su conocimiento, se dijo para tranquilizarse. «Sí, y Haskell ha sido víctima de un robo», le dijo burlonamente una voz interior.

–Bobby, mis hombres me han dicho que el agente encargado del jurado tiene una deuda contigo –dijo Weeks.

–¿De qué estás hablando, Jimmy? –respondió Bob mientras jugueteaba con su tenedor.

–Sabes perfectamente de qué estoy hablando. Sacaste a su hijo de un lío, de un buen lío. Te está muy agradecido.

–¿Y?

–Bobby, creo que el agente debería hacerle saber a la tonta y remilgada señora Wagner que su papaíto, el asesino, va a salir en titulares si ella no presenta una duda razonable cuando llegue el momento de dar el veredicto.

«Cría cuervos y te sacarán los ojos», le había dicho Kerry antes de que naciera Robin.

–Jimmy, el hecho de que la señora Wagner no haya revelado esa circunstancia en su momento constituye por sí mismo un motivo para pedir que se celebre un segundo juicio. Éste es el as que tenemos guardado en la manga. No tenemos por qué complicar más las cosas. –Bob lanzó una mirada a su suegro–. Para Anthony y para mí, supone un gran riesgo no habérselo comunicado todavía al juez. Podríamos salvar el pellejo aduciendo que nos hemos enterado de ello cuando el juicio ya había acabado. Incluso si te condenan, quedarás libre bajo fianza, y luego todo lo que habrá que hacer será conseguir aplazamientos.

–No basta, Bobby. Esta vez vas a tener que mojarte. Ten una conversación amistosa con el oficial. Te escuchará. Que hable con la señora Wagner, que ya se ha metido en un lío por mentir durante la selección del jurado. De ese modo, se podría dar el caso de que no llegaran a un acuerdo en el veredicto o incluso de que me absolvieran. Entonces podríamos dedicarnos a conseguir aplazamientos mientras halláis la manera de que me absuelvan en el próximo juicio.

El camarero volvió a su mesa con los aperitivos. Bob Kinellen había pedido caracoles, una especialidad de la casa que le encantaba. Hasta que hubo terminado y el camarero hubo recogido el plato, no se dio cuenta de que no había probado bocado.

«Jimmy no es el único que está acorralado –pensó–. Estoy tan atrapado como él.»

91

Kerry volvió a su despacho tras la llamada de Si Morgan. Ahora estaba convencida de que Jason Arnott estaba definitivamente ligado a la muerte de Suzanne Reardon. Sin embargo, tendría que esperar para averiguar el «cómo» hasta que el FBI lo detuviera, y ella y Frank Green tuvieran la oportunidad de interrogarle.

Había un montón de mensajes sobre su escritorio, uno de ellos, el que le había dejado Jonathan, tenía la señal de «urgente». Le había dejado el número privado de su despacho. Kerry lo llamó inmediatamente.

–Gracias por llamarme, Kerry. Tengo que ir a Hackensack y quiero hablar contigo. ¿Te va bien comer conmigo?

Unas semanas atrás, hubiera comenzado la conversación preguntándole: «¿Te va bien comer conmigo, señora juez?».

Kerry comprendió que la omisión no era accidental ese día. Jonathan no se andaba con tapujos: si entre las consecuencias políticas de su investigación se encontraba la renuncia de Frank Green a su candidatura, ella tendría que ir olvidándose del cargo de juez. Así era la política, además, había muchísima gente que reunía las condiciones necesarias para ocupar el puesto.

–Claro, Jonathan.

–En Solari´s a la una y media.

Estaba convencida de que sabía por qué la había llamado. Le habría llegado la noticia de la muerte del doctor Smith y estaría preocupado por ella y Robin.

Llamó al despacho de Geoff. Estaba comiendo un sándwich sentado en su escritorio.

–Menos mal que estoy sentado –dijo cuando la abogada terminó de contarle lo que se había averiguado en relación a Arnott.

–El FBI va a fotografiar y catalogar todo lo que encuentre en la casa de las Catskills. Morgan nos ha dicho que aún no se ha decidido si se va a trasladar todo a un almacén o si se va a invitar a las personas que sufrieron los robos a que identifiquen las obras allí mismo. De todos modos, cuando Green y yo vayamos a hablar con Arnott, queremos que la señora Reardon nos acompañe para identificar el marco.

–Le pediré que aplace la angioplastia por unos días. Kerry, uno de nuestros socios ha ido a los tribunales esta mañana y me ha dicho que Royce ha solicitado al juez que prolongue la pausa para el almuerzo una hora más. Se rumorea que le ha ofrecido la inmunidad absoluta a la administradora de Jimmy Weeks. No quiere apostar fuerte y arriesgarse a perder otro testigo importante.

–Entonces nos estamos acercando al momento de la verdad.

–En efecto.

–¿Has llamado a Skip para decirle lo de la carta del doctor Smith?

–Justo después de hablar contigo.

–¿Y cómo ha reaccionado?

–Se ha echado a llorar. –La voz de Geoff adquirió un tono más grave–. Yo también. Le van a soltar, Kerry, y todo gracias a ti.

–No, te equivocas. Todo se debe a ti y a Robin. Yo he estado a punto de dejarle en la estacada.

–Ya hablaremos de eso en otra ocasión, Kerry. Deidre Reardon me está llamando por la otra línea. Llevo un rato intentando hablar con ella. Luego hablamos. No quiero que tú y Robin paséis la noche a solas en casa.

Antes de salir a comer con Jonathan, Kerry llamó al teléfono celular de Joe Palumbo. El investigador respondió enseguida.

–Palumbo, ¿dígame?

–Joe, soy yo, Kerry.

–Ya se ha acabado el recreo. Robin ha vuelto a entrar. He aparcado delante de la puerta principal, que es la única que no está cerrada con llave. Luego la llevaré a casa y me quedaré con ella y la canguro. –Se interrumpió–. No te preocupes, mamá. Voy a cuidar bien de tu pequeña.

–Sé que lo vas a hacer. Gracias, Joe.

Se le hacía tarde. Salió apresuradamente al pasillo y se coló en el ascensor, que estaba a punto de cerrarse. No podía quitarse de la cabeza el alfiler. No sabía por qué, pero había algo en él que le resultaba sumamente familiar. Las dos partes. La flor y el capullo, como una madre y un hijo. La mamá y su pequeña... ¿Por qué tenía la impresión de que aquello le resultaba familiar?

Jonathan ya estaba sentado a la mesa bebiendo una gaseosa. Cuando la vio aparecer, se levantó. El abrazo, breve y cordial, que le dio la tranquilizó.

–Tienes aspecto de estar muy cansada, jovencita –dijo– ¿O será que estás muy agobiada?

Siempre que le hablaba así, Kerry tenía la sensación de que le invadía la calidez de los tiempos en que su padre estaba vivo. Entonces se sentía sumamente agradecida por el hecho de que Jonathan hubiera desempeñado el papel de segundo padre en tantos momentos de su vida.

–Está siendo un día muy movido –dijo al sentarse–. ¿Te has enterado de lo que le ha ocurrido al doctor Smith?

–Grace me ha llamado para decírmelo. Ella se ha enterado por la radio a las diez, cuando estaba desayunando. Parece que ha sido de nuevo por obra y gracia de Weeks. Grace y yo estamos angustiados por Robin.

–Yo también. De todos modos, Joe Palumbo, uno de nuestros investigadores, está vigilando la entrada del colegio. Se quedará con ella hasta que yo llegue a casa.

El camarero estaba aguardando.

–Vamos a pedir –sugirió Kerry– y luego te pongo en antecedentes.

Ambos optaron por una sopa de cebolla, que les fue servida casi de inmediato. Mientras comían, Kerry le explicó que el doctor Smith le había enviado un paquete con todas las joyas y una carta.

–Me avergüenzo de haber intentado disuadirte de que continuaras con la investigación –dijo Jonathan con voz queda–. Haré lo que pueda, pero si el gobernador llega a la conclusión de que la candidatura de Green está en peligro, no me extrañaría que te hiciera pagar las consecuencias.

–Bueno, al menos hay esperanza –comentó Kerry–, y podemos dar las gracias a Grace por la pista que le ha dado al FBI. –Entonces le contó lo que había averiguado acerca de Jason Arnott–. Puedo imaginarme de qué manera Frank intentará contrarrestar la publicidad negativa que va a generar la noticia de que Skip Reardon fuera procesado de forma injusta. Se muere por anunciar que el ladrón que asesinó a la madre del diputado Peale ha sido capturado gracias a una pista proporcionada por la esposa del senador Hoover. Al final va a resultar que eres su mejor amigo. Es comprensible, al fin y al cabo, tú eres seguramente el político más respetado de Nueva Jersey.

Jonathan sonrió.

–Se podría ir mas lejos y decir que Grace consultó antes a Frank y éste le instó para que llamara al FBI. –La sonrisa desapareció de sus labios–. Kerry, ¿qué relación hay entre la posible culpabilidad de Arnott en el caso Reardon y la amenaza a Robin? ¿Existe la posibilidad de que Arnott sea la persona que le sacó la foto que te enviaron?

–Ninguna. Fue el propio padre de Robin el encargado de transmitirnos la amenaza. Al final, acabó prácticamente admitiendo que fue Jimmy Weeks quien mandó que se sacara la fotografía.

–¿Cuál es el siguiente paso?

–Lo más probable es que mañana a primera hora Frank Green y yo llevemos a Deidre Reardon a las Catskills para que identifique el marco miniatura. En estos momentos, Arnott ya debe de estar esposado. Lo van a retener en la cár-

del local, al menos por el momento. Luego, una vez hayan especificado qué objetos se robaron en cada casa, le procesarán en los lugares donde corresponda. Creo que lo primero que harán será juzgarle por el asesinato de la madre del diputado Peale. Y, claro está, si es él el responsable de la muerte de Suzanne Reardon, también le procesaremos aquí.

–¿Y si no habla?

–Hemos mandado un comunicado a todos los joyeros de Nueva Jersey, aunque, como es lógico, nos hemos concentrado en el condado de Bergen, ya que Weeks y Arnott viven aquí. Me imagino que alguno de los joyeros reconocerá las joyas más modernas y dirá que son de Weeks. La pulsera de anticuario seguramente sea de Arnott. La pulsera tenía un cierre nuevo cuando la encontraron en el brazo de Suzanne, y como es una pieza tan poco común, lo más probable es que algún joyero acabe reconociéndola. Cuantos más datos tengamos para acorralar a Arnott, más fácil será obligarle a hacer un trato.

–Entonces ¿vais a ir a las Catskills mañana a primera hora?

–Sí. Desde luego, no pienso volver a dejar a Robin sola en casa por la mañana. Si Frank decide salir muy temprano, hablaré con la canguro para que se quede a cuidar de ella.

–Tengo una idea mejor. ¿Por qué no viene Robin esta noche con nosotros? Ya la llevaré yo al colegio por la mañana o, si quieres, puedes decirle a Palumbo que venga a recogerla. Nuestra casa tiene el sistema de seguridad más avanzado, ya lo sabes. Yo estaré allí, por descontado, y, no sé si te lo he comentado alguna vez, pero Grace tiene una pistola en el cajón de la mesilla. Le enseñé a utilizarla hace años. Por otro lado, creo que a Grace le sentaría bien la compañía de Robin. De un tiempo a esta parte, ha estado algo deprimida, y da gusto tener a Robin en casa.

Kerry sonrió.

–Sí, es cierto. –Se quedó pensativa por un momento–. Jonathan, creo que es una buena idea. Tengo que ponerme a trabajar ya en otro caso que tengo a mi cargo y luego quiero repasar el expediente Reardon con el mayor detenimiento posible para ver si logro sacar en limpio algo más que nos pueda ser útil cuando interroguemos a Arnott. En cuanto Robin llegue a casa del colegio, la llamaré y le contaré el plan. Le va a hacer una gran ilusión. Os quiere muchísimo, y le encanta la habitación rosa que tenéis para los invitados.

–Antes era la tuya, ¿te acuerdas?

–Claro, ¿cómo iba a olvidarlo? Dormía en ella cuando le dije al primo de Grace, el jardinero, que era un ladrón.

92

Tras la prolongada pausa para el almuerzo, el fiscal Brandon Royce regresó a la sala para comenzar la sesión de la tarde del juicio de Estados Unidos contra James Forrest Weeks. Se sentía seguro, porque sabía que detrás de su discreta y tímida fachada, Martha Luce tenía la memoria de un ordenador personal. La declaración irrecusable que serviría para condenar a Weeks iba tomando cuerpo a medida que respondía a la amable presión que estaban ejerciendo sobre ella dos de sus ayudantes.

Royce reconocía que el sobrino de Luce tenía posibilidades. El abogado había insistido en que antes de que Martha empezase a decir lo que sabía, el acuerdo al que habían llegado fuera firmado por ambas partes en presencia de testigos. A cambio de su sincera y cumplida colaboración, de la cual no podría desdecirse a posteriori, no se le procesaría por ningún cargo de tipo federal, penal o civil ni en el presente ni en el futuro.

Sin embargo, ya se ocuparía más tarde de la declaración de Martha Luce. La presentación de los argumentos de la acusación llevaba un orden estricto. El testigo que iba a declarar esa tarde era un restaurador que a cambio de la renovación de su contrato de arrendamiento había aceptado pagar al recaudador de Jimmy Weeks un suplemento mensual de cinco mil dólares en efectivo.

Cuando llegó el turno de preguntas a la defensa, Royce se puso en pie para protestar cada vez que Bob Kinellen interpelaba al testigo tratando de cogerle en algún pequeño error y obligándole a confesar que en realidad nunca había visto a Jimmy Weeks con el dinero en las manos y que por ello no podía asegurar que el recaudador no estuviera trabajando por su cuenta. «Kinellen es un buen abogado –pensó Royce–. Es una pena que esté desperdiciando su talento representando a este desgraciado.»

Royce no sabía que Robert Kinellen compartía su opinión pese a la buena impresión que estaba causando a un jurado tan receptivo como el que tenía delante.

93

Jason Arnott adivinó que algo nefasto había ocurrido en el mismo momento en que abrió la puerta de su casa de las Catskills y vio que Maddie no se encontraba en ella.

«Si Maddie no está aquí y no ha dejado una nota, entonces es que ha ocurrido algo. Se acabó», pensó. ¿Cuánto tardarían en capturarle? Pronto, de eso estaba seguro.

De repente sintió hambre. Fue rápidamente al frigorífico y sacó el salmón ahumado que había encargado a Maddie que comprara. Luego cogió las alcaparras, el queso fundido y el paquete de pan tostado. La botella de Pouilly-Fuissé ya estaba fría.

Se preparó un plato de salmón y se sirvió un vaso de vino. Con ellos en las manos, se paseó por la casa. «Digamos que se trata de la última visita», pensó mientras observaba los tesoros que le rodeaban. El tapiz del comedor, exquisito. La Aubusson del salón –un verdadero lujo pasear sobre semejante preciosidad–. La escultura de bronce de Chaim Gross, una esbelta mujer que sostiene a un niño pequeño en la palma de la mano... A Gross le encantaba el tema de la madre y el niño. Arnott recordó que la madre y la hermana del escultor habían muerto en el holocausto.

Le iba a hacer falta un abogado, claro. Un buen abogado. Pero ¿quién? Una sonrisa se dibujó en sus labios. Conocía a la persona adecuada: Geoffrey Dorso, el hombre que llevaba diez años representando a Skip Reardon sin dar su brazo a torcer. Dorso tenía una reputación muy buena y tal vez quisiera aceptar a un nuevo cliente, sobre todo tratándose de alguien que podía darle la prueba que necesitaba para sacar a Reardon de la cárcel.

En ese momento sonó el timbre de la puerta principal. Hizo caso omiso. Volvió a sonar una vez más y luego continuó sonando persistentemente. Arnott masticó la última tostada, paladeando el delicado sabor del salmón y el regusto agrio de las alcaparras.

Entonces sonó el timbre de la puerta de servicio. «Estoy rodeado –pensó–. Qué se le va a hacer.» Hacía tiempo que sabía que algún día tendría que ocurrir. Si se hubiera dejado llevar por sus instintos y hubiese salido del país... Apuró el vaso de vino, decidió que otro más no le vendría mal y volvió a la cocina. Entonces advirtió que detrás de las ventanas había varios hombres mirándolo, hombres con una expresión de agresividad y satisfacción propia de quienes tienen el derecho a ejercer el poder.

Arnott les hizo un gesto con la cabeza y levantó el vaso parodiando un brindis. Sin dejar de beber, se dirigió a la puerta de servicio, la abrió y se apartó a un lado para dejar que los hombres irrumpieran en la casa.

–FBI, señor Arnott –exclamaron–. Tenemos una orden para registrar su casa.

–Caballeros, caballeros –murmuró–. Les ruego que tengan cuidado. En esta casa hay muchos objetos de gran belleza; algunos son muy valiosos. Tal vez no estén acostumbrados a ellos, pero, por favor, respétenlos. ¿No tendrán los zapatos manchados de barro?

94

Kerry llamó a Robin a las tres y media. Ella y Alison estaban jugando con el ordenador, entreteniéndose con uno de los juegos que le había regalado tío Jonathan y tía Grace. Kerry le explicó el plan:

–Esta noche he de trabajar hasta tarde y mañana tengo que levantarme a las siete. A Jonathan y Grace les gustaría que te quedaras en su casa, y yo voy a estar más tranquila sabiendo que estás con ellos.

–¿Por qué el señor Palumbo ha estado vigilando el colegio y luego me ha traído a casa? ¿Por qué está ahora afuera? ¿Es que estoy realmente en peligro?

Kerry intentó al hablar disimular su preocupación.

–Siento decepcionarte, pero se trata tan sólo de una precaución, Rob. Falta poco para que aclaremos el caso del todo.

–Qué bien. El señor Palumbo es muy simpático. No me importa quedarme con tía Grace y tío Jonathan. Ellos también son muy simpáticos. De todas formas, ¿qué vas a hacer tú? ¿Se quedará el señor Palumbo cuando vengas a casa?

–Llegaré tarde, y entonces, la policía pasará por delante de la casa cada cuarto de hora más o menos. Con eso será suficiente.

–Ten cuidado, mamá.

Por un momento, la fingida valentía que había mostrado Robin flaqueó y su voz sonó como la de una niña asustada.

–Tú también, cariño. Haz los deberes.

–Sí, mamá. Y voy a preguntarle a la tía Grace si puedo

ver de nuevo sus viejos álbumes de fotos. Me encanta ver la ropa y los peinados que llevaban antes. Además, por lo que recuerdo, las fotos están pegadas por orden de fechas. Tal vez pueda sacar alguna idea, porque el próximo trabajo que tengo que hacer para la clase de fotografía es un álbum familiar en el que se cuente una historia.

–Sí, en esos álbumes hay algunas fotos muy buenas. Me acuerdo de que me encantaba verlos cuando iba a cuidar la casa –comentó Kerry–. Solía contar cuántas asistentas diferentes habían tenido la tía Grace y el tío Jonathan de pequeños. Todavía pienso en ello cuando paso el aspirador o pongo la ropa a secar.

Robin se echó a reír.

–Bueno, ten paciencia. Tal vez ganes la lotería algún día. Te quiero, mamá.

A las cinco y media, Geoff la llamó desde el coche.

–No te puedes imaginar dónde estoy. –Geoff no esperó a que respondiera–. He estado en los tribunales esta tarde. Jason Arnott ha estado intentando ponerse en contacto conmigo y me ha dejado un mensaje.

–¡Jason Arnott! –exclamó Kerry.

–Sí. Le he llamado hace unos minutos y me ha dicho que quiere hablar conmigo inmediatamente. Quiere que me ocupe de su caso.

–¿Y le vas a representar?

–No puedo porque está relacionado con el caso Reardon. Además, aunque pudiera, tampoco lo haría. Se lo he dicho, pero insiste en que quiere verme.

–¡Geoff! No permitas que te diga nada que pueda ser considerado privilegio del abogado y su cliente.

Dorso se echó a reír.

–Gracias, Kerry. Menos mal que me lo has recordado.

Kerry se rió también y luego le contó que Robin iba a pasar la noche en casa de Jonathan y Grace.

–Voy a trabajar hasta tarde esta noche. Cuando vuelva a

casa, llamaré al departamento de policía de Hohokus para decirles que estoy de camino. Ya lo tengo todo pensado.

–No te olvides de hacerlo. –Su voz se había vuelto firme–. Cuanto más pienso en que anoche fuiste sola a casa del doctor Smith, más me preocupa el peligro que corriste. Podías haber estado allí cuando le mataron, tal como le ocurrió a Mark Young cuando acabaron con Haskell.

Geoff se despidió tras prometerle que llamaría para informarle de lo ocurrido cuando hubiera acabado de hablar con Arnott..

Kerry no acabó hasta las ocho el trabajo de preparación que tenía que hacer para su próximo juicio. Entonces cogió una vez más el voluminoso expediente Reardon.

Observó con detenimiento las fotografías del lugar del crimen. En su carta, el doctor Smith le había descrito lo que había hecho cuando había entrado en la casa de su hija aquella noche y había visto el cadáver de Suzanne. Kerry cerró los ojos ante la idea de que pudiera llegar a ver a Robin en semejantes circunstancias. El cirujano había escrito en la carta que había cogido deliberadamente la tarjeta en la que estaba escrita la canción *Corazón mío*, porque estaba seguro de que Skip había matado a Suzanne en un arrebato de celos y no quería que se librara de la pena máxima gracias a una reducción de condena.

Kerry se creyó lo que había escrito el doctor Smith. «La mayoría de las personas no miente cuando tiene pensado suicidarse –pensó–. Y lo que el doctor ha escrito respalda la versión de Skip. El asesino es el hombre que fue a la casa entre la hora en que se marchó Skip, aproximadamente las seis y media, y la hora en que llegó el doctor, en torno a las nueve.»

«¿Jason Arnott? ¿Jimmy Weeks? ¿Quién mató a Suzanne?», se preguntó.

A las nueve y media, Kerry cerró el expediente. No había encontrado ningún dato nuevo que se pudiera utilizar en el interrogatorio que iba a hacer a Jason Arnott al día siguiente.

«Si estuviera en su lugar –pensó–, diría que Suzanne me había dado el marco miniatura el día de su muerte porque temía que se le desprendiera un par de perlas y quería que lo arreglase, y que, al enterarme de que la habían encontrado muerta, había decidido quedármelo, ya que no quería verme envuelto en la investigación de un asesinato.»

Una historia así era del todo verosímil y no sería difícil que fuera aceptada en el juicio. El asunto de las joyas, sin embargo, era muy diferente. Todo acababa conduciendo a las joyas. Si pudiera probar que Arnott había dado a Suzanne esas valiosas piezas, de nada le valdría decir que se trataba de un regalo de simples amigos.

A las diez salió de la silenciosa fiscalía y se dirigió al aparcamiento. De pronto sintió hambre, por lo que se acercó a la cafetería Arena, que estaba a la vuelta de la esquina, y pidió una hamburguesa, patatas fritas y un café.

«Si cambiáramos el café por una Coca-Cola, tendríamos la comida favorita de Robin –pensó suspirando–. He de reconocer que echo de menos a mi pequeña.»

La mamá y su pequeña...

La mamá y su pequeña...

¿Por qué le venía ese sonsonete una y otra vez a la cabeza?, se preguntó una vez más. Tenía la impresión de que había algo que no acababa de encajar, algo que no encajaba en absoluto. Pero ¿qué era?

De repente pensó que debería haber llamado a casa de los Hoover antes de salir del despacho para darle las buenas noches a Robin. ¿Por qué no lo había hecho? Kerry acabó la comida rápidamente y volvió al coche. Eran las once menos veinte, demasiado tarde para llamar. Entonces, en el momento en que salía del aparcamiento, sonó el teléfono. Era Jonathan.

–Kerry –dijo con voz queda y tensa–, Robin está con Grace. No sabe que te estoy llamando; no quería preocuparte. En cuanto se ha quedado dormida, ha tenido una terrible pesadilla. Creo sinceramente que deberías venir. Han ocurrido muchas cosas. Te necesita.

–Voy ahora mismo.

Kerry cambió el intermitente de la derecha por el de la izquierda, pisó el acelerador y salió corriendo en busca de su hija.

95

El viaje por la autopista de Nueva Jersey a las Catskills fue horroroso. Había empezado a llover aguanieve por todo Middletown y la circulación avanzaba muy lentamente. A aquello había que añadir el retraso de una hora que había supuesto el accidente de un camión al que se le había volcado el remolque, lo cual había ocasionado retenciones en todos los carriles.

A las diez menos cuarto Geoff Dorso llegaba cansado y hambriento a la comisaría de policía de Ellenville, donde estaba detenido Jason Arnott. Un equipo de agentes del FBI estaba aguardando a que el preso hablara con Geoff para poder interrogarlo.

–Están perdiendo el tiempo –dijo Geoff–. Yo no puedo representarle. ¿No se lo ha dicho él mismo?

Arnott, esposado, fue conducido a la sala de visitas. Geoff no lo había visto en los once años que habían pasado desde la muerte de Suzanne. En aquel entonces todo el mundo había aceptado que hubiera mantenido una relación con Suzanne en la que se combinara la amistad y los negocios. Nadie, ni siquiera Skip, había llegado a sospechar en ningún momento que tuviera otra clase de interés en ella.

Geoff observó al hombre detenidamente. Jason Arnott

tenía la cara más redonda de lo que recordaba, aunque todavía conservaba la misma expresión de refinamiento y hastío. Pese a que las arrugas que tenía en torno a los ojos denotaban una profunda fatiga, parecía que acababa de estrenar el jersey de cuello alto de cachemira que asomaba por debajo de la chaqueta de lana que llevaba.

«Un hacendado culto y entendido... –pensó Geoff–. Incluso en las circunstancias en las que se encuentra es capaz de mantener el tipo.»

–Le agradezco que haya venido, señor Dorso –dijo Arnott cordialmente.

–Si he de decirle la verdad, no sé qué estoy haciendo aquí –respondió Geoff–. Como ya le he dicho por teléfono, está usted involucrado en el caso Reardon. El señor Reardon es mi cliente. He de decirle que nada de lo que me diga será considerado información privilegiada. Ya le he avisado. No soy su abogado. Le comunicaré al fiscal todo lo que me diga, porque voy a tratar de probar que usted se encontraba en casa de los Reardon la noche en que murió Suzanne.

–Oh, claro que estaba allí. Por eso he pedido que le llamen. No se preocupe. Esto no es información privilegiada. Tengo la intención de confesar. He pedido que le llamen porque puedo declarar a favor de Skip. A cambio quiero que usted me represente en cuanto le suelten. No se darán incompatibilidades entonces.

–Escúcheme, no voy a representarle –dijo Geoff tajantemente–. He pasado diez años de mi vida defendiendo a un hombre inocente que fue condenado a la cárcel. Si fue usted quien mató a Suzanne, o sabe quién lo hizo, y ha permitido que Skip se pudra en esa celda durante todo este tiempo, prefiero morir en el infierno a mover un solo dedo por usted.

–Ésta es precisamente la clase de determinación que debe tener el abogado al que quiero contratar –dijo Arnott dejando escapar un suspiro–. Muy bien. Buscaremos otra solución. Usted es abogado defensor y conoce a los buenos profesionales en su campo, tanto de Nueva Jersey como de fuera. Si me promete que me conseguirá al mejor abogado que se pueda contratar con dinero, yo le diré lo que sé sobre la muerte de Suzanne Reardon, de la cual, desde luego, no soy responsable.

Geoff miró fijamente a Arnott mientras estudiaba su oferta.

–De acuerdo, pero antes de que digamos una palabra más, quiero una declaración firmada en presencia de testigos en la que se haga constar que cualquier información que usted me dé no será privilegiada y podré utilizarla de la manera que me parezca más adecuada para ayudar a Skip Reardon.

–¿Cómo no?

La taquígrafa que acompañaba a los agentes del FBI se ocupó de poner por escrito la breve declaración de Arnott. Cuando él y un par de testigos la hubieron firmado, Arnott dijo:

–Es tarde y ha sido un día muy largo. ¿Ya ha pensado quién es el abogado que me conviene?

–Sí –contestó Geoff–. George Symonds, de Trenton. Es un abogado muy convincente ante el jurado y un negociador inigualable.

–Van a intentar condenarme por asesinato con premeditación en el caso de la muerte de la señora Peale. Le juro que fue un accidente.

–Si existe la manera de demostrar que fue un simple homicidio, Symonds la encontrará. Al menos no le condenarán a pena de muerte.

–Llámele ahora.

Geoff sabía que Symonds vivía en Princeton porque le había invitado una vez a cenar en su casa y se acordaba de que su número de teléfono aparecía en la guía con el apellido de su esposa. Cogió su teléfono celular y le llamó en presencia de Arnott. Eran las diez y media.

Diez minutos más tarde, Geoff desconectó el teléfono.

–Muy bien, ya le he conseguido un abogado de primera. Ahora hablemos.

–Tuve la mala suerte de encontrarme en la casa de los Reardon la noche en que murió Suzanne –dijo Arnott, adoptando de repente una actitud solemne–. Suzanne era sumamente descuidada con sus joyas, y como algunas de ellas eran realmente bellas, la tentación era demasiado fuerte. Sabía que Skip tenía que ir a Pensilvania por motivos de trabajo y Suzanne me había dicho que tenía una cita con Jimmy Weeks aquella misma noche. Por extraño que parezca, estaba medio loca por él.

–¿Estaba él en la casa cuando usted entró?

Arnott hizo un gesto de negación.

–No, habían quedado en que ella fuera al centro comercial de Pearl River, dejara el coche allí y se encontrara con él en su limusina. Por lo que entendí, la cita era temprano, pero, evidentemente, me equivoqué. Vi varias luces encendidas en la planta baja cuando llegué, aunque era normal. Se encendían automáticamente. Desde la parte de atrás de la casa observé que las ventanas del dormitorio estaban abiertas de par en par. Subir fue fácil, ya que los tejados de las casas modernas de dos pisos llegan casi hasta el suelo.

–¿Qué hora era?

–Las ocho en punto. Iba camino de una cena a la que me habían invitado en Cresskill; una de las razones por las que he podido disfrutar de una carrera profesional tan larga y fructífera es que casi siempre he podido recurrir a un intachable grupo de testigos para acreditar dónde me encontraba durante una noche determinada.

–Así que entró en la casa... –le animó Geoff.

–Sí. Estaba todo en el más absoluto silencio, por lo que supuse que Skip y Suzanne habían salido tal como tenían pensado. No sabía que Suzanne se encontraba todavía en la planta baja. Pasé por el salón de la suite, entré en el dormitorio y me acerqué a la mesita. Sólo había visto el marco miniatura de pasada y no estaba seguro de que se tratara de un Fabergé original; obviamente, había tratado de evitar mostrarme demasiado interesado en él. Lo cogí y cuando estaba observándolo, oí la voz de Suzanne. Estaba gritándole a alguien. Fue una situación bastante desconcertante.

–¿Qué decía?

–Algo así como: «Me las diste y ahora son mías. Ahora vete. Me aburres».

«Me las diste y ahora son mías.» Geoff pensó que se refería a las joyas.

–Eso significa que Jimmy Weeks había cambiado de planes y decidió pasar a recoger a Suzanne a casa –concluyó Dorso.

–Oh, no. Un hombre exclamó entonces: «Me las tienes que devolver», pero el tono era demasiado refinado para ser el de Jimmy Weeks y, desde luego, no se trataba del pobre Skip –dijo Arnott con un suspiro–. En aquel momento, casi inconscientemente, me metí el marco en el bolsillo. Luego resultó ser una copia malísima, aunque como la fotografía de Suzanne es una maravilla, no me arrepiento de haberlo cogido. Era tan divertida... La echo mucho de menos.

–Así que guardó el marco en el bolsillo... –insistió Geoff.

–Y de repente oí que alguien subía. Estaba en el dormitorio, no lo olvide, por lo que me metí en el armario de Suzanne y traté de esconderme detrás de sus vestidos. No cerré la puerta del todo.

–¿Vio quién era?

–No, la cara no.

–¿Qué hizo aquella persona?

–Se dirigió directamente al joyero, revolvió en él y cogió algo. Entonces, como al parecer no encontraba todo lo que buscaba, empezó a mirar en los cajones. Parecía desquiciado. Al cabo de unos minutos, o bien encontró lo que estaba buscando o bien se dio por vencido. Esperé un buen rato y luego, intuyendo que había ocurrido algo terrible, bajé cautelosamente al vestíbulo. Entonces la vi.

–Había muchas joyas en ese joyero. ¿Qué fue lo que se llevó el asesino de Suzanne?

–Por lo que oí durante el juicio, estoy seguro de que cogió la flor y el capullo..., el alfiler de diamantes. Era una pieza muy bella, una joya única.

–¿Fue la persona que le regaló ese alfiler a Suzanne la misma que le dio la pulsera con los signos del Zodíaco?

–Oh, sí. De hecho, yo diría que era precisamente la pulsera lo que estaba buscando.

–¿Sabe quién le regaló a Suzanne el alfiler y la pulsera?

–Claro que lo sé. Suzanne me lo contaba casi todo. Eso sí, escúcheme bien, no puedo jurar que sea la misma persona que estuvo en la casa aquella noche, aunque sería lo más lógico, ¿no cree? Mi testimonio servirá para encontrar al verdadero asesino. De ahí que me merezca alguna clase de consideración, ¿no le parece?

–Señor Arnott, ¿quién le regaló a Suzanne el alfiler y la pulsera?

Arnott le miró con gesto risueño.

–No me va a creer cuando se lo diga.

96

Kerry tardó veinticinco minutos en llegar a Old Tappan. Cada vuelta de volante le parecía eterna. La pequeña Robin, la valiente Robin, que siempre trataba de disimular lo decepcionada que se sentía cada vez que Bob la dejaba plantada, que había logrado ocultar lo asustada que estaba cuando había hablado con ella por la tarde... Al final no había podido más.

«No debí haberla dejado con nadie –pensó Kerry–. Ni siquiera con Jonathan y Grace.»

Ni siquiera con Jonathan y Grace.

Jonathan le había causado una sensación tan extraña por teléfono...

«De ahora en adelante, voy a cuidar de mi pequeña», pensó Kerry.

«La mamá y su pequeña.» Otra vez le venía a la mente. No podía quitarse este sonsonete de la cabeza.

Estaba entrando en Old Tappan. En unos minutos habría llegado.

A Robin parecía haberle hecho tanta ilusión la idea de quedarse en casa de Jonathan y Grace y ver los álbumes de fotos...

Los álbumes de fotos.

Kerry acababa de pasar por delante de la casa de los vecinos de Jonathan y Grace. Giró hacia el camino de entrada. Casi inconscientemente advirtió que las luces automáticas no se habían encendido.

Los álbumes de fotos.

El alfiler de la flor y el capullo.

Lo había visto antes.

Se lo había visto llevar a Grace.

Años atrás, cuando Kerry había empezado a trabajar para Jonathan, Grace tenía la costumbre de llevar joyas. En muchas de las fotos de sus álbumes aparecía con el alfiler puesto. Grace bromeaba cuando Kerry le decía que le gustaba. «La mamá y su pequeña», lo llamaba.

Suzanne Reardon llevaba el alfiler de Grace en la fotografía que salía en el periódico. Eso significaba que... ¡Jonathan! ¿Se lo había dado él?

Entonces se acordó de que Grace le había comentado en una ocasión que le había pedido a Jonathan que guardara todas sus joyas en la caja de seguridad del banco: «No puedo ni ponérmelas ni quitármelas sin ayuda de alguien y si las dejo en casa no voy a estar tranquila».

«Le comenté a Jonathan que iba a ver al doctor Smith

–recordó Kerry entonces–. Anoche, cuando llegué a casa, le dije que creía que el doctor se iba a derrumbar –se dijo–. ¡Oh, Dios mío!, debe de haber sido él quien la ha matado.»

Kerry detuvo el coche. Estaba delante de la elegante casa de piedra caliza de los Hoover. Abrió la puerta del conductor y echó a correr hacia los escalones.

Robin estaba con un asesino.

Kerry no oyó la débil llamada del teléfono de su coche cuando apretó el timbre de la casa.

97

Geoff llamó a Kerry a casa. Al no obtener respuesta, marcó el número de su coche. ¿Dónde estaba?, se preguntó desesperadamente. En el momento en que el guarda se llevaba a Arnott, llamó al despacho de Frank Green.

–«La fiscalía está cerrada. Si se trata de una urgencia, llame al...»

Geoff soltó un juramento mientras marcaba el número de urgencias. Robin estaba con los Hoover. ¿Dónde estaba Kerry? Por fin, alguien respondió a su llamada.

–Soy Geoff Dorso. Debo hablar con Frank Green ahora mismo. Una persona corre peligro de ser asesinada. Déme el número de teléfono de su casa.

–No está allí. Ha tenido que salir a causa de un asesinato en Oradell, señor.

–¿Puede ponerme en contacto con él?

–Sí. Espere un momento.

Geoff tuvo que esperar tres minutos a que Frank Green se pusiera al teléfono.

–Geoff, estoy muy ocupado. Espero que me llames por algo importante.

–Lo es. Muy importante. Tiene que ver con el caso

Reardon. Frank, Robin Kinellen está en casa de Jonathan Hoover esta noche.

–Sí, me lo ha dicho Kerry.

–Frank, acabo de enterarme de que fue Jonathan Hoover quien le regaló a Suzanne Reardon las joyas antiguas. Se entendía con ella. Creo que es el asesino que estamos buscando, y Robin está con él.

Se produjo un largo silencio. Entonces, con tono inexpresivo, Frank Green dijo:

–Estoy en la casa de un anciano especialista en restauración de joyas antiguas. Ha sido asesinado a primera hora de la mañana. No hay indicios de robo, aunque su hijo me ha dicho que la lista con los nombres de sus clientes ha desaparecido. Voy a llamar a la policía local para que vaya a la casa de los Hoover inmediatamente.

98

Jonathan abrió la puerta a Kerry. La casa estaba prácticamente a oscuras y en silencio.

–Ya se ha tranquilizado –dijo–. No pasa nada.

Kerry había escondido los puños en los bolsillos de su abrigo. Los tenía crispados por el miedo y la rabia. Aun así, se las arregló para sonreír.

–Oh, Jonathan, siento causaros tantas molestias. Debería haberme imaginado que Robin pasaría miedo. ¿Dónde está ahora?

–En su habitación, profundamente dormida.

«¿Me habré vuelto loca? –se preguntó Kerry mientras seguía al senador por las escaleras–. ¿Me habré dejado llevar por la imaginación? Jonathan se está comportando con toda naturalidad.»

Llegaron a la puerta de la habitación de invitados, la habitación rosa, como la llamaba Robin. Las paredes, las cortinas y el cubrecama eran de un tono rosa pálido.

Kerry abrió la puerta. A la débil luz de la lamparilla de noche, vio a Robin echada sobre el costado, en su postura fetal de siempre, con el pelo esparcido sobre el almohadón. En dos pasos se acercó a la cama.

Robin tenía la palma de la mano debajo de la mejilla. Su respiración era regular.

Kerry miró a Jonathan. Estaba al pie de la cama, observándola.

–Lo ha pasado mal. Será mejor que te la lleves a casa –dijo el senador–. Mira. Ya tiene preparada la bolsa con la ropa del colegio y los libros. Déjame que la baje yo.

–Jonathan, Robin no ha sufrido ninguna pesadilla. No se ha despertado en ningún momento, ¿verdad? –dijo Kerry sin alterarse.

–No –dijo él con indiferencia–, y más le valdría no hacerlo ahora.

La tenue luz que iluminaba la habitación permitió a Kerry ver que Jonathan tenía una pistola en la mano.

–Jonathan, ¿qué estás haciendo? ¿Dónde está Grace?

–Grace está profundamente dormida, Kerry. He pensado que sería mejor así. A veces tengo que suministrarle uno de los sedantes más fuertes que tiene para aliviarle el dolor. Lo disuelvo en el cacao caliente que le llevo a la cama todas las noches.

–Jonathan, ¿qué quieres?

–Quiero seguir viviendo como hasta ahora. Quiero ser presidente del Senado y amigo del gobernador. Quiero pasar los años que me quedan de vida con mi esposa. Todavía la quiero, y mucho. A veces los hombres se apartan del buen camino, Kerry, y hacen cosas verdaderamente estúpidas. Permiten que las mujeres jóvenes y bellas les adulen. Tal vez yo me sintiera más predispuesto a ello a causa de los problemas de Grace. Sabía que estaba cometiendo una estupidez; sabía que era un error. Lo único que deseaba era que esa ordinaria me devolviera las joyas que tan tontamente le había regalado, pero ella no quería desprenderse de ellas.

Hizo una señal con el revólver.

–Despierta a Robin o cógela. Ya no tenemos más tiempo.

–Jonathan, ¿qué vas a hacer?

–Sólo lo que tengo que hacer, aunque muy a mi pesar. Kerry, Kerry..., ¿por qué decidiste que tenías que enfrentarte a los molinos de viento? ¿Qué importancia tenía que Reardon estuviera en la cárcel? ¿Qué importancia tenía que el padre de Suzanne dijera que había sido él quien le había regalado la pulsera? Esa pulsera podría haber significado mi perdición. Todo estaba bien tal y como estaba. Yo debía seguir sirviendo al estado al que quiero y viviendo con la esposa a la que amo. Ya fue suficiente castigo saber que Grace se enteró fácilmente de mi infidelidad. –Sonrió–. Es maravillosa. Me mostró la fotografía del periódico y me dijo: «¿No te recuerda mi alfiler de la flor y el capullo? Viendo la fotografía, me entran ganas de volverlo a llevar. Por favor, querido, ¿por qué no lo sacas de la caja de seguridad?». Lo sabía, y yo era consciente de ello, Kerry. De pronto pasé de ser un tonto romántico de edad madura a sentirme... sucio.

–Y mataste a Suzanne...

–Pero sólo porque además de negarse a devolverme las joyas tuvo el atrevimiento de decirme que había empezado a salir con un hombre de lo más deprimente, Jimmy Weeks. Dios mío, ese hombre es un matón, un mafioso... Kerry, despierta a Robin o llévala abajo dormida.

–Mamá. –Robin se había despertado. Abrió los ojos y se sentó en la cama–. Mamá. –Sonrió–. ¿Por qué has venido?

–Sal de la cama, Rob. Nos vamos ahora mismo.

«Nos va a matar –pensó Kerry–. Dirá que Robin tuvo una pesadilla y que yo vine a buscarla y me la llevé.»

Abrazó a su hija. Intuyendo que ocurría algo malo, Robin se apretó contra ella.

–¿Mamá?

–No pasa nada.

–¿Tío Jonathan? –La niña había visto el revólver.

–No digas nada, Robin –dijo Kerry en voz baja.

«¿Qué puedo hacer? –pensó–. Se ha vuelto loco. Está fuera de sí. Si al menos Geoff no hubiera ido a ver a Jason Arnott. Él nos habría ayudado. No sé cómo, pero nos habría ayudado.»

Mientras bajaban por las escaleras, Jonathan susurró:

–Dame las llaves del coche, Kerry. Saldré con vosotras, y luego tú y Robin os meteréis en el maletero.

«¡Dios santo! –pensó ella–. Nos matará y luego dejará el coche en alguna parte para que parezca que ha sido obra de la mafia y le echen la culpa a Jimmy Weeks.»

Jonathan volvió a hablar cuando cruzaron el vestíbulo.

–No sabes cómo lo siento, Robin. Ahora abre la puerta lentamente, Kerry.

Ella se agachó para besar a su hija.

–Rob, cuando dé media vuelta, echa a correr –musitó–. Ve a casa de los vecinos y no dejes de gritar.

–La puerta, Kerry –insistió Jonathan.

Abrió la puerta lentamente. Él había apagado las lámparas del porche para que la única luz que hubiera fuese la leve claridad que despedía la pequeña farola situada al final del camino de entrada.

–Tengo la llave en el bolsillo –dijo. Dio lentamente media vuelta y entonces gritó–: ¡Corre, Robin!

Al mismo tiempo se abalanzó por el vestíbulo en dirección a Jonathan. En el momento en que se arrojaba sobre él, oyó el disparo de la pistola y sintió un dolor lacerante a un lado de la cabeza, seguido de inmediato por un fuerte mareo. El suelo de mármol del vestíbulo ascendió de pronto a recibirla. Entonces percibió un eco alrededor: otro disparo. Robin gritaba pidiendo ayuda. Su voz se perdía en la distancia. Unas sirenas se acercaban.

Luego sólo oyó las sirenas y el gemido entrecortado de Grace.

–Lo siento, Jonathan. Lo siento. No podía permitir que hicieras esto –dijo–. Esto no. A Kerry y a Robin no...

Kerry logró levantarse y llevar la mano a un lado de la cabeza. Aunque tenía sangre en la cara, se le estaba pasando el mareo. Alzó la mirada y vio que Grace se deslizaba de su silla de ruedas, avanzaba por el suelo y, dejando caer la pistola por entre sus hinchados dedos, cogía en sus brazos el cadáver de su marido.

MARTES 6 DE FEBRERO

99

La sala se había abarrotado con motivo de la ceremonia en la que la ayudante del fiscal Kerry McGrath iba a jurar el cargo de juez. El murmullo festivo de voces desapareció por completo cuando la puerta de las dependencias se abrió y una majestuosa procesión de jueces ataviados con togas negras entró para dar la bienvenida a la nueva colega.

Kerry avanzó silenciosamente por uno de los pasillos laterales de la sala y ocupó su lugar a la derecha del estrado mientras los jueces se dirigían a las sillas reservadas para ellos delante de los invitados.

Miró a los asistentes. Su madre y Sam habían venido en avión para la ceremonia. Se hallaban al lado de Robin, que estaba sentada tiesa como un poste al borde de la silla y tenía los ojos desmesuradamente abiertos por la emoción. Apenas se le notaban ya las heridas que les habían llevado a concertar aquella fatídica cita con el doctor Smith.

Geoff se encontraba en la siguiente fila al lado de su madre y su padre. Kerry se acordó de que había sido él quien le había metido prisas al helicóptero del FBI para ir a verla al hospital y él quien había consolado a una histérica Robin y quien la había llevado a casa de su familia cuando el doctor había insistido en que su madre pasara la noche en el hostpital. Kerry parpadeó para contener las lágrimas cuando comprendió lo que significaba la risueña mirada que le estaba dirigiendo Geoff en ese momento.

Margaret, su vieja amiga, su mejor amiga, también estaba allí, cumpliendo su promesa de que acudiría a la ceremonia. Kerry pensó entonces en Jonathan y Grace. Ellos también le habían dicho que estarían presentes.

Grace le había enviado una nota.

> Me traslado a Carolina del Sur a vivir con mi hermana. Me siento culpable por todo lo que ha ocurrido. Sabía que Jonathan tenía relaciones con otra mujer. También sabía que no duraría mucho. Si no me hubiese fijado en la fotografía en la que salía llevando ese alfiler, nada de esto habría sucedido. Las joyas no me importaban. Fue mi manera de advertirle a Jonathan que la abandonara. No quería que echara a perder su carrera como político por un escándalo. Por favor, perdóname y perdona a Jonathan si puedes.

«¿Puedo perdonarle? –se preguntó Kerry–. Grace me salvó la vida, pero Jonathan estuvo a punto de matarnos a Robin y a mí para salvarse él. Grace sabía que Jonathan había tenido relaciones con Suzanne y que existía la posibilidad de que fuera el responsable de su muerte, y aun así ha permitido que Skip se pudriera en la cárcel.»

Skip, su madre y Beth se encontraban en algún lugar de la sala entre los asistentes. Skip y Beth se iban a casar la semana siguiente; Geoff sería el testigo del novio.

Era costumbre que algún amigo íntimo o compañero del futuro juez dijera unas palabras antes del juramento. Frank fue el primero en hablar.

–Por más que lo intento, no logro imaginarme una persona, hombre o mujer, más idónea para este importante cargo que Kerry McGrath. Su sentido de la justicia la llevó a pedirme que volviera a investigar un caso de asesinato. Juntos nos hemos enfrentado a algo tan espantoso como el hecho de que un padre vengativo condenara al marido de su hija a la cárcel mientras el verdadero asesino disfrutaba de la libertad. Nosotros...

«Bien por Frank –pensó Kerry–. Qué otra cosa cabía esperar de él.» De todas maneras, al final la había apoyado. Había hablado personalmente con el gobernador y le había pedido encarecidamente que presentara su candidatura al Senado para la aprobación.

Frank había sido la persona que había aclarado la relación que tenía Jimmy Weeks con Suzanne. Una de sus fuentes de información, un matón de poca monta que había trabajado para Weeks, le había proporcionado la respuesta. En efecto, Suzanne había mantenido relaciones con Jimmy, y éste le había regalado las joyas. También había sido él quien le había enviado las rosas la noche del asesinato. Habían quedado para ir a cenar. Al no aparecer Suzanne, se había puesto furioso y, borracho como estaba, había llegado a decir que la mataría. Como Weeks no era muy dado a lanzar amenazas gratuitas, algunos de los suyos habían pensado que él era el asesino de Suzanne, de ahí que tuviera miedo de que se descubriese que había mantenido relaciones con ella y se le acusara de su muerte.

Llegó el turno del juez cedente, Robert McDonough, quien empezó diciendo que once años atrás, cuando Kerry había acudido al juicio en el que se estrenaba como ayudante del fiscal, a él le había parecido tan joven que había pensado que se trataba de una estudiante universitaria que estaba trabajando para sacarse unos dólares durante el verano.

«También me estrenaba como esposa –pensó Kerry con una mezcla de ironía y tristeza–. Bob era ayudante del fiscal en aquel entonces. Espero tan sólo que sea lo suficientemente inteligente como para mantenerse lejos a partir de ahora de Jimmy Weeks y de la gente de su ralea.»

Weeks había sido declarado culpable de todos los cargos. Ahora le iban a procesar por sobornar al jurado. Había tratado de echarle la culpa a Bob, y aunque la acusación había sido desatendida, el abogado se había librado por muy poco de ir a juicio. Weeks nada conseguiría quejándose del miembro del jurado cuyo padre había sido encarcelado, pues ya estaba al corriente de esta circunstancia durante el juicio y podía haber solicitado que se sustituyera al jurado. Tal vez esta situación asustara a Bob antes de que fuese demasiado tarde. Eso era lo que ella esperaba.

El juez McDonough estaba sonriéndole.

–Bien, Kerry, creo que ya ha llegado el momento –dijo.

Robin se colocó en su sitio con la pesada Biblia en las manos. Margaret se levantó y se colocó detrás de ella para hacerle entrega de la toga negra que llevaba sobre el brazo en cuanto jurara. Kerry levantó la mano derecha, apoyó la izquierda sobre la Biblia y empezó a repetir las palabras que le iba diciendo el juez McDonough:

–Yo, Kerry McGrath, juro solemnemente...

ÍNDICE

Título de la edición original: *Let Me Call You Sweetheart*
Traducción del inglés: Daniel Aguirre,
cedida por Plaza & Janés Editores, S.A.
Diseño: Emil Tröger
Ilustración: González Vicente
Foto de solapa: © Bernard Vidal

Círculo de Lectores, S.A.
Valencia, 344, 08009 Barcelona
15 17 69 02 18 16 14

Licencia editorial para Círculo de Lectores
por cortesía de Plaza & Janés Editores, S.A.

Depósito legal: B. 588-1996
Fotocomposición: Víctor Igual, S.L., Barcelona
Impresión y encuadernación: Printer industria gráfica, s.a.
N. II, Cuatro caminos s/n, 08620 Sant Vicenç dels Horts
Barcelona, 1996. Impreso en España
ISBN 84-226-5864-x
N.º 27631